Le Complot des Invisibles

Polo Tonka

Le Complot des Invisibles

Odile Jacob

15, rue Soufflot, 75005 Paris

www.odilejacob.fr

ISBN : 978-2-4150-0555-9

À Alessandro qui m'a ouvert la voie.
À Claire par qui elle s'est incarnée.
À Charles-Henry qui par sa science m'y garde.

« Méfiez-vous des faux prophètes qui viennent à vous déguisés en brebis, mais qui au-dedans sont des loups rapaces. »

MATTHIEU 7,15.

PREMIÈRE PARTIE

La fontaine

1

La nuit est tombée depuis longtemps. J'ai dû quitter mon appartement du boulevard Montparnasse. Les servants du prince me recherchent. Qu'ont-ils trouvé ? Je ne sais pas. La fontaine a certainement livré ses derniers secrets. Et dire que j'étais si près du but ! Et dire qu'elle était en grande partie la raison de ma venue !

L'Université de Chicago joue-t-elle double jeu ? Je n'ai pas assez d'éléments pour l'affirmer. Invisibles, ils sont toute une armée. À chacun de mes pas je les croise.

Je m'appelle Benjamin Todd.

Que j'étais naïf quand je suis arrivé à Paris !

Mon maître m'avait expliqué : « Tu trouveras beaucoup de relations sur place, notamment à l'École des mines. »

D'un certain point de vue, il avait raison.

Parce que je suis membre de l'ordre du Troisième Pouvoir, beaucoup de portes se sont ouvertes devant moi. On dit de nous dans la capitale : « Paris est un livre ouvert à qui sait regarder, et eux, ils savent regarder. »

C'est on ne peut plus vrai !

Combien de balustrades de vieux immeubles portent ostensiblement les symboles que nous utilisons pour nous faire connaître ! Pentacles, tridents, croix et roses ou serpents, monades hiéroglyphiques, acacias et rameaux enrubannés, jusqu'aux dieux païens stylisés, cachés dans des arabesques anodines.

Certains prétendent que l'éternelle Souwayz, devenue Suez avec son canal et sa compagnie, n'est rien d'autre qu'un palindrome intentionnel dissimulant Zeus et les mystérieuses ambitions de ses fondateurs.

De Rome à Washington en passant par Paris et toutes les capitales mondiales, on trouve plus d'amis que nécessaire. C'est animé de cette conscience fraternelle que j'avais accepté ma cooptation. Mais comment aurais-je pu imaginer ce que j'allais découvrir ? Le complot n'est pas ce que l'on pense. Il existe quelque chose de bien plus secret, de bien plus puissant et, respectueux de nos valeurs humanistes, j'affirme que nous, alchimistes, en sommes les premières victimes.

J'écris ce testament à la lueur d'une bougie. Mon cœur tressaille à chaque bruit de pas dans la rue car ils me cherchent et ils me trouveront.

Les arbres sont nus. Ils dressent dans la nuit leurs bras décharnés et osseux. Ils sont autour du jardin comme une forêt d'ongles, inquiétante. Pas âme qui vive, juste la froide lueur des réverbères et ce cœur qui bat si fort dans ma poitrine. Et puis il y a tous ces livres, toutes ces pages manuscrites.

La fontaine !

C'était donc ça le secret.

Voilà qu'on marche dans le couloir. J'éteins ma flamme et me précipite à la fenêtre. Mon cœur bat la chamade. Les pas se rapprochent. Ils sont si lourds ! Quel colosse s'apprête à m'anéantir ?

Le bruit s'arrête, à hauteur de ma porte.

Garder son calme, apaiser sa respiration.

Le silence…

Que se passe-t-il ? A-t-on vu ma lumière s'éteindre dans le couloir ? Il semble que l'on gratte dans la serrure. Je tends l'oreille. Seul mon nez dépasse des rideaux. Je cligne des yeux. Le jour sous ma porte s'allume, puis une ombre oblitère le rai lumineux. Je n'ai donc pas rêvé, il y a quelqu'un derrière la porte.

Acceptera-t-il de ne pas enfoncer ce panneau de bois qui nous sépare ? Resterons-nous à jamais dans ce face à face insolite ?

Je prie pour qu'il s'en aille.

Il se passe quelque chose derrière moi. Quel est ce bruit qui vient de la rue ? Les réverbères sont allumés. Il doit être environ deux heures du matin. Une réunion se préparerait-elle ? Je sens le sous-sol s'agrémenter d'une rumeur humaine, plus sourde que le métropolitain. Ils avancent dans la terre, ils convergent. Quel mystère m'est encore inconnu ? Quels symboles n'ai-je su interpréter ? Zodiaque, Hadès, les poissons des Herméneutes. Et les déesses des vases canopes ! Elles gardent mieux qu'un trésor. Elles gardent la salle où… Ce n'est pas possible. Il faut aller voir. Il faut à tout prix les en empêcher.

Et dire que c'est moi qui parle ! Cette petite vie confortable que je m'étais préparée, toutes les incertitudes d'un monde imprévisible que j'avais abattues en me cachant derrière les livres, tout cela est maintenant détruit. Mais les larmes ont séché dans mes yeux. J'ai le cœur bien plus dur. Risquer ma vie ne me fait plus peur car ce que je gardais frileusement contre moi est perdu.

Servants du prince, démons et suppôts, qui que vous soyez, vous me le paierez très cher.

2

Chicago, trois mois plus tôt.

Dans un appartement cossu situé au trente et unième étage d'un building en bordure de New Eastside, Benjamin Todd ainsi que son épouse étaient reçus par Roger Do'Haley, ex-doyen de l'Université de Chicago et professeur émérite de littérature médiévale.

– Je ne vous ai pas encore présenté ma femme, s'excusa Benjamin en dévisageant son mentor.

– En effet, je ne crois pas.

– Ingrid Olganov. Maintenant elle s'appelle madame Ingrid Todd. Nous nous sommes rencontrés à Fairbanks il y a quelques semaines. Un vrai coup de foudre !

– L'épouse qui venait du froid, sourit Roger Do'Haley.

La table finissait d'être dressée par une aide ménagère. Les trois personnages, enfoncés dans de larges fauteuils en cuir, sirotaient une flûte de champagne. Enfin, Roger fit signe à l'aide ménagère de quitter la salle à manger et se rapprocha de Benjamin.

Un air mystérieux s'était emparé de son visage.

– Quelque chose ne va pas ? s'inquiéta Benjamin.

– J'ai une communication pour toi, chuchota Do'Haley. C'est, il glissa vers l'oreille de son protégé, c'est au nom de l'ordre.

– Il est inutile de me parler en secret, Ingrid est au courant de cet aspect de ma vie. C'est l'une des premières choses personnelles dont je lui ai fait part.

– Mille excuses, madame. Je ne savais pas.

La jeune épouse haussa les épaules, un sourire aux lèvres. Elle portait une robe rouge. Ses cheveux blonds bouclés tombaient en grappe sur son épaule. Son visage irradiait la pièce, habité par une candeur indéfinissable.

– Je suis navré de te l'annoncer de manière aussi brutale mais il faut que tu ailles t'installer à Paris pour quelque temps, déclara Roger. Une année tout au plus.

Benjamin faillit tomber de son fauteuil.

– C'est impossible, rétorqua-t-il.

– Ce serait assez ardu de te communiquer nos raisons, mais si cela peut te rendre l'obéissance plus aisée, contente-toi d'y voir une requête spéciale. Une demande de l'ordre.

Roger Do'Haley s'interrompit avant de reprendre d'une voix plus douce :

– Nous te confions un programme sur mesure. Un dossier de choix. C'est d'une importance capitale.

Benjamin, de ses doigts agacés, tritura son visage avec une évidente nervosité et s'emporta :

– Oui, bien sûr, c'est très simple, il suffit que je quitte tout, sans même poser de questions, comme si rien ne me retenait ici. Et mes recherches ! Qu'en faites-vous ? Toutes ces heures de travail que je ne compte plus. Et ma femme ? Quelle place tient-elle pour vous dans cette histoire ? Pour moi, c'est très clair : je refuse.

– Benjamin, entrer dans l'ordre, c'est mourir à soi-même. Sans nous, tu n'existes plus. Si tu refusais cette mission, nous te retirerions tes crédits de recherche. Tu te retrouverais à la rue. Mais tout cela ne te menace pas vraiment puisque tu me fais confiance et que tu vas accepter cette mission.

Le visage de Benjamin se déchira. Il était plus qu'ahuri. Consterné ! Un coup de tonnerre ébranla les vitres. La violence des mots s'intriquait à celle des éléments. Le ciel, qui était gris, devint ardoise.

– Comment avez-vous pu me faire ça ? s'indigna Benjamin. Moi qui voyais en vous plus qu'un mentor. Un père !

– Je t'en prie, rappelle-toi ton initiation. L'alchimie moderne ne façonne plus comme autrefois des outils extraits de la nature, aux capacités surnaturelles, mais des esprits supérieurs, capables d'éduquer les puissants de notre monde. C'est pour cela que l'on parle, en ce qui nous concerne, d'alchimie spéculative.

– Je sais tout ça, Roger…

– Benjamin, il y a certaines vérités qu'il faut toujours garder en tête. Éduquer les grands de ce monde, infuser dans la société nos idées et la valeur de notre foi, ne se passe pas sans tourments. Depuis plus de deux siècles nous sommes le ciment des sociétés démocratiques. La liberté des peuples est notre fruit ! Mais le processus initiatique qui fait de nous des êtres supérieurs passe par son lot d'épreuves et de sacrifices.

Benjamin soupira.

– Quel est le propos de ce travail ?

– Une fontaine.

– Laquelle ?

– La fontaine du jardin des Grands-Explorateurs Marco-Polo.

– Jamais entendu parler, objecta Benjamin.

– Merveilleuse fontaine des Quatre Parties du monde, poursuivit Roger d'un calme olympien, comme s'il ne tenait pas compte du trouble de son interlocuteur.

Benjamin posa son verre et demanda :

– Elle ne serait pas au musée d'Orsay ?

– Le haut seulement. Je veux que tu l'étudies dans son entier.

– Et quel est précisément le but de cette étude ? questionna Benjamin en se raidissant sur son fauteuil.

– À toi la tâche de le découvrir.

– Me direz-vous tout de même par quelle autorité l'ordre se permet d'interférer dans mes recherches ?

– Quand tu seras sur place, tu comprendras. Nous t'offrons une expérience unique. Montre-toi digne d'un tel honneur.

– Qu'est-ce qu'une fontaine de l'ère Haussmann peut bien avoir de si intéressant ?

– Les lieux sont chargés d'histoire. Et puis, ne crains rien. Tu trouveras sur place de nombreux amis, notamment la directrice de l'École des mines.

– Ce sont des membres de l'ordre ?

– En quelque sorte, oui. Disons plutôt : un ordre frère. Allons, tu vas découvrir l'une des plus belles villes du monde. Il n'y a pas de quoi se plaindre.

– Mais je venais vous faire part de mes récentes trouvailles, et voilà que vous bouleversez de fond en comble toutes mes perspectives.

– Tu vas découvrir un autre toi-même, reprit Roger. J'ai tout arrangé pour que tu trouves rapidement tes marques. Ce sera une double mission. Quand tu reviendras, tu ne te reconnaîtras plus. J'ai déjà pris vos billets. Vous décollez demain.

Un second éclair déchira le ciel. On était à la fin novembre. Lorsque Benjamin et sa femme furent rentrés chez eux, Benjamin fut soudain traversé par une épiphanie qui le remplit d'espoir. Et si tout cela n'était qu'un cadeau de la hiérarchie ? Un voyage de noces déguisé.

Le lendemain, les deux époux se rendirent à l'aéroport international O'Hare où ils décollèrent pour la France. Huit heures plus tard, l'atterrissage sur le tarmac se fit sous un ciel strié de nuages argentés. Il leur fallut à peine une heure pour faire les démarches nécessaires et passer la douane.

Ingrid, épuisée, se lova contre le buste de son mari.

– Vous connaissez Paris ? interrogea le taxi qui les emmenait.

– En photo, répondit Benjamin.

– Oh ! Vous n'allez pas être déçus. C'est une ville superbe. On dit même que c'est la plus belle du monde. Moi, je ne peux pas dire, je n'ai jamais voyagé.

– Vous avez passé toute votre vie à Paris, moi j'ai passé presque toute la mienne à Chicago. À sept mille kilomètres de distance, nous sommes les mêmes.

– Mouais, admit le taximan d'un air approbateur. C'est joli, Chicago ?

– Si vous aimez les buildings austères, c'est assez plaisant. Sinon, choisissez Miami ou San Diego.

– Je ne sais pas si je voyagerai un jour. En tout cas, j'attendrai la retraite. Vous êtes à quel numéro ?

– Là, devant la tour.

Une fois le taxi payé, le couple remonta le boulevard jusqu'à tomber nez à nez avec une librairie dont lui avait parlé Do'Haley. C'est à côté d'elle que se tenait leur immeuble. Benjamin poussa la lourde porte grillagée.

Tandis qu'il s'effaçait contre le mur pour laisser passer sa femme, un vieil homme en chaussons sortit de l'ombre en traînant les pieds.

– Ces personnes désirent quelque chose ?

– Nous sommes les nouveaux locataires du premier.

– Ah ! monsieur et madame Todd, je présume, baragouina-t-il d'une voix traînante. Je suis le concierge, monsieur Ripolsky. Vous verrez que les cloisons ne sont pas de la meilleure qualité. Tout s'entend et j'ai l'ouïe fine.

Benjamin rétorqua :

– Nous serons discrets.

– Ça vaudrait mieux, ronchonna le concierge. J'ai le syndic dans la poche et rien ne m'exaspère davantage que d'être réveillé en pleine nuit par des jeunots adeptes du sport en chambre.

Le jeune couple n'osa pas s'indigner. Après avoir monté les valises dans leur appartement, Benjamin se faufila à rebours dans les escaliers, jusqu'au boulevard Montparnasse.

Un vent frais secoua son visage. Dix minutes de marche plus tard, il découvrit l'objet de son voyage : la fontaine des

Quatre Parties du monde, entourée de jets d'eau. Derrière la porte d'entrée d'un square elle posait, cernée de tortues marines qui crachaient des geysers, de poissons courbés vomissant une eau épaisse, verdie, gonflée d'écume.

L'ambiance des lieux le saisit à l'intime.

C'était dû, devinait-il, à l'histoire que l'alchimie avait écrite en ces lieux, à la nature spirituelle des bâtiments, la grandeur des institutions, à leur pouvoir aussi, mais surtout, sans qu'il en comprenne le fin mot, à cet étrange monument pourpre dont il ne voyait que les flèches nombreuses qui fusaient de son toit, dissimulées en partie par l'entrecroisement des branches nues des arbres du jardin. Laissant la fontaine de côté, il longea le boulevard Saint-Michel jusqu'à ce que son œil croise par hasard un symbole perché sur une grille fermée du bâtiment de l'École des mines. Une tête caprine de Baphomet le dévisageait de ses yeux métalliques.

Il se demanda par quelle coïncidence un symbole si funeste pouvait bien se trouver sur les grilles d'un grand monument français. Était-ce là une manœuvre occultiste : dissimuler la belle et glorieuse vocation du Temple en lui donnant des airs de ténèbres ?

Il franchit le porche d'entrée de l'école.

À sa droite, après la petite cour carrée, il suivit les indications pour les locaux de la direction et s'arrêta devant le bureau de la directrice de l'école.

– Que puis-je pour vous, monsieur ? questionna cette dernière tandis que l'assistant situé à ses côtés se décalait de quelques pas.

– Un ami m'a parlé de la légende des trois rois qui ont découvert le sceptre de Râ.

– Je vois, je vois. Vous pouvez nous laisser, Christian. Je m'occupe de monsieur.

La directrice fit entrer Benjamin dans son bureau et, après en avoir refermé la porte, marmonna d'un ton crispé :

– Il est inutile de parler en mystères, vous savez. Tous les alchimistes sont ici chez eux. Que puis-je pour vous ?

– En fait, je suis arrivé de Chicago ce matin et je…

– Monsieur Todd, s'enthousiasma la quadragénaire, comme je suis confuse ! Je m'appelle Géraldine. Permettez-moi de vous appeler Benjamin et dites-moi quel est précisément le propos de votre visite. L'université a été assez floue.

– On m'a chargé d'étudier quelques monuments de la capitale. Le gros de mon travail ne m'est pas clair davantage, déclara Benjamin, pressentant que si l'université avait été vague, il fallait s'en tenir à cette discrétion.

– Benjamin, je vous propose que nous nous revoyions en dehors de ces murs, disons, demain soir, à dix-neuf heures, devant le porche, et je vous présenterai à ceux qui deviendront vos frères pendant votre séjour. Hélas, je me dois de vous laisser pour le moment.

3

C'était le soir du 25 février. Benjamin, dans un studio qu'il avait loué sans en informer sa femme, regardait la fontaine comme une étrangère. Les raisons de cette dissimulation, il ne les discernait pas toutes. Avec le temps, un abattement s'était emparé de lui. Fatigué, désabusé, il triturait entre ses mains fébriles une lettre de Chicago, une lettre qu'il n'avait pas osé ouvrir. Cela faisait maintenant trois mois qu'ils vivaient en France, trois longs mois passés à ne rien faire.

Dehors, des flocons traversaient l'épaisseur obscure et miroitaient dans leur longue chute blanche sous le feu des réverbères.

Que contenait cette lettre ? Un morceau de son ancienne vie, de cette ville qui lui manquait tant ?

Et Roger, se souciait-il de son protégé ?

Benjamin passait chaque journée seul. Quand Ingrid était auprès de lui, elle rendait sa solitude plus vive. Mais surtout, il y avait ces questions que lui posaient sans cesse ses nouveaux amis.

« Depuis quand es-tu alchimiste ? Connais-tu notre mission ? As-tu entendu parler du grand secret ? »

Il lui semblait être un enfant découvrant la lourdeur de la hiérarchie, sa pesante inquisition, ses incessantes intrigues. La lettre, entre ses doigts agités, se tordait et se froissait. Une sorte de gangrène s'était instillée en lui. Elle rongeait sa conscience, pensée après pensée.

Finalement, n'y tenant plus, il déchira l'enveloppe.

Un feuillet glissa sur la table.

Benjamin,

Pour des raisons que nous ne pouvons ici préciser, l'ordre du Troisième Pouvoir a de fortes suspicions sur ton entourage et davantage encore sur cette fontaine. Tu dois absolument te plonger dans son étude. Bien des choses te sont inconnues et font de toi notre partenaire idéal. Bien que cela te paraisse étrange qu'une fontaine aussi récente puisse constituer un sujet de recherche digne de tes compétences, fie-toi à nos commandements et cherche avec cœur. C'est un grand honneur que nous t'avons fait en te confiant cette mission. Souviens-toi que tu n'es pas seul.

Tu portes nos espoirs de réussite. Bon courage.

Tes frères de l'OTP

Benjamin sentit ses yeux se gonfler de larmes. Son cœur fit un soubresaut dans sa poitrine. Un soubresaut d'espoir. Bien vite il regagna le logement qu'il partageait avec sa femme. Après un dîner frugal, il s'affala sur leur lit et, avide de découvertes, sombra dans un profond sommeil.

Le soleil traversait les stores quand Benjamin se réveilla. Ingrid, de toute évidence, était déjà levée. Depuis le début de l'hiver, ils avaient dû monter le chauffage. Son pyjama trempé de sueur lui collait à la peau.

Alors qu'il se résignait à prendre son café en solitaire, on gratta à la porte.

– Monsieur Todd, susurra le concierge par l'entrebâillement. Vous serait-il possible de faire un peu moins de bruit pendant la nuit ?

– C'est que… Cette nuit ? Voyons voir. Je ne crois pas avoir fait de bruit.

– Non mais quel culot ! Mais quel culot !

– Pourriez-vous tempérer votre enthousiasme matinal, monsieur Ripolsky, ou je me verrai dans l'obligation de vous le faire comprendre d'une autre manière ?

– Des menaces ? C'est cela que vous me faites ? Des menaces ?

– Disons que ma patience a des limites et que votre ouïe surfine commence sérieusement à m'exaspérer.

– Je n'ai pas besoin de la précision de mes oreilles pour savoir que vous avez reçu du monde à une heure indécente.

– Mais qu'est-ce que vous racontez encore ? Vous avez rêvé, voilà tout !

– Ça par exemple ! s'emporta Ripolsky, l'index levé. Je vous préviens, la prochaine fois, j'appelle les flics.

– Mais puisque je vous dis que nous n'avons reçu personne. D'ailleurs, personne n'est jamais venu dans notre appartement.

– Je ne sais pas si c'est une habitude américaine de mentir, mais vous êtes heureux de ne pas avoir d'enfant.

– Que voulez-vous dire par là ?

– Je veux dire, rétorqua le vieillard excédé, que vous faites un bel exemple pour des bambins.

– Bon, ça suffit maintenant, grinça Benjamin.

– Je désire parler à votre femme, s'écria Ripolsky en tentant de forcer le passage.

– Elle n'est pas là.

– Laissez-moi passer, s'entêta Ripolsky.

– Hors de question ! Vous n'avez rien à faire ici. Retournez dans votre loge.

– Sale gamin ! siffla le concierge. Croyez-moi, je n'en resterai pas là. Vous allez avoir de mes nouvelles.

Dehors, la neige n'avait pas tenu. Le temps était sec, froid et ensoleillé. Bien engoncé dans sa doudoune, Benjamin, encore agacé par le comportement du concierge, marcha jusqu'au jardin des Grands-Explorateurs Marco-Polo puis se mit à décrire des demi-cercles autour de la fontaine.

Il tenait un carnet entre ses mains frigorifiées, et tandis qu'il observait l'imposante statue, il marmonnait tout bas :

« Que caches-tu maudite fontaine ? Un trésor d'or ou de sapience ?

« Quatre femmes pour soutenir le monde. Quatre femmes aussi glorieuses que le monde qu'elles portent. Et de l'eau partout autour.

« Voyons, tortues marines, poissons courbés, chevaux marins… Étranges chevaux pareils à des sirènes ! Ils sont une curiosité en soi. Je crois qu'il faut trouver leur signification avant toute chose. Ce ne peut être un hasard. »

Benjamin sentit un frisson monter en lui comme de la sève. Ses yeux se mirent à briller. Il se dirigea vers le bâtiment pourpre qu'il avait remarqué le premier jour : une bibliothèque, signée Paul Bigot, dédiée aux arts anciens et à l'archéologie.

Les murs rouges se dressaient vers le ciel avant de se diviser en d'innombrables fléchettes. Au-dessus du trottoir, à quelques mètres, une frise ceinturait l'édifice. On y apercevait des chevaux montés de cavaliers, quelques chimères et des crânes caprins. Imprégné par le mystère des lieux, il voyait en ces crânes une évocation occulte de Baphomet, exposée aux yeux du monde profane. Telle une cathédrale pointant ses flèches du nadir au zénith, la bibliothèque arborait sur sa chair des connotations ésotériques invisibles aux non-initiés. Peut-être était-elle le lieu de rendez-vous d'un ordre supérieur ?

Benjamin s'engouffra en elle et se perdit quelque temps parmi les étagères.

La bibliothèque était aussi saisissante de l'intérieur que de l'extérieur. Dans son esprit troublé, voilà qu'elle prit les traits d'un animal mythologique. Les étagères évoquaient les côtes d'un cétacé. C'était lui, Jonas, celui qui avait refusé sa mission, celui qui, pour calmer la fureur de l'Éternel, avait dû se jeter dans la gueule du poisson.

Comme il se dirigeait vers le fond de l'édifice, il lui sembla qu'on l'observait. Jetant un œil à la dérobée, il croisa le regard d'un homme en costume noir. L'homme le fixait avec une indélicate insistance. Sans parvenir à détacher ses yeux de ce dernier, il quitta la bibliothèque et marcha jusqu'à la fontaine glacée avant de rentrer dans son appartement du boulevard Montparnasse. Là, il ouvrit son ordinateur portable et chercha sur Internet :

Chevaux sirènes.

Il ne mit pas longtemps à trouver ce qu'il cherchait. Sous une photo d'un bas-relief grec était écrit :

« Cette représentation d'Hermès psychopompe désigne le dieu capable d'emmener les âmes des morts vers les Enfers ou de les en ramener. »

Avec Ingrid, ils dînèrent face à face, le regard plein d'une passion que Benjamin avait crue terrassée par le poids de la mission, de l'éloignement.

Afin de ne pas tuer dans l'œuf ce moment d'intimité retrouvée, il se refusa à évoquer sa mésaventure du matin avec le concierge et, pour la première fois depuis plusieurs semaines, ils firent l'amour, habités par une fièvre, comme si l'un et l'autre exorcisaient par le sexe ce que le mal-être avait opposé entre eux.

Le réveil sonna longuement avant que Benjamin se résigne à s'extirper de son lit. Encore une fois, Ingrid était déjà levée. Du fond du couloir sourdait un murmure à peine audible. Il se faufila jusqu'à l'entrée et surprit sa femme qui parlait avec monsieur Ripolsky.

Lorsqu'il les salua, Ingrid referma la porte puis se jeta dans ses bras.

– Alors chérie, on sympathise avec l'ennemi ? siffla Benjamin le visage barré d'un sourire narquois.

Dehors, conformément aux prévisions de la veille, une tempête de neige s'était levée. Des bourrasques chargées de cristaux tournoyaient au-dessus du jardin. La fontaine depuis deux mois ne fonctionnait plus. Tout autour, les arbres prenaient un air menaçant, leurs branches se trouvaient terminées par une multitude d'ongles acérés.

Fort heureusement, le manteau blanc qui recouvrait le sable s'arrêtait à la fontaine sur laquelle il ne tenait pas.

Benjamin se remit au travail.

« Tortue, tortue, qu'est-ce que je sais des tortues ? N'oublions pas que ce sont des tortues marines. Ce que c'est loin dans ma mémoire. Schématiquement : une galette surmontée d'une demi-sphère.

« Les tortues sont cosmophores ! Ce qui signifie qu'elles portent l'univers. Comme les quatre femmes qui, plus haut, portent le monde sur leurs épaules.

« Qu'y a-t-il d'écrit sur l'entrée du jardin ?

« *Marco Polo, découvreur de l'Asie.*

« Et si cette fontaine était une représentation du continent asiatique ? Tortues marines d'Indonésie, poissons carpes de la Chine. Et nos quatre femmes... Peut-être des déesses égyptiennes de vases canopes ! Avec : Nephtis au nord, Isis au sud, Neith à l'est et Selket à l'ouest. Quatre déesses cardinales, quatre déesses gardant la précieuse dépouille de pharaon ; ce serait un signe que cette fontaine recèle quelque chose de tangible. Mais quoi ? Et pourquoi cet Hermès que je ne peux pas mettre en Asie ?

« Les poissons, que sait-on des poissons ?

« Ils habitent les mares et les océans. Ce sont les habitants de l'eau.

« L'eau principe de vie. C'est de l'eau et du poisson darwinien qu'est née toute la faune.

« Poissons, symboles de vie. Mais l'eau, principe de mort, caractérisation de l'engloutissement, de la noyade, la mort la plus abominable car ne laissant aucune trace ni du corps ni des âmes.

« Ophélie, fantôme des jeunes noyées...

« L'eau est source de légendes relatives aux disparitions. L'eau principe de vie et de mort, de naissance et de noyade, de création et de destruction.

« Les poissons sont entre deux eaux, entre vie et mort. Voilà que tout me revient. Poissons, poissons et leurs viscères, les Herméneutes !

« Les poissons sont un moyen d'échanger avec les dieux. Ils sont les intermédiaires entre vie et mort, entre Éden et Shéol, entre les dieux et les hommes. Comme l'Hermès psychopompe qui établit la dynamique entre le monde des morts et celui des vivants. »

Benjamin balada son regard sur l'imposante statue, jusqu'à ce globe ceinturé par différents signes qu'il n'arrivait pas à dénombrer. Après maintes tentatives infructueuses et comme la neige avait réussi à couvrir le haut de la fontaine, il se résigna à retourner dans son studio pour y attendre que le soleil de l'après-midi fasse fondre l'obstacle blanc.

Pourtant, la neige tint bon. Vers dix-sept heures, le soleil commençait à s'affaisser à l'horizon. Le ciel prit une teinte purpurine.

Il consigna dans un bloc Moleskine ses remarques et déductions. Rien n'était ordonné dans sa tête. Il manquait une trame. Sur son chemin de retour, il fit un crochet par l'École des mines.

Géraldine, comme à l'accoutumée, le reçut dans son bureau.

– Je crois que tu entreras bientôt dans le Temple, dit-elle, arborant un large sourire.

– Que me vaut cette soudaine promotion ?

– L'arrivée aujourd'hui de Patrick Fiss Spiris, notre Impérissime. Excuse-moi, je te raccompagne à la sortie. Il serait très inopportun qu'il te croise sans que tu sois officiellement des nôtres.

Il la suivit jusqu'à l'un des nombreux salons privés de l'école où elle tira une statue posée sur une cheminée. Un passage s'ouvrit à l'intérieur du foyer. Devant la mine interdite de Benjamin, elle précisa :

– L'établissement regorge d'entrées vers les catacombes. Elles sont le jeu favori de nos étudiants.

– Où cela conduit-il ?

– Où l'on veut. Je te lâche à l'une des portes du jardin du Luxembourg et te recommande de ne pas essayer d'y retourner seul. Tu t'y perdrais comme un vulgaire pilleur de pyramides.

– Et comment fais-tu pour t'y repérer ?

Géraldine eut un sourire moqueur.

– Rappelle-toi le nom de l'école. Les Mines, ça ne te dit rien ? Nous gardons les plans avec nous.

– Intéressant, sourit Benjamin.

Le goulot s'était agrandi. Une galerie sablonneuse s'ouvrit à leurs yeux à presque vingt mètres sous Paris. Le tunnel était mince, en arc romain, avec deux murets de pierre de chaque côté.

– Nous y sommes, signala Géraldine après un périple d'une centaine de pas.

Sa lampe torche éclairait une échelle métallique qui remontait vers la surface.

Benjamin escalada, faillit glisser à deux reprises, puis souleva la trappe qui obturait le conduit. Le jardin était vide. Il se faufila vers la porte la plus proche où, au travers de la neige et de l'obscurité, quelqu'un lui faisait signe.

C'était Francis, un de ses rares amis.

– Rentre chez toi mon vieux. On viendra te chercher bientôt.

Il rejoignit à pas pressés le boulevard Saint-Michel.

Devant la grille à l'entrée condamnée, la grande porte illuminée projetait sur le trottoir d'un blanc virginal l'ombre diabolique de Baphomet.

4

Arrivé à son appartement, il constata qu'Ingrid n'était pas là. Une angoisse le prit. Il revit l'inconnu de la bibliothèque, cet inconnu au regard insistant et qui était peut-être au courant de ses recherches secrètes. Après avoir fouillé toutes les pièces une par une, il dut se rendre à l'évidence : l'appartement était vide.

Au bout de quelques heures passées étendu sur le canapé, s'étant finalement endormi, il se réveilla en sursaut. Sur son téléphone portable un SMS l'attendait :

« Désolé Benji, j'ai besoin de faire le point. En temps voulu je reviendrai. »

Il essaya de l'appeler, mais le compte de sa femme était bloqué. Ni sonnerie ni répondeur. Dans son cœur passa comme une aiguille et il lui vint un accès de rage. Pourquoi sa femme ne lui avait-elle rien expliqué ? Comment se pouvait-il qu'elle l'abandonne alors qu'enfin son voyage à Paris prenait sens ? Aussitôt sa rage s'apaisa, laissant place à une vive inquiétude. Qu'était-il passé par la tête d'Ingrid pour qu'elle le quitte ainsi en cette heure décisive ?

Vers dix heures, ce matin-là, Géraldine l'informa qu'une réunion avec monsieur Spiris était prévue le soir même à l'école. Bien décidé à poursuivre ses recherches avant cette entrevue, il enfila son anorak et sortit dans la rue.

Une fois sur place, il se mit à répertorier un à un les animaux entourant le globe que portaient les quatre femmes de la statue. Ils étaient au nombre de douze. Benjamin cligna des yeux afin de mieux percevoir leurs contours et constata qu'il s'agissait des signes du zodiaque.

« Elles sont aux aguets », murmura-t-il tandis qu'il observait les quatre femmes. « Chacune regarde vers sa droite comme si elle craignait un danger. Ces femmes protègent quelque chose. C'est ce qui valide l'hypothèse des déesses de vases canopes. Mais que vient faire cette femme de droite qui est seule à porter une couronne ? »

Il songea à l'Hermès psychopompe.

« L'hermétisme est peut-être la clé. D'après ce que j'ai retenu de ma formation de commençant, on doit la naissance de l'hermétisme au *Corpus Hermetica,* l'œuvre d'Hermès trismégiste. L'Hermès psychopompe serait-il là pour suggérer qu'un double sens hermétique est attaché à cette fontaine ? »

Satisfait de ses progrès, il s'accorda une pause à la terrasse d'une brasserie.

De la petite table où il buvait son café, il voyait, pardessus une haie de buis, le monde soutenu par les quatre déesses de bronze, et repensa à son couple qu'il n'aurait pas cru si fragile. Leur amour tenait du coup de foudre. Deux semaines après leur premier rendez-vous, elle lui suggérait le mariage. Cela faisait à peine quatre mois de cela. À bien y songer, la raison du départ de sa femme était évidente. Leur couple battait de l'aile depuis quelque temps déjà, à cause de cette mission française.

Une larme brilla sur sa paupière.

Malgré tout, il s'en retourna à l'étude de la fontaine, et tandis qu'il pénétrait son ombre glacée, il lui sembla que la déesse couronnée lui souriait.

Il comprit.

« Que je suis bête, s'exaspéra-t-il. Il ne s'agit ni d'est, ni d'ouest, ni de nord, ni de sud, encore moins de droite ou de gauche, mais d'orient, d'occident, de septentrion et de midi. Et cette femme couronnée, qui regarde à l'orient, n'est autre que Kether, Sephira de la couronne, premier socle de la sapience alchimiste, tiré de l'arbre kabbalistique des Sephiroth.

« Ah ! Ah ! Maudite fontaine, voici que je perce un à un tous tes secrets. »

Il avait enfin une clé à portée d'intellect, une clé qui lui permettait d'entrapercevoir le commencement d'une idée à laquelle il n'osait croire : au long des siècles ayant succédé à l'érection du Temple, un ordre dissident avait vu le jour ; un ordre basé sur un agencement inédit de l'arbre des Sephiroth (premier pilier de la tradition occultiste). Ce dernier n'y était plus un arbre, mais un motif circulaire dont la fontaine était le schéma, schéma dissimulé aux yeux du monde sous les atours d'une banale œuvre d'art à la gloire de l'Orient.

Benjamin regarda sa montre. Il était quatre heures de l'après-midi. Il fallait qu'il mange et qu'il se prépare pour la cérémonie du soir.

Quand l'heure arriva, notre homme était fin prêt. Le soleil lévitait à quelques degrés au-dessus de l'horizon comme un ékranoplane enflammé. De minces nuages sanguinolents attestaient de son ignition. Une lueur rosée encerclait Paris comme une banderole, ricochait sur les fenêtres closes des immeubles parnassiens.

Lorsqu'il arriva à hauteur de Port-Royal, il vit sur sa droite, au loin, la coupole de l'Observatoire et la tour Montparnasse dont le sommet, irradié par un dernier bouquet de rayons solaires, scintillait telle une gerbe funèbre avant l'ensevelissement de Râ.

L'École des mines était déserte. Au premier étage, au cœur d'une pénombre trouée çà et là par de trop rares persiennes, il se dirigea vers le bureau de Géraldine dont il enfonça la poignée. Mais la porte demeura close. Un pas après l'autre, sans songer à ces deux abîmes qui enserraient l'un son corps, l'autre son âme, il traversa le couloir, laissant traîner sa main sur le mur à la recherche d'un interrupteur.

Chaque pas posé faisait grandir sa confiance, et bien que la situation lui parût plus qu'intrigante il poursuivit son chemin dans l'ombre, guidé par une clameur qui provenait d'une salle située plus avant.

Il percevait au loin un mince rai de lumière. Les voix subissaient des sursauts, elles étaient tantôt puissantes et harmonieuses, tantôt faibles et désaccordées. Une assemblée procédait à des invocations occultes, là-bas, derrière la haute porte soigneusement fermée.

Benjamin sentit l'adrénaline parcourir sa nuque, et projeter des frissons jusqu'aux extrémités de son corps. Il avançait toujours, sans faire de bruit, sur le parquet ciré. Le tumulte montait en puissance. Il distinguait d'autant mieux les voix qu'il progressait vers elles, lentement, sûrement.

Enfin, la porte apparut, et sa main, comme mue par une force étrangère, se posa sur la poignée.

La surface froide le caressa. Il discerna en elle certains symboles grossiers. Corrompu par la peur mais plus encore par la curiosité, il enfonça la molle poignée et poussa la haute porte. Devant lui, un groupe de personnes, peut-être une dizaine, étaient agencées en cercle. Au centre se tenait un homme, le crâne rasé, l'œil bleu, entouré de quatre formes humaines portant des capes longues et foncées. Vers l'extérieur, quatre individus se tenaient aux points cardinaux, vêtus d'une tenue blanche, un médaillon autour du cou. Un des participants se retourna vers Benjamin et hurla d'une voix forte :

– Le cercle est rompu !

Le jeune homme extirpa sa tête de la pièce et s'efforça d'en refermer la porte. Ses mains étaient moites, son visage chaud. Derrière la porte close s'épanouissait tout un brouhaha de voix discordantes. Après quelques secondes d'un suspense involontaire, Géraldine sortit, accompagnée de Francis.

– Suis-nous, soupira-t-elle.

Le parquet craqua sous le poids des trois amis, dont l'amitié semblait malmenée par un vent tragique. Francis, le visage serré, ne cillait pas. Géraldine fouilla dans ses poches et en retira la clé. Enfin, elle alla s'asseoir derrière son bureau.

Il régnait d'ordinaire en ce lieu une confortable ambiance chaude et boisée.

– C'est quoi le problème ? s'étonna Benjamin. Il ne s'agit que d'une réunion de l'ordre. Je ne vois pas du tout ce qui motive votre exaspération.

Géraldine se raidit.

– Hélas non, Benjamin. Tu fais certes partie du même ordre que nous mais tu n'as pas encore été initié à notre grade. Ce que tu as vu, tu n'étais pas censé le voir. Monsieur Spiris a été très contrarié par ton intrusion.

– Mais l'ordre et tous ses dérivés sont structurés selon l'arbre des Sephiroth. Vous m'avez menti. C'est à moi de me sentir contrarié.

– Ce que tu as découvert à Chicago n'est que la première marche d'un escalier dont tu ne soupçonnes ni la grandeur ni la beauté. Si seulement tu étais initié à une telle merveille ! Rien de moins qu'un escalier menant au Paradis. Pendant tout ce temps que tu as passé à l'école, nous t'avons testé. J'ai un aveu à te faire.

– Et quoi donc ? interrogea Benjamin.

– C'est pour toi que monsieur Spiris a fait le voyage depuis les États-Unis.

La mâchoire de Benjamin s'ouvrit sous l'effet de la surprise.

– Écoute-moi, reprit Géraldine. Nous savons que tu travailles sur la fontaine du jardin des Grands-Explorateurs. Écoute-moi très attentivement, poursuivit-elle. Cette fontaine n'est pas un sujet d'étude judicieux. Tu ne dois pas essayer d'en percer les mystères. C'est une tâche réservée aux derniers degrés de notre ordre. À moins que tu ne cherches des ennuis. À moins que tu ne désires entrer dans un cauchemar duquel tu ne pourras jamais t'extirper. Ta mission est accomplie, Benjamin, ajouta Géraldine. L'ordre veut que tu oublies cette fontaine car le test que nous voulions te faire subir est terminé. Prends bonne note de ce que nous venons de te dire et rentre chez toi. Nous te recontacterons.

Benjamin, abasourdi, sortit du bureau. Devant le portail de l'école, il croisa le maître de cérémonie qui inclina la tête, un sourire énigmatique lové sous son regard céruléen.

Quelques étoiles transperçaient le ciel obscur. Il remonta le boulevard Saint-Michel jusqu'à l'escalier craquelant que gardait ce cerbère de Ripolsky et, comme il allait entrer dans son appartement, il reprit conscience qu'Ingrid l'avait quitté. Les larmes aux yeux, il fit demi-tour puis se rua vers son studio secret situé sur l'avenue de l'Observatoire.

En entrant dans le petit meublé, il eut un sursaut. Glissée sous sa porte se trouvait une lettre. Une lettre qui n'était pas affranchie. Qui que soit son auteur, désormais quelqu'un connaissait sa seconde adresse.

5

Mon cher Benjamin,
Voilà qu'est venu pour toi le temps de découvrir un peu de cette vérité que nous t'avions cachée jusqu'ici.
Cet ordre dans lequel nous t'avons missionné est un ordre dissident. Ses membres se font appeler les Invisibles et, si nous t'avons demandé d'étudier cette fontaine, c'est que quelque chose s'y trame.
Tout cela doit te paraître bien étrange et pourtant tu dois absolument nous faire confiance.
Poursuis tes recherches, fais-nous-en part. Nous attendons tellement de toi. Mais n'oublie pas que tu cours un grave danger.
Méfie-toi de ton entourage. Méfie-toi d'Ingrid !
Il te suffit de parler fort pour que nous t'entendions.
Ce studio était une sage idée et je ne crois pas qu'ils en aient eu vent. Sois bien assuré de tout notre soutien dans ces épreuves qui t'attendent.

Roger

En rentrant de l'école, il avait reçu un SMS dont le ton était plus formel.

Cher monsieur Todd,
Vous êtes invité à vous rendre à l'École des mines demain vers vingt et une heures afin de rencontrer monsieur Spiris. Au contact de notre Impérissime, vous seront expliquées les vraies raisons de notre politique. Il est grand temps de vous libérer de l'emprise méphitique de monsieur Do'Haley et de choisir le camp des justes.
Espérant que vous aurez saisi l'importance de ce message.

Un frère digne de confiance

Benjamin ne comprenait pas. Comment pouvait-on l'inciter à se méfier de sa femme ! Était-ce là une manière déguisée de communiquer sur la disparition d'Ingrid ? Était-elle impliquée dans toute cette affaire ? Roger sous-entendait que des micros avaient été disséminés dans son appartement.

Il se leva de son fauteuil et se mit à chercher.

Au bout d'un petit quart d'heure, le studio était sens dessus dessous, mais pas la moindre trace de micro. Il posa les mains sur ses hanches et scruta le fouillis de la pièce. La lumière électrique du plafond éclairait le sol jonché de papiers, le lit retourné les quatre fers en l'air, la table de nuit dont le tiroir avait été enlevé, ainsi que les épais rideaux parfaitement tirés.

Il scruta le drapé impeccable. Le lourd tissu tombait jusqu'au sol. S'avançant sur la pointe des pieds, il monta sur le bureau puis se jucha sur ses pointes. Là, dissimulé dans un ourlet, il trouva un cylindre noir.

Après quelques efforts, le studio retrouva son ordre initial. Benjamin s'enfonça dans son lit et, après avoir éteint la lumière, s'adressa au micro :

– Bonne nuit, Roger.

Si incertaine que la situation lui paraisse, sa loyauté allait encore à son maître.

Il se réveilla bien plus tôt que d'habitude. Suivre les ordres de Roger signifiait désobéir à l'école. Il n'était plus question d'observer la fontaine ailleurs que de son studio. Une paire de jumelles allait se révéler nécessaire.

Le soleil pointait à peine derrière le Val-de-Grâce. Le ciel noir se préparait au déploiement de couleurs par un léger vent frais.

Les jumelles achetées, il se dépêcha de retourner au studio et ouvrit ses rideaux en grand. La fontaine était là, imposante, son bassin miroitant sous le soleil de dix heures.

Benjamin regarda vers la fenêtre avant de faire un rapport concis des trouvailles de la veille.

Quand vint le soir, comme l'heure de son rendez-vous avec monsieur Spiris approchait, il sortit sur le boulevard en s'assurant que personne ne le suivait. Tandis qu'il marchait la tête baissée, enfoui dans le col de son épais manteau, il entendit devant lui la voix de Ripolsky.

– Monsieur Todd, ricana ce dernier. Vous seriez-vous fâché avec votre ravissante épouse ?

– Ce ne sont pas vos affaires, rétorqua Benjamin.

– Oh que si, monsieur Todd. Je ne sais pas si vous êtes au courant mais je suis votre concierge. Cela fait un moment que je ne vous ai pas croisé. Auriez-vous entrepris d'habiter seul dans votre lupanar ?

– Mon quoi ?

– Votre bordel ! Là où vous abritez toutes vos putes, susurra le vieux fou.

– Vous perdez la tête, s'emporta Benjamin. Et, non ! Je n'ai pas d'autre logement.

– Ce n'est pas ce qu'on m'a dit, reprit le vieil homme avec un plaisir affiché.

– Et que vous a-t-on dit ?

– Oh, moi ! Je ne suis qu'un concierge. Mais il se pourrait que j'aie croisé votre femme.

– Je vois que ma situation enchante au moins quelqu'un, soupira Benjamin, résolu à ne pas entrer dans le jeu de son interlocuteur.

Devant le boulevard Saint-Michel se dressait le bâtiment principal de l'École des mines, prenant la pose à côté du Sénat. Benjamin longea le mur d'enceinte sans prêter attention au regard caprin de Baphomet qui le narguait du haut de sa vieille grille close.

Au troisième étage, dans une des ailes à l'accès restreint, s'étendait un parterre tapissé d'une moquette brune.

Tout au fond, une fenêtre donnait sur le côté est du jardin du Luxembourg ainsi que sur la place Edmond-Rostand. Cependant qu'il en écartait les mousselines, une voix l'interpella.

– Monsieur Todd ! Comme je suis heureux que vous soyez venu !

La voix était chaude. Benjamin suivit son hôte dans un salon au milieu duquel trônait une table de billard dont le tapis d'un jaune extravagant semblait avoir baigné dans une teinture soufrée.

L'Impérissime y laissa traîner un doigt avant de relever les yeux vers son invité.

– Vous voyez cette boule, monsieur Todd ? interrogea-t-il en tenant ferme dans son poing une sphère sombre. C'est l'intrus, monsieur Todd. L'ennemi. Le létal numéro huit. Avez-vous des ennemis, monsieur Todd ?

– Pas que je sache, hésita Benjamin.

Spiris le dévisagea.

– Pas d'ennemi, poursuivit-il en souriant. C'est bon ça, c'est très bon.

La boule oscillait entre son pouce et son index sur le tapis jaune. Après quelques secondes, il ajouta :

– Le problème, monsieur Todd, c'est que je ne saurais vous croire en aucune façon.

– Et pourquoi donc ?

– Parce que tout le monde a des ennemis. Voyez cette boule. Peut-être parce qu'elle est noire, peut-être parce qu'elle a une valeur médiane entre la boule la plus faible et la boule la plus forte, que sais-je, cette boule a de nombreux ennemis.

Il le fixait à présent d'un regard bleu scrutateur. Un léger sourire papillonnait au coin de ses lèvres.

– Quelle boule êtes-vous, monsieur Todd ?

– Je ne sais pas, avoua Benjamin, décontenancé.

– Mais si vous savez. Allons, monsieur Todd !

– Peut-être pourriez-vous me le dire ?

– Ah ! Ne laissez personne décider à votre place, monsieur Todd. Ce serait un coup à vous retrouver en Enfer pour n'avoir su choisir à temps le Paradis. Pour ce qui me concerne, que nous parlions de ce tapis ou de cette école, voire de ce pays, je suis le numéro un. Voilà qui vous fera peut-être penser que vous êtes en présence d'un mégalomane mais si seulement vous saviez…

– Encore ce grand secret ? hésita Benjamin sans vraiment cerner la portée de ce qu'il était en train de dire.

– Le numéro un, monsieur Todd. Sur ce pays et dans le monde. Enfin, qui sait ! Mais vous, quel numéro êtes-vous ? Voulez-vous être le sombre élément que chacun toise et méprise ou voulez-vous compter parmi les élus ?

– En réalité, s'enhardit Benjamin, je crois que la boule qui me représente le mieux est la numéro 15, la plus forte si l'on pense bien.

L'Impérissime se prit d'un rire aigre avant de lâcher la boule qui tomba sur le sol.

– Cessons ce jeu de vaines métaphores, mon jeune ami, grinça-t-il, car, à la vérité, vous ignorez ce qui divise nos deux familles.

– C'est exact. Mais je sais que je ne veux pas être des vôtres.

– Naïveté, que d'erreurs commises en ton nom ! Vous ne savez pas à qui vous vous opposez. Il ne s'agit pas seulement de puissance, monsieur Todd. Notre fontaine vous intéresse… Qu'avez-vous donc trouvé ?

– Si peu, rétorqua Benjamin.

– Ne cherchez pas à me mentir, monsieur Todd. Quelqu'un de votre intelligence qui ne verrait rien quand la vérité lui saute ainsi aux yeux. La vraie différence entre nos familles, c'est la connaissance. Et si vous saviez d'où je tire ma sagesse, vous vous prosterneriez bien bas.

– Liriez-vous dans les pensées ?

– C'est encore mieux que cela.

Spiris se baissa pour ramasser la boule noire et la lui tendit.

– Croyez-moi ! Bientôt vous ferez partie des nôtres. Et vous n'attendrez plus rien de vos anciens maîtres car vous comprendrez qu'ils ne vous ont appris que pour mieux vous désapprendre, qu'ils ne vous ont initié que pour mieux vous exclure. Méditez ces conseils, faites-en une initiation supplémentaire et, surtout, venez nous rendre visite demain soir, à vingt-deux heures, à cette adresse.

Il lui remit une carte puis l'invita à sortir.

6

Au matin, alors que le soleil commençait à éclairer l'avenue de l'Observatoire et que Benjamin observait le spectacle des quatre femmes qui soutenaient le monde, il lui apparut que sa quête arrivait peut-être à son terme. Il rangea les jumelles dans leur étui puis alla se promener dans la capitale, le sourire aux lèvres, le cœur libéré de toute pesanteur.

« Si je peux laisser croire à ces illuminés que leur doctrine m'intéresse, sourit-il cependant qu'il traçait une route au hasard de ses pas, il n'est pas impossible que j'en apprenne suffisamment en une seule nuit pour pouvoir plier bagage et retourner à Chicago. »

Le soleil versait son or depuis le ciel. La Seine comme un diamant liquide répercutait partout dans ses rides ses linéaments dorés.

Un bras dépressionnaire menaçait au loin.

Arrivé sur le quai de Conti, il emprunta le pont des Arts. En face de lui s'étendit l'immensité du Louvre. Pyramide, Palais-Royal, Cour carrée ; Benjamin marcha d'un bon pas. Il voulait fouler l'herbe des Tuileries et respirer un air moins vicié. Les quais, soumis à une circulation dense, étaient plombés de volutes âcres et grises de diesel consumé.

Il se dirigea vers la place de la Concorde, ne regardant pas les passants nombreux mais un point imaginaire, à l'horizon, où il avait accroché son objectif principal : découvrir le secret de l'école, le secret de Spiris et celui de la fontaine.

Il monta l'escalier central à l'ombre des lions de pierre qui, comme des sphinx, gardaient le Jeu de paume. Depuis l'esplanade, Paris se dévoila sous ses yeux. Le soleil dominait l'île de la Cité, anéantissait de lumière les toits de la

Sainte-Chapelle. Un éclat sur la pyramide de verre l'obligea à cligner des yeux. Il tourna la tête vers le sud, vers où regardait Isis. Il ne pouvait, comme la déesse, contempler l'observatoire mais sa pupille s'élargissait de bonheur. Il y avait, tout à l'ouest, la tour Montparnasse défiant crânement les nuages, et, sûre d'elle, loin de toute obsession de plaire, la Dame de fer, sceptre dressé sur la capitale, pareille à l'insolent doigt des hommes pointant l'azur des dieux.

« C'est fabuleux », s'enthousiasma-t-il dans un jet de vapeur dû au froid intense qui baignait le spectacle.

Il resta un long moment à regarder ce qu'il n'avait pas pris le temps de voir. Cela faisait trois mois qu'il était arrivé et il avait jusqu'ici dédaigné cet aspect du voyage : la visite d'une des plus belles villes du monde.

Benjamin erra ainsi quelques heures jusqu'à ce que le souvenir de sa femme le plonge soudain dans une profonde mélancolie. Le cœur oppressé, les yeux humides, il retourna chez lui.

Après une douche prolongée, il ordonna ses habits sur le lit de son appartement du boulevard Montparnasse où il avait décidé de se réinstaller afin de faire taire chez Ripolsky l'idée dangereuse qu'il s'était trouvé un autre logement. Il craignait que le vieil homme vienne à renseigner d'éventuels enquêteurs de l'école.

La loge du concierge était éteinte.

Benjamin enfila son manteau et s'enfonça dans la nuit. Il tenait entre ses mains frigorifiées la petite carte remise par Spiris. On l'attendait au : 66, passage d'Enfer. À deux pas de chez lui, il trouva la rue Campagne-Première qu'il remonta sur une trentaine de mètres avant de bifurquer dans le passage. Le bâtiment désigné par la carte d'invitation s'annonçait sur sa gauche. Alors qu'il approchait, un attroupement attira son attention. Parmi les individus arrangés en demi-cercle, Spiris le héla.

– Monsieur Todd. Ah, monsieur Todd ! Vous ne pouvez pas savoir comme je suis heureux.

– Vous pouvez m'appeler Benjamin.

– On se décontracte ? reprit Spiris. Avez-vous vu quel magnifique bâtiment est en ma possession ? Vous vous amuserez à en compter les carreaux. Venez ! J'ai certaines personnes à vous présenter.

– Combien y en a-t-il ?

– De carreaux ? Allons ! Quel nombre magique pourrait faire l'affaire ! Disons : six cent soixante-six. Je vous en prie, ne vérifiez pas. Ce n'est jamais sur un nombre que l'on fonde une appartenance.

– Ainsi vous êtes des satanistes ?

Les invités se mirent à rire. Spiris ajouta :

– Quelle candeur ! Vraiment, tu me plais, mon petit.

– Je ne peux pas en dire autant.

– Excuse-moi, c'est un numéro que je fais à tout nouvel arrivant. Il faut reconnaître que le bâtiment a de la gueule, et ça donne sur le passage d'Enfer.

– Quel est exactement le propos de cette soirée ?

– Te faire découvrir notre maison. T'indiquer la voie. Nous procédons comme nos frères de Chicago. Mais nous, nous avons une véritable sagesse à vendre. Notre maître est l'incarnation de Binah. L'incarnation ! C'est amusant, vous ne trouvez pas ?

Les invités se secouèrent de rire.

– Ah, j'adore plaisanter avec de bons amis, ricana Spiris.

Il prit Benjamin par l'épaule et l'introduisit dans son hôtel particulier. L'entrée s'étirait, comme un transept, cernée de larges cierges blancs, terminée par une porte dont les panneaux avaient été retirés et qui donnait accès à la pièce centrale d'un volume phénoménal. Débarrassée pour l'occasion de ses meubles, éclairée par trois lustres de cristal, l'immense salle de réception accueillait çà et là des groupes d'invités en costumes clairs. À mi-hauteur, une mezzanine, de laquelle pendaient de magnifiques tapis pourpres, venait souligner l'indécent gigantisme de ces murs écartelés à la verticale. On voyait sur les murs de droite et de gauche s'accrocher deux escaliers en bois desservant un étage supplémentaire perdu dans l'austère canopée.

– Pas mal ! N'est-ce pas ? lança Spiris.

Un feu mourait dans une cheminée. La salle, peu à peu, se bondait de monde. Un détail choqua Benjamin.

Il était le seul à porter un costume sombre, seul au milieu d'une centaine d'invités vêtus de vêtements blancs, pâles ou éclatants. Spiris, quant à lui, arborait un costume trois-pièces dont le ton crème évoquait assez bien une aube sacerdotale. Il repensa immédiatement à la question de son hôte : « Voulez-vous être la boule noire que chacun toise avec mépris ? »

Une femme s'approcha de lui.

– Bonsoir, monsieur Todd.

– Oui ? répondit ce dernier, sur la défensive.

– Je suis Elvira Lans. Notre maître m'a beaucoup parlé de vous. Il paraît que vous tentez de décrypter cette fameuse fontaine qui est tout près d'ici. Comme c'est passionnant ! Il se trouve que je suis l'arrière-petite-fille de Gabriel Astrin, le concepteur de la fontaine.

Il n'eut pas le temps de répondre qu'un autre individu s'approcha en se présentant :

– Théodore, Théodore Porca.

– Laissez-moi deviner, arrière-petit-fils de Jean-Baptiste Porca, fit Benjamin interloqué.

– Tout à fait exact !

– Si je comprends bien, il ne manque plus que je-ne-sais-qui Landot.

– Il est décédé l'hiver dernier, répondit Elvira.

– Savez-vous ce que cette fontaine a de particulier ? s'enthousiasma Théodore.

– Peut-être allez-vous me le dire ?

Trois autres invités vinrent agrandir le cercle.

– Elle est située sur un jardin chargé d'histoire.

– Sur les ruines du château de Vauvert, précisa Elvira.

– On a dit de ce château qu'il était hanté par le diable, ajouta Théodore. C'est de là que vient l'expression : *aller au diable Vauvert.* Étonnant, n'est-il pas, que cette fontaine soit placée sur le théâtre d'anciennes diableries.

– Et pourquoi serait-ce étonnant ? se rembrunit Benjamin.

Elvira lui envoya un clin d'œil dont il ne sut s'il fallait y lire humour ou perfidie.

– Ne vous alarmez pas, reprit-elle. Il n'y a aucune méchanceté ici. Nous sommes de joyeux drilles. Nous n'avons rien contre vous.

– Absolument, assura Théodore avec un sourire courtois.

À ce moment, Spiris revint vers son invité.

– Benjamin, nous partons en séance. Pourrais-tu nous attendre ici ? C'est une affaire de quelques minutes, tout au plus, afin de décider de ton avenir dans l'ordre.

– Cela nécessite-t-il une initiation nouvelle, ou s'agit-il seulement d'un grade supérieur ?

– Beaucoup de questions et peu de temps, sourit Spiris. Je repars ce soir pour New York ! Mais, n'aie crainte, je te laisserai entre les meilleures mains.

Les invités gagnèrent l'étage, laissant Benjamin seul au milieu de la pièce. Dans la pénombre rougeoyante, on n'entendit plus que les deux escaliers qui craquaient sous la charge. Au fond du salon, l'âtre n'abritait qu'un tas de cendres. Seul, dans son costume noir d'étranger, Benjamin regarda l'imposante cheminée.

Voilà qu'une clameur emplit la pièce. Comme elle paraissait provenir du foyer, il alla coller son oreille sous le conduit. Après une poignée de minutes d'une curieuse rumeur, le silence se fit et la voix de Spiris se mit à résonner.

– Mes biens chers frères, vous qui, comme moi, rendez grâce au Trismégiste, je vous annonce une grande joie. Vous le savez, la fontaine est sur le point de nous rendre notre trésor. Demain soir, nous convergerons sous la terre, et celui qui veille en nos cœurs depuis l'aube du monde sera ramené à la vie…

Derrière Benjamin, une ombre se faufila.

– Malheureusement, il me faut dès ce soir regagner la Trinity Veritas, car un autre corps mérite mon attention. Je vous laisse donc entre les mains de mon serviteur dévoué. Mais n'ayez crainte, je serai avec vous en pensée, mon âme unie à l'âme de mon prêtre. Et nous jubilerons en chœur de cette grande joie.

L'ombre portait un couteau acéré.

– Le *Trilibrium* est l'ouvrage le plus sacré de notre temple, et vous connaissez son fabuleux pouvoir ! En effet, c'est par lui que…

Un craquement sec retentit dans le salon déserté. Benjamin se retourna et vit fondre sur lui une vieille main pourvue d'une lame étincelante.

– Vous ! hurla-t-il en assommant l'individu.

Le corps fatigué du vieux Ripolsky alla s'effondrer sur le sol. Aussitôt, les portes de l'étage s'ouvrirent sur une foule de disciples en vêtements blancs. Benjamin se précipita vers la porte qui, hélas, était fermée à clé et il sentit l'adrénaline lui secouer les nerfs. Il repéra *in extremis* une statue luciférienne qu'il emporta vers l'autre sortie de l'immeuble.

Sur le passage d'Enfer, le salon arborait deux fenêtres. Benjamin jeta la statue sur la vitre de droite puis débarrassa les montants de leurs morceaux de verre.

Théodore, juste derrière, débouchait dans le salon.

Benjamin enjamba la fenêtre et courut vers la grille qui bloquait l'accès au boulevard Raspail. Un gros cadenas en condamnait le passage.

Il secoua la structure, submergé par la peur. Telle une mâchoire pantelante, les terminaisons acérées de chacun des barreaux s'ébranlèrent dans la nuit.

Théodore ricana :

– Tu es fait, Todd.

Accompagné de deux autres hommes, il venait vers lui, empêchant toute fuite par la rue Campagne-Première. Les hommes n'étaient qu'à quelques mètres. Benjamin entendit monter une rumeur. Les invités, groupés derrière la grille, prêts à la défoncer, le dévisageaient. Sans perdre plus de temps, il se lança vers Théodore qu'il bouscula sans peine. Le dandy occultiste tomba sur le sol. Et la foule se mit à gronder.

Benjamin n'était pas loin de la deuxième sortie mais la horde blanche contournait déjà le pâté de maisons. Les murs des immeubles du passage d'Enfer défilèrent sous ses yeux affolés. À une dizaine de mètres, la deuxième grille était close elle aussi. Pas de cadenas, mais des terminaisons fines comme des aiguilles.

Il heurta la paroi métallique. Derrière lui, les trois hommes arrivaient. Benjamin saisit la grille et la secoua avec violence, jusqu'à ce que, comme par miracle, elle accepte de s'ouvrir. Après un sprint qui lui parut interminable, il disparut dans la foule des chalands, englouti dans leur multitude pacifique.

Alors, s'affalant contre un mur, le corps en nage, il prit conscience de la gravité de la situation.

D'un côté, la raison lui déconseillait de rentrer dans son appartement de Montparnasse, de l'autre, la curiosité le piquait. Malgré le danger, d'un pas tranquille il prit la rue Froidevaux qui longeait le cimetière du Montparnasse. Des frissons lui parcouraient le corps. Son cœur ne s'était pas calmé.

Il grimpa les escaliers de son immeuble et, une fois entré, alluma son ordinateur.

Dans la liste presque sans fin de ses nouveaux e-mails, l'un d'eux attira son attention.

Benjamin,
Vous ne me connaissez pas et pourtant, je suis un de vos plus proches amis. Nous ne nous sommes jamais vus mais notre cause

est la même. Je ne vous apprends rien en vous disant que votre vie ne tient plus qu'à un fil. Ma mission est à présent de vous exfiltrer de Paris. Je ne peux vous dire ni qui je suis ni où j'habite car ce courrier pourrait être intercepté.
Voici en mystère le lieu où vous saurez me rejoindre.
La consigne 830 ne vous sera pas inutile.

Charles d'Éon dedans ta rue,
Bien cachée près de ton théâtre
Chinois, un seul bijou intrus
Se tapit au numéro quatre.

C'est alors qu'un bruit mat prolongé d'un geignement sourd le sortit des méandres de sa pensée. Au-dehors il découvrit Ingrid tombée au sol et recroquevillée, à moitié nue. La jeune femme le regarda, son petit visage mouillé par les larmes, et hoqueta :

– Si tu savais, Benji. Si seulement tu savais !

7

Ingrid pleurait tellement qu'elle ne parvenait pas à articuler. Benjamin la serra contre lui.

– Que s'est-il passé, ma chérie ? demanda-t-il à mi-voix, pris par l'émotion.

– Si… si tu savais, Benji !

Les sanglots étranglaient sa voix.

Ils se tenaient tous deux sur le rebord du canapé, Ingrid perdue dans les bras de son mari.

– Tu veux que je te fasse un café ? murmura-t-il.

Ingrid hocha la tête.

Dans la cuisine, l'éclairage en manque de puissance projetait une teinte grisâtre sur les murs.

– Un sucre ?

– Deux, répondit Ingrid, faiblement.

– Il faudra bien que tu me racontes ce qui s'est passé.

Ingrid ne répondit pas. Benjamin ne lui fit aucun reproche. Puisqu'elle réclamait de l'attention et de la force d'âme, il s'occuperait d'elle comme il n'en avait jamais eu l'occasion.

– Mets un peu d'encens, Benji. Je suis si fatiguée.

– Tout de suite.

– Promets-moi de m'écouter jusqu'au bout.

– Bien sûr, ma chérie.

Ingrid avait repris des couleurs. L'odeur du café peut-être. Elle colla ses lèvres asséchées sur le mug et but goulûment.

– Fais attention de ne pas te brûler.

Elle passa la main sur ses yeux encore humides et fixa Benjamin.

– L'ordre pour lequel tu travailles est ennemi du mien, déclara-t-elle d'une voix plus assurée.

– Comment ça « du tien » ? Tu es donc toi aussi membre d'une fraternité alchimiste ?

Ingrid eut un mouvement de recul.

– Mon Benji ! Si tu savais comme je t'aime. Je sais bien qui tu es au fond de toi. Si je ne me suis pas montrée emballée à l'idée de partir pour Paris, c'est que je savais pourquoi on t'y invitait.

– Que veux-tu dire par là ?

– Benjamin, écoute-moi ! Tu es en train de subir une initiation sataniste dont cette fontaine est l'élément clé.

Benjamin ressentit une forme de malaise.

– Et je ne t'ai pas abandonné, reprit-elle d'un ton plaintif.

– Pas abandonné ?! Ça y ressemble assez quand même, tu ne trouves pas ?

Une larme coula sur la joue d'Ingrid.

– Benji, j'ai… j'ai été enlevée. C'est grâce à Spiris si je suis en vie. Tu as été envoyé à Paris pour subir le dernier stade initiatique de ton ordre. La cérémonie que tu as découverte à l'École des mines est la véritable cérémonie des alchimistes. Tout ce que tu as appris jusqu'ici est faux. Tout cela n'avait qu'un seul but, te pervertir jusqu'à te faire accepter la doctrine de Roger : l'adoration à Satan.

– Mais enfin, c'est un délire sans queue ni tête. Je te rappelle qu'il y a un Baphomet sur les grilles de l'école.

– Tu mélanges tout, Benjamin. Cette figure est un clin d'œil à l'ancienne rue sur laquelle donnait l'établissement. La rue d'Enfer. Rien de plus. D'ailleurs, c'est abusivement qu'elle s'appelle ainsi. À l'origine, elle s'appelait la *via Infera* car elle était située en dessous de la rue Auguste-Comte.

Benjamin la regarda, horrifié.

– Tu sembles bien au courant de l'histoire de Paris pour une étrangère.

– Vérifie par toi-même. Ce que je te dis est l'exacte vérité. Il n'y a rien d'étonnant à ce que j'en connaisse l'explication. Ce détail architectural fait partie de notre patrimoine.

– Et tu vas me dire que Spiris est un gentil toutou qui ne ferait pas de mal à une mouche ?

– Je n'emploierais pas de termes irrespectueux pour sa personne. Spiris est un être d'une extrême intelligence. Il ne cherche qu'à te protéger.

– Tu espères vraiment me faire gober ça ?

– Il est venu sur mon initiative. Je souhaitais que ce soit lui qui te mène vers la vérité.

– Spiris est un sataniste de la plus belle eau.

– Absolument pas. Il n'est là que pour t'extraire des griffes de Roger.

– Eh bien, dans ce cas, explique-moi ce que faisait Ripolsky avec ce couteau.

– Pour Ripolsky, je ne suis pas au courant. Mais Spiris avait prévu de te tester. Il s'agissait d'être sûr que tu ne nous doubles pas, que tu ne sois pas déjà converti à la cause de Satan. Ce que tu as pris pour une ruse n'était qu'un moyen de vérifier ton innocence.

– Ils se sont jetés sur moi.

– Tu as dû mal comprendre, ou éveiller chez eux des soupçons.

– Et si c'était toi qui te faisais duper par Spiris ?

– C'est impossible.

– Et pourquoi ça ?

– Parce que tu n'es pas au courant de toute la vérité.

– Alors, raconte-moi ! Pourquoi est-il impossible que Spiris soit une enflure ?

– Ne parle pas de lui de cette manière.

– Dis-moi ! cria Benjamin hors de lui.

– Parce que Roger est celui qui m'a enlevée.

– Que dis-tu ?

– Je dis que Roger est à Paris, qu'il te surveille et qu'il m'a écartée de toi pour que je ne te révèle pas la vérité.

Il s'occupe de ton initiation. Il a la charge de te tourner vers Satan.

– Roger ? Je ne peux pas le croire.

– Ouvre les yeux, s'indigna Ingrid. Nous n'avons plus beaucoup de temps. Roger est à nos trousses. Il a juré de me tuer. L'ordre nous enverra un émissaire à Nantes. Puis nous prendrons l'avion vers une destination inconnue. Il faut que tu ailles à l'instant nous prendre deux billets de train. Nous sommes en danger, tu comprends ?

Benjamin soupira :

– Comment ai-je pu tomber aussi facilement dans ce piège ?

– Ils s'y sont pris à plusieurs. Tu n'es d'ailleurs pas la seule victime. Ils ont abusé de toi, gagné ta confiance et ton amitié.

8

Dehors, le froid avait redoublé. Un léger voile de neige recouvrait Paris. Les voitures en étaient finement poudrées. Benjamin marcha jusqu'à la gare située derrière la tour, et s'assura par de brefs coups d'œil que personne ne le suivait. Ses mains contre son corps rosissaient sous la brise glaçante. Il méditait en silence les révélations de sa femme, espérant accéder à un éclair de lucidité. Dans sa poche patientait une copie de l'e-mail qu'il venait de recevoir. Il se forçait à en réciter l'énigme. La consigne 830, il la connaissait sur le bout des doigts. Elle expliquait la rédaction des codes alchimistes en strophes de quatre vers afin de donner les points de rendez-vous. Les deux premiers vers indiquaient le nom de la rue, le troisième vers, un signe distinctif imparable, et le quatrième vers était destiné à induire en erreur les profanes.

La gare était presque déserte.

Benjamin se dirigea vers une borne de retrait. Au loin, près des escalators, deux vagabonds accompagnés de chiens-loups vidaient des canettes. Après quelques manipulations sur l'écran tactile, le code de sa carte ayant été correctement entré, les billets de train s'imprimèrent. C'est à ce moment qu'il aperçut six hommes en noir, comme surgis de nulle part, venir vers lui.

Il se dirigea vers l'intérieur des quais de la gare mais les six individus se glissèrent dans son sillage.

Benjamin avançait, cachant avec peine sa fébrilité, suivi de près par les six gaillards. Il se retourna pour évaluer la progression de la filature. Ils n'étaient qu'à une dizaine de mètres derrière lui, le visage serré, les muscles saillants. Dans un corps-à-corps avec ne serait-ce que l'un d'eux, il n'aurait aucune chance. Tandis qu'il entrevoyait une sortie sur sa droite, au loin, tout au bout de la zone des départs, lassé de louvoyer et pressentant que c'était là son unique chance d'échapper à une fin tragique, il s'élança. Derrière lui, un des hommes se mit à crier. Un voyageur, surpris par la scène, se précipita hors champ. Benjamin avait les yeux rivés sur la sortie. Les publicités défilaient devant ses yeux. Il aurait voulu un mors pour se donner du courage. Ses muscles, déjà éprouvés peu de temps auparavant, le brûlaient. La sortie n'était qu'à quelques mètres. Il pouvait voir l'escalier plongeant au-dehors et un escalator en panne sur sa gauche. Deux hommes supplémentaires firent leur apparition en bas de l'escalier. Dans la seconde qu'il prit pour réfléchir, les six colosses le rattrapèrent et l'un d'eux lui glissa entre les côtes le canon d'un revolver.

– Un mot de trop et tu n'es plus qu'un bout de viande sanguinolent.

– Que me voulez-vous ? soupira Benjamin.

– On t'a dit de la boucler, gronda le chef en lui assénant un coup de crosse.

– Vous avez un problème, monsieur ?

Une escouade de militaires du plan Vigipirate avançait vers eux. Celui qui tenait Benjamin en joue enfonça son canon davantage et lui intima l'ordre de se taire.

– DGSI, en mission spéciale.

– Nous n'avons pas été prévenus, objecta le militaire le plus gradé.

– Vous n'avez pas à être prévenus de quoi que ce soit. Laissez-nous faire notre sale boulot.

Benjamin allait crier mais une main gantée vint le bâillonner fermement.

Ils marchaient dans la rue déserte, enserrant leur proie. Le froid, la peur, la violente détermination de ces hommes, tout concourait à briser les espoirs du prisonnier.

Enfin, le chef d'escouade lui murmura à l'oreille :

– Mets tes mains derrière le dos.

Un bruit de portière cingla dans la nuit. Le chef le poussa dans le coffre d'une camionnette.

– Vous autres, déploiement ! ordonna-t-il.

Puis, en quelques secondes, il entrava Benjamin.

– Désolé, mon p'tit gars, mais tu vas devoir rester avec nous pour le moment.

– Pour qui travaillez-vous ?

Le colosse ne répondit pas.

– Êtes-vous des émissaires de Spiris ou de Roger Do'Haley ?

– Jamais entendu parler !

– Mais qu'est-ce que vous me voulez à la fin ? s'emporta Benjamin.

– Du calme, monsieur Todd, reprit le chef en le plaquant avec force.

– J'ai d'importantes relations. Vous ne savez pas à qui vous vous attaquez.

– Taisez-vous, je dois rendre compte.

Il sortit son portable. Benjamin ne put entendre toute la discussion qui suivit.

– Je vous écoute, commandant.

– *Avez-vous le corps ?*

– Il est en place, commandant.

– *Bien, très bien. Et vos hommes ?*

– En position. Parés à intervenir.

– *C'est un joli coup. Veillez à ce que rien ne dérape et ne tuez à aucun prix votre prisonnier. Mort, il ne nous sert plus à rien.*

– Entendu, commandant.

– *Un corps propice est d'une extrême rareté. Notre agent a réussi le coup idéal. Ne le faites pas échouer. Je vous tiens pour seul responsable de la mission.*

– Tout est clair.

– *Attendez mon signal. Je dois m'assurer que le Nyrtex est actif et l'implanteur fonctionnel.*

– Bien, mon commandant.

Et il claqua la portière, abandonnant le prisonnier dans la camionnette. Par le pare-brise, ce dernier vit le chef s'éloigner, rejoint presque aussitôt par deux de ses hommes. Après quelques trop longues minutes, quand Benjamin fut à peu près certain d'être seul, il se jeta contre la paroi et se tortilla comme un serpent. Derrière lui se trouvait une jointure de la carrosserie qui offrait un croc sur lequel il positionna le lien et, alors qu'il s'arc-boutait dessus, le lien céda. Il s'allongea devant la porte du coffre, les jambes pliées, puis projeta ses pieds joints sur la charnière qui s'ouvrit en un craquement de tôle froissée.

Une fois sorti de la camionnette, il ne lui fallut pas longtemps pour atteindre un des nombreux pylônes jouxtant la tour Montparnasse, rue de l'Arrivée.

La loge du concierge n'était pas allumée. Benjamin monta l'escalier jusqu'au premier étage. La porte de l'appartement était à moitié ouverte.

– Ingrid ? appela-t-il.

Mais il n'obtint pour seule réponse que le grincement du portail, suivi de cette voix qu'il connaissait bien.

– Monsieur Todd ? C'est vous ?

Comment le concierge avait-il le culot de lui adresser la parole après ce qui était arrivé au passage d'Enfer ?

– Qu'est-ce que vous me voulez ?

– Rien, monsieur Todd. Juste m'assurer que vous êtes là, en entier.

– Je vous préviens qu'il se pourrait que vous ayez la visite de la police très prochainement.

– Oh, mais j'y compte bien. Car, voyez-vous, je viens de l'appeler pour lui dire que j'ai surpris un certain Benjamin Todd en train de violenter sa femme et que…

– Comment avez-vous osé ?

Il descendit quelques marches.

– Et qu'il serait possible qu'il l'ait assassinée.

– Espèce de salaud ! Ingrid ! hurla Benjamin.

Déjà une première sirène retentissait dans la rue. Il remonta les escaliers. Là, à quelques mètres devant lui, après le corridor qui traversait l'appartement, sa femme était étendue, un poignard planté dans le cœur.

– Qu'est-ce qu'ils t'ont fait mon amour ?

Il songea un instant à prendre le couteau avec lui mais les sirènes étaient trop proches. Il dévala l'escalier, bouscula Ripolsky au passage.

Une voiture de police était garée en amont. Un agent lui intima l'ordre de se rendre mais Benjamin ne réfléchissait plus, il monopolisait toutes ses forces pour échapper à ce funeste destin qu'on lui avait tracé.

9

Benjamin ne se retourna même pas pour voir si le policier engageait la poursuite. Il était déjà loin, à hauteur de la rue de Sèvres, quand la voiture de police se lança sur ses traces, sirènes hurlantes. Derrière une voiture de sport où il s'était dissimulé, il vit la police arriver en trombe puis disparaître sur le boulevard des Invalides. À ce moment une camionnette s'arrêta en double file de l'autre côté du boulevard. Deux hommes, le pistolet au poing, sortirent du coffre de la camionnette et se lancèrent derrière lui.

Benjamin pressentait que, d'une manière ou d'une autre, sa vie n'était pas menacée. Si l'on en avait voulu à ses jours, son cas aurait été réglé depuis longtemps. Quels qu'étaient les objectifs de ces hommes en noir, ils le voulaient vivant.

Le trottoir était désert. Un coup de feu vibra dans la nuit. La détonation lui fit comme un coup de fouet. La peur et la tristesse ainsi que les endorphines de l'effort s'étaient muées en lui en une incroyable énergie.

Ses yeux étaient maintenant rivés sur les pierres du Lutetia dont les murs majestueux s'élevaient à l'horizon. La camionnette, restée derrière, démarra en faisant fumer l'asphalte. Le bourdonnement du moteur vint aux oreilles de Benjamin. Il fallait qu'il trouve une issue. À une cinquantaine de mètres derrière lui, la porte arrière de la camionnette coulissa et un individu sortit son bras armé. Un second coup de semonce fut tiré mais la silhouette de la cible disparut. Benjamin venait de s'engouffrer dans une rue à sa droite. Devant lui, à côté d'une sortie d'immeuble encombrée de poubelles et de détritus, un amoncellement de cartonnages lui sembla faire l'affaire.

Ses poursuivants n'avaient pas encore bifurqué qu'il se faufila sous un grand carton dépiauté.

La cache était dérisoire. Il suffisait de se baisser pour apercevoir ses pieds à peine recouverts. Un bruit de cavalcade se répandit dans la ruelle, mais les deux hommes ne prêtèrent pas attention à l'immense déchet cartonneux. Ils le dépassèrent et leurs bruits de pas s'évanouirent dans la rue.

Vers dix heures du matin, il se réveilla, transi de froid. Des étudiants attendaient l'ouverture des portes de l'immeuble à côté duquel il s'était endormi.

– Alors, on s'est bien bituré ? se moqua l'un d'eux.

Benjamin portait un costume de marque et avait passé la nuit sous un carton. Il se gratta la tête, acquiesça en bâillant, puis se décida à quitter les lieux. La mort de sa femme occupait toutes ses pensées, pourtant, il lui fallait maintenant élucider qui prenait à ce point plaisir à réduire sa vie en miettes et, pour cela, trouver un allié.

La chose n'était pas compliquée. Tout alchimiste ayant pour devoir de signaler son appartenance par une série de codes, il se dirigea vers le jardin du Luxembourg et prit soin de promener son regard sur les devantures des commerces qu'il longeait, à l'affût du moindre détail. Il en avait déjà repéré deux ou trois de prometteuses quand il tomba sur la vitrine d'un marchand de livres anciens. Là, parmi toutes sortes d'ouvrages consacrés aux jardins à la française, derrière une pile de vieux bouquins rébarbatifs qui détaillaient l'art subtil de l'élagage des haies de cupressus, se trouvait dissimulé un guide du Paris mystérieux.

Un ouvrage tout à fait répandu mais qui, de toute évidence, n'avait pas sa place ici.

À la différence des autres livres, celui-ci n'avait pas de prix. Benjamin recula pour admirer la façade de l'immeuble. Il était assorti de superbes balustrades où des croix côtoyaient des branches de buis en fer forgé. Sans plus attendre, il poussa la porte de la librairie. Le patron, occupé par un client, l'interpella.

– Désolé, je ferme.

– Ah bon. C'est que, c'est assez délicat, mais je… Je crois que je vous connais, hésita Benjamin.

– Et, qu'est-ce qui vous fait dire ça, mon ami ?

– Votre goût affiché pour les *Buxus sempervirens*, poursuivit-il en montrant un ouvrage pris au hasard.

– Comme les Buxacées d'Andalousie ?

– Exactement.

– Mon cher ami ! Gustave ? C'est bien ça ?

– Lui-même ! Et bien content de vous retrouver après toutes ces années.

– Excusez-moi, dit le libraire à son client. L'amitié n'attend pas. Au revoir, cher monsieur.

Il raccompagna le client jusqu'à la sortie puis retourna le panneau de bienvenue. Enfin, il se dirigea vers Benjamin et le prit par le bras.

– Que puis-je pour vous, mon frère ?

– M'éclairer, je l'espère.

– Dans ce cas, suivez-moi dans la réserve.

Benjamin s'assit sur un fauteuil et se mit à raconter son histoire.

10

– « L'École des mines protège des alchimistes déviants. L'ordre fonctionne sur des bases inédites. » Que voulez-vous dire par là ?

– Leur temple est calqué sur la fontaine du jardin Marco-Polo, s'enflamma Benjamin. Spiris adore un certain Trismégiste, peut-être Satan.

– Ne vous égarez pas en conjectures. Les faits, juste les faits. C'est que, j'ai beaucoup d'amis dans cette école et les réunions dont vous me faites part n'ont rien qui me semble anormal. Ce qui me paraît beaucoup plus étrange, c'est qu'un commençant comme vous y ait pris part.

– Je n'étais pas le bienvenu.

– C'est une évidence. Je connais de réputation monsieur Spiris. Aucune consigne ne m'a été donnée. Je vous demande de ne pas sortir d'ici pendant que je me renseigne. Qui vous a parlé de cette fontaine ?

– C'est ce que je vous disais tout à l'heure. Elle est la raison de ma venue.

– Vous ne faites donc pas partie du Temple… Un profane dans le secret, grommela-t-il en agrippant le téléphone, c'est inquiétant.

Benjamin se leva et se dirigea vers la porte. Le libraire, après avoir fouillé dans l'un des tiroirs de son bureau, pointa sur lui un petit calibre.

– Vous êtes fou, glapit Benjamin qui n'était plus qu'à quelques pas de la sortie.

Il glissa une main derrière son dos à la recherche de la poignée. Un coup de feu partit mais les tremblements du libraire dirigèrent la balle vers une étagère.

Benjamin détala dans le fracas du verre brisé.

La tristesse en son cœur n'avait pas décru. Elle semblait au contraire plus vive que jamais. Son estomac le tiraillait. Il avait peur. Il avait faim. Se pouvait-il qu'il se trouve pris dans une querelle de satanistes ? Se pouvait-il que Roger Do'Haley et Patrick Fiss Spiris soient tous deux opposés par une lutte de pouvoir interne ? Dans ce cas, il ne lui restait qu'à fuir loin de Paris avec la menace résiduelle de se faire épingler pour le meurtre de sa femme. Ripolsky ne se ferait pas prier pour dresser un portrait-robot.

« Je vais d'abord m'en assurer », marmonna-t-il alors qu'il franchissait le porche de l'école.

– Où allez-vous, monsieur Todd ? interrogea la concierge.

Celui-ci ne répondit pas et fila vers le bureau de Géraldine. La quadra y était en pleine discussion avec un étudiant. Elle dévisagea le nouvel arrivant avec stupéfaction.

– Que viens-tu faire ici ? demanda-t-elle.

– Je viens chercher des preuves.

– Des preuves de quoi ?

Il la força à entrer dans son bureau.

– Un problème, madame ? s'inquiéta l'étudiant prêt à intervenir.

– Allez chercher Francis, commanda-t-elle apeurée.

Benjamin la poussa contre le mur puis referma la porte.

– Qu'est-ce que vous me voulez, à la fin ?

– Mais, mais rien du tout.

En même temps qu'il tenait Géraldine à la gorge, il fouillait les tiroirs, triturait ses papiers.

– Je ne vois pas de quoi tu parles.

– Bien sûr. C'est moi qui suis paranoïaque. Au fond, personne ne cherche à me tuer ou à me réduire au silence. Ah, voilà ce que je cherche ! jubila-t-il enfin.

Il tenait entre les mains un papier froissé, un papier à en-tête arborant un logo qui reproduisait en un style très sobre la face cornue de la grille de l'école.

– Ainsi donc cette école est truffée de satanistes. Prends garde ! Vous n'en avez pas fini avec moi, lâcha-t-il en bousculant Géraldine. Je reviendrai.

Il sortit du bureau en toute hâte.

D'après les révélations grappillées dans la cheminée du passage d'Enfer, une réunion était prévue le soir même dans les catacombes. L'occasion rêvée de tirer cette affaire au clair ! C'est du moins ce dont il se convainquit. N'étant pas à une imprudence près il poursuivit son chemin vers sa chambre de l'avenue de l'Observatoire dont il n'ignorait pas que Roger connaissait l'existence.

Le feutre rouge qui tapissait les escaliers camoufla le bruit de ses pas jusqu'au seuil de son studio. Le soleil dardait de ses rayons la chambre aux rideaux écartés. Sur le sol, il y avait une lettre qui n'était pas affranchie. Il referma la porte à double tour et déchira l'enveloppe.

Benjamin,
Ton contact t'attend toujours, je serai donc bref. Sache qu'Ingrid faisait partie du camp adverse et qu'elle s'est fait assassiner par ses propres frères. C'est pourquoi son élimination est une bonne chose. Il faut que tu résolves l'énigme et que tu trouves celui qui pourra t'aider. Le temps presse. Je te jure que nous faisons tout notre possible pour te sortir de là, mais notre mission à Paris est plus large.
Comme tu le comprends à présent, tu n'es pas notre seul agent sur place mais, même si ton sort nous importe plus que tout, il nous est impossible de te secourir de manière trop visible.
Tu es un gravier dans leurs rouages, Benjamin. Si tu as des nouvelles concernant les Invisibles, tu sais où est le micro. Je t'en prie, aie confiance. Nous n'avons aucune raison de te faire du mal. Spiris est quelqu'un d'une effroyable intelligence. Son don principal, comme tu as pu le découvrir, est la manipulation. Dépêche-toi, il te reste si peu de temps.

Roger

– La disparition d'Ingrid, une bonne chose ? hurla Benjamin en déchirant la lettre.

Il se hissa sur le bureau et promena ses doigts tremblants sur la tringle.

– Voilà ce que j'en fais de ton micro de merde, jura-t-il.

Il extirpa le mouchard et l'écrasa d'un coup de pied, puis se jeta au sol, enchaînant pompes et tractions. Quand le soleil tomba derrière l'horizon, il était en nage. Fouillant sur ses étagères, il saisit une torche électrique qu'il fourra dans son sac à dos, ainsi qu'un coupe-papier.

Enfin, il prit une douche et se rasa.

Dans le jardin du Luxembourg, les gardiens sifflaient la clôture. Il put voir la foule clairsemée lentement se diriger vers les sorties, et repéra sans peine la plaque par laquelle il était sorti quelques jours auparavant, guidé par Géraldine. Il regarda les couleurs du couchant s'affadir. Les gardiens se retirèrent. Il était seul depuis une dizaine de minutes quand, profitant d'un résidu de luminosité dû aux réverbères qui ceinturaient le jardin, il sortit de sa cache et se rapprocha du passage qui menait au Paris souterrain.

Après avoir soulevé la grille de métal, il alluma sa torche dont le halo se perdit au fond du boyau.

Un clapotis léger attestait de l'humidité des couches géologiques supérieures. Son pied toucha le sol. Les gouttes qui tombaient du plafond formaient ici ou là des stalactites ocre et terreuses. Serrant sur sa ceinture son coupe-papier pointu comme une dague, il n'attendit pas longtemps avant de découvrir l'échelon qui donnait accès à l'école.

Lorsqu'il fut en face de la cheminée, il découvrit d'autres échelons, plus haut, dans une niche dissimulée par la pénombre, ainsi qu'un levier qu'il actionna. En un souffle rauque, le muret s'effaça, ouvrant l'accès à une salle plongée dans l'obscurité. Il ne bougea pas d'un pouce. Quelques instants après, le muret se referma.

C'était par cette issue que Géraldine lui avait fait découvrir le réseau de catacombes sous l'école.

Soudain il se fit un brouhaha. Il escalada les derniers échelons et se dissimula dans l'impasse. Crispé sur les barreaux, la tête bloquée contre la paroi supérieure, il entendit le mur s'ouvrir sous lui. Un à un, des disciples en cape empruntèrent le tunnel avec des torches à la main. Pour ne pas se brûler les uns les autres, ils attendaient leur tour, les mains jointes, en prière.

Lorsque le dernier de la procession lui parut suffisamment éloigné, il se lança sans bruit sur ses traces. Se tenant à une distance raisonnable, il prit soin, à chaque carrefour, de laisser à la meute une longueur d'avance afin d'échapper aux coups d'œil scrupuleux du dernier homme.

Les halos des torches ricochaient sur la surface crayeuse du conduit. Lentement, une clameur s'éleva. Il semblait qu'elle provenait d'une foule innombrable. Benjamin se rappela le terme employé par Spiris : converger. Il devait y avoir d'autres groupes, partis d'autres points de la capitale, qui affluaient vers la fontaine. Les flammes disparurent. Le noir se fit. Un frisson parcourut sa chair. Son pied venait de heurter un obstacle. À tâtons, il fit un pas en arrière et posa sa tête près du sol. Sous ses doigts se dessina le relief d'une trappe. À travers elle, on distinguait un lointain reflet ambre nimbant les marches d'un escalier qui s'enfonçait dans la terre.

Tandis qu'il soulevait la trappe, une main vint se poser sur son épaule. Sans réfléchir, il saisit son coupe-papier et l'enfonça derrière lui dans les ténèbres. Un râle sourd suivit la sensation nouvelle qu'il éprouva : celle d'une lame qui rencontre une vivante résistance. À peine conscient d'avoir basculé dans le camp des assassins, il se remit en marche.

Une trentaine de mètres plus bas, une vaste salle éclairée par des torches fixées sur des candélabres terminait l'escalier pentu. Les Invisibles étaient disposés en cercles concentriques autour d'un autel de métal où une sorte de prêtre encapuchonné brandissait un crucifix.

De la meute monta un brouhaha. Le crucifix brandi en l'air commença de se tordre. Plus le crucifix se tordait, plus la clameur montait, jusqu'à ce que, dans un bruit sec, la croix fût totalement écrasée.

Le prêtre prit la parole.

– Mes frères, ce soir je vous appelle amis car voici que la fontaine des Mystères libère enfin notre livre saint : le *Trilibrium*. Il y est écrit comment le peuple Invisible saura guider nos légions vers la déification, et c'est moi – en communion avec notre maître : Patrick Fiss Spiris – qui viens vous apporter la nouvelle de son imminente incarnation. Grâce au *Trilibrium* qu'abritait notre chère fontaine, le Saint-Suaire sera bientôt détruit et la Troisième Église n'aura plus que ses yeux pour pleurer. Alors, toi, Pharaon des ombres, toi l'archange que nous voulons sacrer roi, nous viendrons te chercher. Oui, toi, Pharaon noir du peuple de l'ombre, tu montreras au monde le vrai visage du Mal. Et vous, mes chers amis, il vous prendra sous son aile car vous ne l'avez pas trahi. Mais tenez-vous sur vos gardes, car ici même l'ennemi est présent.

11

Ne sachant pas si le prêtre venait ainsi de le désigner à la foule, Benjamin, pris d'une angoisse irrépressible, se faufila à rebours dans le boyau obscur jusqu'à la sortie du jardin du Luxembourg et, obnubilé autant par la peur que par ses récentes découvertes, il ne remarqua pas la camionnette noire qui le suivit jusque devant son studio.

Un vent soutenu faisait frissonner les vitres de l'appartement situé face à la terrible fontaine. Benjamin ne pouvait se douter qu'à quelques mètres de lui, un homme avançait. Il prit un stylo et commença à écrire une lettre testamentaire. Sa femme était morte, et lui le serait peut-être bientôt. Mais il ne voulait pas se résoudre à de telles retrouvailles. La flamme fragile d'une bougie dansait contre les murs. Combien y avait-il d'Invisibles dans la capitale ? Avait-il d'autres choix que de vouer une confiance aveugle à cet inconnu recommandé par son ordre, ce même ordre qui l'avait envoyé dans ce panier de crabes où il avait tout perdu ? Les fidèles de Satan étaient sur le point de faire parler d'eux. Ils avaient dénaturé l'humanisme des alchimistes. Ces derniers devaient sortir de leur secret séculaire afin de dénoncer ce putsch infamant.

Mais en étaient-ils conscients ?

L'homme était arrivé à hauteur de la porte. Son chef l'attendait à quelques pas, devant les escaliers.

Benjamin tendit l'oreille. Il avait cru entendre quelqu'un parler. L'immeuble, essentiellement composé de bureaux, était toujours désert à cette heure. Il souffla sa bougie, glissa la feuille dans sa poche et se précipita derrière les rideaux. De l'autre côté de la porte, la lumière du couloir venait de s'allumer. Son cœur se mit à battre la chamade.

Son studio n'était qu'au premier étage.

Le rai de lumière sous la porte fut soudain oblitéré par une ombre mouvante. Depuis une vingtaine de minutes, montait du sol une singulière vibration. Les Invisibles, comme des fourmis ouvrières, étaient en train de converger. Le secret de la fontaine avait été révélé. Là, sous la terre, à quelques centaines de mètres du Sénat, se cachait l'impensable : un livre capable de donner le pouvoir au Maître des Ténèbres, le Prince de ce monde, l'Ennemi de la nature humaine, Il Diabolos, celui qui ne siège que pour diviser.

– Qu'est-ce que tu fais ? Défonce cette porte.

L'homme resté près de l'escalier se rua dans le couloir, pointa son revolver contre la serrure et tira deux balles qui arrachèrent le bois.

Dans l'appartement les rideaux étaient écartés sur l'unique fenêtre, grande ouverte. L'homme alla rejoindre le reste de son effectif et décrocha son portable.

– Chef de section, au rapport.

– Je vous écoute.

– Nous avons eu un problème, leader Alpha. Le client s'est enfui.

– Qu'attendez-vous pour aller le récupérer ?

– C'est que, ce n'est pas si simple.

– Je ne vous ai pas engagé pour une mission de boy-scouts, mais pour l'opération la plus importante de notre histoire. Si je n'ai pas monsieur Todd, ce soir, au passage d'Enfer, je vous le ferai payer très cher. Combien êtes-vous sur zone ?

– Six.

– Et ce sont six hommes surentraînés qui ont été dépassés par un amateur ? Je vous attends, à l'heure convenue, et j'aimerais mieux ne pas avoir à faire ce travail moi-même.

L'agent déglutit avec peine. C'était bien pire que la mort qui attendait les incapables.

Cependant qu'il briefait ses hommes, une silhouette surgit de derrière les bosquets du parc et s'enfonça dans le jardin.

Les six agents se ruèrent derrière elle.

– C'est Todd ! Ne le ratez pas cette fois.

L'ombre courait. Elle n'était qu'à une cinquantaine de mètres devant ses poursuivants qui, galvanisés par l'horrible perspective d'un échec, gagnaient sans cesse du terrain. L'ombre escalada la haute grille du jardin du Luxembourg et sauta de l'autre côté. Les six hommes en firent autant.

La luminosité restreinte jouait en faveur du lièvre qui zigzaguait afin de fatiguer les yeux des six hommes en noir. Soudain, une deuxième silhouette surgit devant eux et se mit à courir à côté de leur cible. Un coup de feu retentit. L'un des Invisibles s'effondra. Le sol était plus sombre que le ciel. L'eau du bassin central clapotait sous le vent. Après un sifflement bref, un second agent tomba et les deux cibles s'évanouirent dans la nuit.

Les quatre hommes restants se ruèrent vers les bords du parc pour se blottir derrière les murs qui encerclaient le bassin.

La peur venait de changer de camp. Le ciel nocturne était couvert. Les seules lumières provenaient des rues de Médicis et Guynemer. « On n'y voit rien », chuchota l'un des hommes blottis contre son pan de mur. Un cri déchira la nuit. Le chef venait de se faire toucher à la jambe. Un autre sifflement ricocha contre les pierres et il tomba.

Ils n'étaient plus que trois.

L'un d'eux faisait marche arrière quand une volée de balles le foudroya. Le jardin s'était retourné contre les Invisibles. Ils étaient à présent des proies faciles.

Deux sifflements retentirent et mirent fin à leurs angoisses. Une trentaine d'individus sortit de derrière les arbres et les balustres, avant de s'évanouir vers les issues, emportant les corps des soldats abattus.

12

Sous le lit du studio, une tête émergea. Benjamin n'avait pas fui. Décidé, malgré le risque, à retourner espionner la réunion Invisible, il enjamba la fenêtre. Puisque Ingrid n'était plus, sa propre vie n'avait plus de prix à ses yeux. La place était déserte. Il regarda vers l'entremêlement de branches et de troncs qui le séparait du jardin du Luxembourg. Pas un bruit ne vint l'inquiéter. Même le vent avait fait silence. Il vit un rideau se froisser à son passage, le rideau pourpre d'un appartement de l'avenue.

Combien d'agents occultes résidaient dans les parages ? La rumeur qu'il avait entendue à travers le plancher de son studio s'était tue elle aussi. Pas un seul oiseau nocturne pour briser la chape de plomb qui endormait le secteur ; pas de voitures, ni même de passants.

Pour un néophyte, entrer dans le jardin du Luxembourg en passant par ses grilles terminées en pointe était un jeu dangereux. Mais Benjamin savait qu'en certains rares endroits, et plus particulièrement autour des portes, se trouvaient des zones dépourvues de pointes, et dont les rosaces en fer forgé se révélaient d'excellents appuis pour contourner l'obstacle épineux.

Il posa un pied sur l'édifice puis agrippa d'une main le montant. Il lui fallut peu de temps pour accéder au sommet de ce mur aux arabesques dorées. Enfin, il sauta à pieds joints de l'autre côté.

Benjamin laissa la trappe se refermer derrière lui. Un silence de mort régnait dans les catacombes, mais un silence grâce auquel son attention était plus sereine. Des gouttes d'eau s'échappaient des parois et glissaient le long d'innombrables stalactites. Elles humectaient le sol sableux constellé de taches. Dans le faible halo de sa lampe, les galeries paraissaient endormies. Il tendit l'oreille. Un son étrange venait d'arriver à lui, porté par un écho. Comme un sifflement.

Un film lui revint en mémoire. Un film où une mère et sa fille étaient tuées par des Waffen SS dans un village évoquant Oradour-sur-Glane. Les SS y utilisaient une arme particulièrement horrible : un lance-flammes. Le bruit qu'il avait entendu ressemblait au souffle strident de cette machine. Un second sifflement inonda la galerie plongée dans l'obscurité, suivi par un cri. Benjamin ferma les yeux. Lorsqu'il reprit sa marche, il veilla à voiler le halo de sa torche afin de minimiser autant que possible son empreinte lumineuse.

Après une petite dizaine de minutes, il se retrouva devant la trappe menant sous la fontaine.

La grande salle, éclairée par d'innombrables torches, était pleine à craquer. Il y régnait une odeur suffocante. Les participants se cachaient sous des bures à capuches, un crucifix à la ceinture, un crucifix brisé sur lequel aucun christ n'était cloué.

Au centre de la salle, le prêtre Invisible, les bras levés, prit la parole.

– Mes chers petits enfants, voici que l'heure est proche. Dans les ténèbres, j'ai vu se lever la lumière et Sonomed m'a délivré. De ce jour, je n'ai cessé de chanter sa gloire, car elle vient cette aurore où l'imposteur perdra tout pouvoir, où sa divine suffisance se changera en éternelle souffrance. Lecture du livre de Baal le grand.

– Parole du Prince, reprit l'assemblée.

– En ces temps-là, celui dont le nom est infâme tombera sous le poids du remords. Comme l'éclair il descendra du ciel et viendra mourir dans l'océan de ses larmes. Voici que la lumière va perdre de son feu et que régnera la vraie lumière, celle qui était cachée. J'apporte la victime prophétique d'un juste converti à nos enseignements. Tremblez anges et archanges car à son nom vos genoux fléchiront. Comme notre maître fut terrassé, sa vengeance déchirera l'ennemi. Il revêtira les habits de lumière et ceux qui ont souffert pour le suivre vivront dans la gloire de sa magnificence. Sonomed est bon avec ses amis et dur avec ceux qui le rejettent. Parole de Baal, notre unique seigneur.

– Parole du Prince, clama l'assemblée avant de se relever.

Le regard de Benjamin croisa un mannequin décharné. Était-ce de cette statue de sel noir qu'avaient jailli les hurlements de douleur ? De part et d'autre de la figure corrompue, deux hommes en combinaison tenaient chacun un lance-flammes.

Pris par une nausée incontrôlable, accablé autant par la vue que par l'odeur, il quitta les lieux en s'efforçant de faire le moins de bruit possible et vomit toute sa peur sur le sable de la galerie. Comme il toussotait, adossé à la trappe, une main se posa sur son épaule.

– Monsieur Todd ! Suivez-nous en silence !

– Je n'ai rien vu du tout, mentit-il apeuré.

– Vous n'avez rien à craindre, reprit l'homme masqué. Nous sommes envoyés par votre supérieur hiérarchique, Roger Do'Haley.

– Et vous êtes qui ? questionna-t-il en leur emboîtant le pas.

– Des moines soldats engagés dans la lutte contre les Invisibles. Mon nom est Sergio, et voici mes hommes, Dawson et Donny. Vous souvenez-vous de l'énigme, monsieur Todd ?

– Le truc en vers ?

– Oui. Le truc en vers.

– Ben… je crois, oui, reprit Benjamin un peu surpris.

– Trouvez-en vite la solution et rejoignez votre contact. Nous vous laissons ici. Avez-vous un plan de Paris dans votre sac ?

Benjamin acquiesça.

– Dans ce cas, cherchez bien. Cela ne devrait pas être trop compliqué.

Alors que les trois hommes s'éloignaient, Benjamin les interpella.

– Vous êtes membres de l'ordre du Troisième Pouvoir ?

– Non, de la Troisième Église.

– La Troisième Église ?

– Trouvez votre contact, monsieur Todd. Vous n'avez pas à vous préoccuper de quoi que ce soit d'autre. Et… si j'étais vous, je ne moisirais pas dans ce jardin.

Benjamin resta quelques secondes, interdit.

Apparemment, il n'était pas seul. Roger lui avait envoyé des secours. La longue solitude des derniers mois, la fatigue aussi, et probablement une part de son intense tristesse, venaient d'être balayées par cette bouffée d'espoir. L'ordre n'était pas exempt de divisions, ni de brebis galeuses. Mais comment se pouvait-il que Roger ne l'en ait pas prévenu ? Comment accepter que parmi les élus alchimistes se trouvent encore deux castes, ceux qui savent et ceux qui croient savoir ?

Benjamin prit la rue Auguste-Comte et s'éloigna progressivement de la fontaine. Il était près de cinq heures du matin. Les réverbères luisaient en halos orange décroissants. Il croisa un vieillard ivre, quelques chats en vadrouille mais pas un seul ennemi. Un bâillement déforma sa mâchoire. Il se décida enfin à résoudre le curieux quatrain.

Charles d'Éon dedans ta rue,
Bien cachée près de ton théâtre
Chinois, un seul bijou intrus
Se tapit au numéro quatre.

Pour Benjamin qui n'était ni parisien ni même français, la tâche de déchiffrer l'énigme semblait insurmontable. Il poursuivit son chemin vers la Seine après avoir longé le Luxembourg et dépassé la place Edmond-Rostand. Le livre de l'ordre expliquait la rédaction de ce genre de code mais les idées ne venaient pas.

Après avoir contourné un bâtiment rectangulaire, probablement inspiré par le nombre d'or et cerné de colonnes, le voilà qui descendait la rue Rotrou.

Il finit par s'irriter de la nécessité d'une telle énigme.

« Ce n'était pourtant pas compliqué de m'envoyer un SMS et de me donner l'adresse sans toutes ces fioritures. Tout cela doit être d'une bêtise sans nom et moi, je m'emmêle les pinceaux pour des broutilles.

« Charles d'Éon, n'est-ce pas là une référence claire au chevalier d'Éon, Charles d'Éon de Beaumont ? D'après le plan de Paris, il n'existe que deux rues impliquant des chevaliers : la rue du Chevalier-de-la-Barre, et l'impasse des Chevaliers.

« Voyons, voyons. Je pourrais recenser tous les théâtres de Paris. Que trouve-t-on à "théâtre" ? Terre Neuve, Terres au curé, Terroirs de France, Tertre, Tessier, Tesson, Texel, Thann, Théâtre. Rue du Théâtre. Il n'y a qu'une seule rue du Théâtre et on ne précise même pas de quel théâtre il s'agit. »

Il faillit jeter son plan sous le coup de la fureur.

« Charles d'Éon, D'Éon… Oh ! Déon. Bordel ! Que je suis con. C'est Odéon ! L'Odéon qui a sa rue comme son théâtre. Quelle tarte je fais, ce n'est pas croyable. En plus, à croire que la providence est de mon côté, je viens de passer devant », sourit-il, soulagé d'avoir trouvé.

Il ouvrit son plan à la page du sixième arrondissement et localisa sa position. Puis, en quelques foulées à peine, il déboucha sur la rue de l'Odéon.

Selon la consigne 830, le quatrième vers était une intox. Puisque ce dernier indiquait un numéro pair, il se dit qu'il était plus judicieux de commencer par les numéros impairs.

Un réverbère, au loin, venait tempérer la pénombre. Le troisième vers, « Chinois, un seul bijou intrus », était le seul qui l'avait à peu près inspiré. La vitrine qu'il recherchait devait être celle d'une bijouterie asiatique. Par chance, la rue était de petite taille. Il s'enfonça jusqu'à l'extrémité de la rue sans apercevoir la moindre bijouterie, ni aucun magasin en rapport avec la Chine ou tout autre pays asiatique.

Il revint sur ses pas après avoir changé de trottoir. Hélas, du côté des numéros pairs il ne vit encore une fois ni commerce chinois ni bijouterie.

« C'est forcément là, grinça-t-il, ou alors on me mène en bateau depuis le début. »

Il fouilla dans son sac à dos et parcourut une seconde fois la rue, aidé de sa lampe torche. Après trois devantures, il ressentit une sorte de tressaillement. Là, devant lui, dans un magasin de mobilier luxueux, tombaient depuis le plafond de fins voiles carmin cernés de sinogrammes.

Sur une table se trouvaient disposés des pendentifs asiatiques. Dans son halo, scintillait à part une boucle d'oreille en jade à laquelle était fixée une croix CBCS, le symbole des Chevaliers bienfaisants de la Cité sainte.

Benjamin recula de quelques pas afin de mieux cerner le bâtiment. L'appartement de son contact devait se situer dans les étages mais il ne vit aucune sonnette à part celle située à l'entrée du magasin. Supposant que son contact devait être en train de dormir, il sonna une première fois suivie d'une deuxième où il appuya longtemps. Une lumière finit par s'allumer au deuxième étage. Un grésillement jaillit de la poignée en forme de dragon. Une autre lumière vint s'allumer derrière la porte de l'arrière-boutique. Un homme que l'âge n'avait su parfaitement dominer promena son regard sur Benjamin.

13

Expérience : Instabilité
Données Φ : Définir
Contrôle : En attente

– Tout est paré pour ce soir ?

– Il reste quelques détails, mais numéro 1 est déjà sur place.

– Et le gaz actif ?

– Le Nyrtex est avec numéro 15. Il est parti il y a vingt minutes environ.

– Bon. Très bien. N'oubliez pas votre costume de groom.

– Il est dans le véhicule. Il reste juste à vérifier la validité du dispositif d'implant.

Sur une paillasse en céramique reposait un bocal rempli d'un liquide bleuté où stagnait, pris entre deux eaux, un casque cerné de huit tentacules articulés.

L'un des deux protagonistes s'en saisit avant de le poser sur un crâne plastifié placé à sa droite. Le casque, s'ajustant à sa proie, déploya derrière la nuque plastique un tentacule terminé par un dard minuscule.

Enfin, il fit quelques pas en arrière et prononça distinctement les mots « Excusez-moi ! ». Le casque se resserra sur le crâne et le dard s'enfonça dans la nuque.

– Parfait ! Il ne reste qu'à ranger l'implanteur dans sa mallette et nous assurer que l'implant liquide soit en place.

Après d'ultimes vérifications, les deux hommes s'éclipsèrent. À l'autre extrémité du laboratoire, un fauteuil vide faisait face à un écran où s'étaient affichées les images d'une caméra de contrôle. On y distinguait en arrière-plan : deux berlines noires, une limousine et une camionnette de premiers secours. Devant la caméra, une dizaine d'hommes habillés en smoking discutaient.

L'écran s'assombrit. En deux convois serrés, ils s'évanouirent dans la nuit.

14

– Vous devez être monsieur Todd ! Entrez, je vous prie. Ne soyez surtout pas désolé de me réveiller à une heure aussi matinale car je ne dormais pas, mais plutôt de m'avoir fait attendre. Entrez, monsieur Todd.

Le couloir qu'ils traversèrent était bordé d'une vaste bibliothèque. Le papier peint impeccable tirait sur le vert olive. Chaque meuble paraissait fait d'acajou. Les livres étaient de vieux tirages, certains fourrés dans de délicates pochettes assorties au cuir de leurs couvertures, d'autres seulement entreposés sur la tranche. Ils arrivèrent au salon, pourvu d'une seule fenêtre, et au milieu duquel trônait un large canapé en cuir. L'homme alluma une lampe coiffée d'un abat-jour en verre. Benjamin leva les yeux au plafond. Une fresque y était sculptée en bas-relief, adaptée de ce tableau de Michel-Ange dans lequel le doigt de Dieu touche celui d'Adam. Au point de rencontre aurait dû se trouver un lustre dont il ne restait que les fils non raccordés prêts à électriser la scène sous d'improbables arcs de lumière.

Devant le canapé, de l'autre côté de la table basse, deux larges fauteuils plantaient leurs griffes de bois sur un tapis persan.

L'homme rompit le silence.

– Asseyez-vous, monsieur Todd, pendant que je vous prépare du thé. Préférez le canapé ! Ces fauteuils sont inconfortables. De pauvres os et un maigre coussin fourré de paille. Quelle honte !

Benjamin s'assit sur le canapé dont le ventre de cuir ne se déforma qu'à moitié, et se perdit dans la contemplation de la fresque. Seule liberté de l'artisan, les doigts étaient séparés d'une quarantaine de centimètres, sans doute afin de donner au lustre manquant la gloire d'unir au-dessus de la lumière le premier homme au dernier dieu.

Un tintement de porcelaine lui indiqua que son hôte était de retour avec le thé.

– Vous devez être épuisé, soupira-t-il en lui tendant une tasse pleine. Voulez-vous grignoter quelque chose ? Je crois qu'il me reste des sandwiches.

– Avec grand plaisir, sourit Benjamin.

Il porta le liquide à ses lèvres.

– Voilà vos sandwiches, monsieur Todd. J'espère qu'ils seront à votre goût. D'après ce que je sais des étrangers, il n'y a rien qu'ils aiment plus que le camembert. Disons que fromage et saucisson devraient vous convenir.

Benjamin mordit la croûte. La baguette se froissa sous ses mâchoires, la mie se fondit à la pâte molle du fromage aussi insipide que du plâtre.

– C'est pas mal, dit-il en mâchonnant. C'est même assez bon, ajouta-t-il en mordant une seconde fois. J'irais même jusqu'à dire que c'est très bon.

– Eh oui, que voulez-vous, la gastronomie c'est cela qui relie les peuples, et non pas la conquête de l'espace ou les compétitions sportives. Mais trêve de bavardages. Je suppose que vous avez de nombreuses questions. Voici donc une première réponse. Mon nom est Maximilien de Finbois. Pour le reste, je vous écoute.

– Mes questions sont simples : qui sont ces Invisibles ? Que me veulent-ils ? Et surtout, pourquoi ai-je été tenu éloigné de la vérité ?

Croisant les mains sur ses genoux, le sieur de Finbois prit une moue énigmatique.

– La raison de votre ignorance est on ne peut plus simple, monsieur Todd. Vous êtes membre de l'ordre depuis un an à peine et les grades inférieurs ne sont que peu renseignés. Par ailleurs, si nous vous avions annoncé ce qui vous concernait, vous ne nous auriez pas crus.

– Et pourquoi ça ?

– Parce qu'il vous aurait fallu divorcer d'avec votre femme.

– Ma femme ? s'étonna Benjamin. Mais que connaissez-vous d'elle ?

– Malheureusement, monsieur Todd, les choses ne sont pas ce qu'elles semblent être et je suis dans l'obligation de taire certaines vérités.

– Puis-je savoir lesquelles ? s'agaça Benjamin.

– Ça, vous pensez bien que je ne vais pas vous le dire. Mais cela dit je suis en mesure de vous éclairer sur d'autres sujets.

– Mais quelle est donc cette politique qui vise à traiter les initiés en profanes !

Maximilien se balança quelques secondes sur son fauteuil. Un rictus des plus sympathiques embrasa son visage. Il s'exclama :

– Vous n'allez quand même pas me dire que vous avez oublié sur quoi repose tout chemin initiatique. La vérité ne se dévoile que par étapes. À chaque grade sa révélation. C'est ainsi que fonctionne le Temple. Et si vous saviez ce qu'il en est vraiment de la sagesse alchimiste, là encore vous ne me croiriez pas. Il ne s'agit plus seulement d'initiation mais aussi de maturité.

– Oseriez-vous insinuer que je ne suis qu'un jeune imbécile ?

– Monsieur Todd, même si je comprends que vous acceptiez mal votre ignorance, croyez-moi, elle vous est précieuse. Car moins vous en savez et plus grande est votre sécurité. Votre voyage en France était une mission de sauvetage. Or, que vous l'acceptiez ou non, c'est d'abord vous que nous voulions sauver.

– Vous voulez dire que c'est pour me sauver que vous m'avez jeté dans la gueule du loup ?

– Monsieur Todd, cela fait quatre mois déjà que vous êtes dans sa gueule. Si vous l'aviez appris trop tôt, votre comportement vous aurait trahi et la gueule se serait refermée sans que nous puissions rien faire. Pour ce qui est de cette mise en danger, vos véritables problèmes ont commencé par la mort de votre femme. Mon e-mail qui vous enjoignait de venir me retrouver était antérieur. Si vous vous étiez fié à votre maître, si vous aviez cru en moi, votre femme serait toujours vivante et vous seriez en ce moment loin de Paris. Je vous en prie, croyez-moi. Je me doute bien que la pilule est difficile à avaler mais je vous demande de me croire. Nous n'avions pas le choix. Par ailleurs, vous n'étiez pas seul. Même si vous ne le saviez pas, nous avions une trentaine d'hommes sur place.

– Alors, pourquoi ne pas m'avoir secouru ?

– Parce que nous espérions que vous sauriez nous renseigner sur le loup.

– J'ai donc été un mauvais élément ? hésita Benjamin.

– Bien au contraire, le rassura Maximilien. Nous ne voyions en vous que le brillant chercheur que vous étiez à Chicago. Mais Spiris a décelé en vous une menace et a accéléré le processus qu'il a mis tant de temps à mettre au point. À partir de ce soir, vous n'êtes plus la priorité. Je vous aiderai du mieux que je le pourrai mais la tâche est délicate. Spiris a des vues sur vous. Lesquelles ? Nous l'ignorons et c'est pourquoi, dans la limite du raisonnable, nous aimerions que vous vous comportiez en appât. Bien sûr, en cas de force majeure, nos hommes pourraient monter une opération afin de vous libérer. Cependant, nous préférons miser sur votre capacité à vous tirer d'affaire par vos propres moyens. La police, quant à elle, vous recherche activement. Il semble que les Invisibles lui aient donné votre signalement. C'est la raison pour laquelle vous n'avez que les catacombes pour vous enfuir, ces mêmes catacombes qui sont le terrain privilégié des hommes de Spiris. Mais, par leur aspect labyrinthique, elles seront plus à même de vous offrir une chance de vous en tirer et plus prosaïquement, de vous cacher. Croyez-moi, monsieur Todd, il sera très dur de vous faire disparaître.

– Et en pratique, comment s'en sort-on ?

– C'est là que ça se complique. Pour pouvoir vous repérer dans les catacombes, il faut d'abord que vous trouviez un plan du Paris souterrain.

– Vous n'avez pas de carte ? Vous n'avez pas Internet ? Il doit bien y avoir un moyen de trouver ces maudits plans.

– Les plans édités chez les libraires sont partiels. Il existe bien davantage de sorties que ce que l'école prétend. Comprenez-vous ce que cela implique ?

– Il faut que j'infiltre l'École des mines et que je trouve les plans.

– Selon toute logique, la directrice devrait les garder dans son bureau. Je vous dirai ce soir à quelle adresse souterraine vous devrez vous rendre et à quelle heure vous y serez attendu. N'essayez même pas de la rejoindre si vous êtes en retard. Si tel est le cas, nous ne pourrons plus rien pour vous. Mais je vois que la matinée est déjà avancée et que le besoin de sommeil se lit sur votre visage. Je vais vous conduire à votre chambre. J'aurais seulement une question. Savez-vous vous servir d'un couteau ?

– J'ai commis mon premier meurtre avec un coupe-papier, il y a peu, dans ces foutues catacombes.

– On ne se remet pas aisément d'avoir donné la mort, même lorsque l'ennemi est clairement identifié. Espérons pour vous que ce meurtre soit le dernier.

– Que dois-je redouter dans les carrières ? soupira Benjamin.

– Tout, monsieur Todd. L'ennemi est encore plus perspicace que notre antique sagesse. Il sait que les catacombes sont votre seule issue. Mais rassurez-vous, je ne vous envoie pas en terre inconnue. Cela fait longtemps que nous fréquentons l'école. Grâce à nos yeux et nos oreilles, nous savons du bâtiment, en partie, ses coulisses et ses failles. Demain, je vous dirai ce dont vous avez besoin pour réussir votre mission.

Sentant l'inquiétude grandir sur le visage de son interlocuteur, Maximilien adoucit la voix :

– Votre chambre est prête. Dormez sereinement ! Je ne doute pas un seul instant que vous ferez des étincelles.

15

Expérience : En cours
Données Φ : Stables
Contrôle : Affirmatif

Mark Desper travaillait depuis deux ans à New York dans une entreprise d'agroalimentaire, propriété d'un magnat des boissons sucrées qu'on appelait dans les couloirs de la firme : monsieur Spiris. Adjoint à la recherche, Mark ne comptait pas ses heures. Invisible par timidité, il œuvrait dans l'ombre et s'attachait uniquement à la réussite de son équipe. Or voilà que le patron, lors d'une entrevue éclair, lui avait confié son ambition de le promouvoir chef de secteur. « Nous en reparlerons lors de notre gala annuel », avait conclu ce dernier.

Le fameux soir arriva. Notre homme, tout fébrile, enfila son manteau de velours noir, saisit son écharpe de laine et sortit par la porte principale après s'être recoiffé devant la glace de l'entrée. Sur le perron, il salua madame Turnbow, la propriétaire.

Dehors, dans le froid hivernal, une Lincoln attendait.

Durant le trajet qui le menait à la réception, il se laissa apaiser par les illuminations urbaines. Quand la limousine se gara devant le palace, un groom ouvrit la portière.

– Monsieur Desper, vous êtes attendu.

L'entrée majestueuse était déjà investie par une cinquantaine d'invités qui se retournèrent sur le passage du nouvel arrivant. Dans un coin, près d'un vase sculptural, une femme en robe rouge le regardait avec envie. À ce moment, il sentit une main chaude sur son épaule. C'était celle de monsieur Spiris.

– Alors, fils ! J'espère que tu es aussi heureux que moi. C'est un jour qui fera date !

Mark sentit son cœur fondre dans sa poitrine. Il répondit avec un demi-sourire gêné :

– Bonsoir, monsieur Spiris.

– Tu vois, mon petit Mark, cela fait longtemps que je t'observe. Et tu sais pourquoi ?

– Je… Non.

– Parce que tu es un bon. Pourtant, ce soir tu ne dégusteras pas notre nouvelle gamme de spiritueux en tant que chef de secteur.

Mark sentit une crampe le malmener.

– Mais comme directeur de la R&D.

– Je vous demande pardon ?

– Tu m'as bien entendu, Mark. Tu passes numéro 2.

Mark sentit dans son dos la poigne de son hôte, ferme, insistante. Que ce moment était bon ! Spiris demeura quelques secondes à ses côtés, sans parler, comme en communion de pensées, puis il partit accueillir de nouveaux invités.

Enchanté par la tournure que prenait la soirée, Mark décida de longer le buffet à la recherche de mignardises. Mais à peine avait-il rejoint les tables dressées pour le banquet, qu'il s'arrêta. Une femme lui barrait le chemin.

– Le grand Mark Desper enfin seul. Comment allez-vous, Mark ?

– Un peu surpris.

– Je me présente. Rose Rischienko.

Ses yeux verts riaient au-dessus de sa robe rouge. Elle se recoiffa d'un geste de la main.

– C'est étrange, dit-elle, avez-vous remarqué ?

– Quoi donc, madame ?

– Rose, appelez-moi Rose.

Mark se retourna. Un groom venait de le bousculer. Il lui sembla un instant qu'il était décoiffé mais le groom lui lança un « excusez-moi » contrit. Le sourire de Rose, qui se fit charmeuse, lui monta à la tête.

La salle de réception s'était emplie pendant qu'ils discutaient. Mark regarda cette foule de gens importants qu'il ne connaissait pas et se persuada, non sans mal, que ces personnes qui le dévisageaient l'enviaient au fond terriblement. Lui, le vulgum tout frais débarqué, peu ambitieux ni héritier de quelque fortune que ce soit, devenant, par un soir magique, numéro 2 de la Spiris Drinks and Liquors et intime de monsieur Spiris.

Il posa la main droite sous sa chemise, là où était accrochée sa médaille de baptême, et répéta pour lui-même : « Merci mon Dieu. » Dans sa nuque, il sentit comme une décharge vivifiante. Rose lui sourit de nouveau.

À ce moment, Spiris revint vers lui et l'enleva à cette charmante jeune femme avec laquelle il aurait aimé poursuivre la discussion.

– Je sais ce que tu penses, fils, murmura-t-il à son oreille.

– Vraiment ? marmonna Mark, ému.

Il sentit monter en lui un indéfinissable malaise.

– Oh oui, fils. Je le sais comme si je t'avais fait. Tu penses que tu rêves. Tu penses que tu ne mérites pas ces honneurs. Tu penses que l'on se joue de toi.

Une seconde décharge lui refroidit la nuque. Spiris y avait posé sa main.

– Écoute-moi, fils ! Ne refoule rien de ce que tu penses. Si je t'ai accepté dans ma tête comme le fils que je n'ai jamais eu, ce n'est pas par dépit mais parce qu'il existe entre nous un lien particulier, et que je souhaite faire de toi ce que j'aurais aimé qu'un père fasse de moi.

Mark sentit la tête lui tourner. Spiris poursuivit :

– Tu penses que l'on se joue de toi.

Sa voix était grave et molle, elle bourdonnait dans l'immense salon.

C'est alors qu'un groom, celui qui l'avait bousculé quelques minutes plus tôt, laissa tomber son plateau sur le sol dans un raffut de verre pilé. Le visage serré, défiant la foule, il sortit de son veston un pistolet qu'il pointa vers Spiris.

– Ne tire pas, rugit Mark comme s'il se trouvait agressé dans sa propre chair.

Il eut juste le temps de se dire qu'il venait de faire une belle connerie quand il entendit la détonation. Ce fut comme si la scène et lui-même s'étaient disjoints dans une cadence asphyxiée.

D'abord, il remarqua l'œil du groom, agressif. Puis la fumée grisâtre qui sortait du canon, accompagnée d'une balle brillante. Il aurait presque pu se voir en anamorphose dans l'éclat du projectile. Ensuite, il remarqua une femme qui jetait ses mains sur son visage, lentement, très lentement. La balle poursuivait son chemin. Il souffrait de se voir immobile face à la mort. Il se sentait, comme dans un cauchemar, incapable de quelque mouvement que ce soit pour se jeter hors de la trajectoire balistique.

Après un temps qui sembla une éternité, après s'être changé en une statue de sel… l'impact ! Il vit son torse s'ouvrir dans un jet de vapeur et de sang. D'un coup, la cadence s'accéléra. Il fut rejeté en arrière et, avant même d'avoir pu comprendre ce qui s'était passé, il était allongé sur le sol, sa vie défilait dans son crâne en images mentales. Des souvenirs qu'il croyait perdus pour toujours se précipitèrent devant ses yeux.

Puis la douleur cessa.

Il allait bien. Très bien même. Mais pourquoi Rose pleurait-elle ? Pourquoi tous ces visages choqués ? Il se releva. Derrière lui, il y avait un homme étalé sur le dos, le torse mouillé de sang, et Mark reconnut cet homme puisque cet homme, c'était lui.

C'est alors qu'il se sentit devenir léger, mais triste, infiniment triste. L'ambulancier qui s'occupait de lui le couvrit d'un suaire blanc filigrané de gris. On amena un sac où l'on plaça son corps. Mark regarda la fermeture Éclair peu à peu recouvrir son cadavre. Les images étaient brouillées.

Une troisième décharge refroidit sa nuque. Ses pensées s'assagirent. Il ne chercha plus à lutter contre cette force qui l'emmenait. Le silence se fit dans la pièce. Son corps se mit à rayonner. La lumière, de plus en plus vive, traversa ses vêtements. Dans la salle, les mouvements avaient cessé. Mark se savait mort, pourtant il aurait juré ne jamais s'être senti aussi vivant. Une paix immense se propageait jusqu'au plus intime de son être.

« J'ai foi, se dit-il. Ceci est mon dernier voyage. J'allais être riche, maintenant je vais être heureux. »

Son corps vint se placer au-dessus du sac où dormait son cadavre. Les yeux ouverts, il contempla les dorures, le lustre éclatant.

Enfin, il se fit un grand bruit.

Le plafond s'ouvrit en un flash tandis qu'un faisceau de lumière le transperça par le dos pour aller mourir dans le halo béant.

« Ça y est, je m'en vais », songea-t-il. Et la lumière l'embrasa tout entier.

Il se réveilla dans une salle toute blanche. En face de lui, une table apparut ainsi qu'un verre vide. Mark était pacifié. Il baissa la tête. Son torse était nu. D'une voix fragile, il demanda :

– Que s'est-il passé ?

Une voix douce répondit :

– Tu es mort, Mark.

Devant lui, sur la table, le verre s'emplit d'un liquide blanchâtre. Mark se releva, fit quelques pas, se saisit du verre puis se délecta du contenu.

– J'adore le mangoustan, soupira-t-il.

– Je sais, répondit la voix.

Mark interrogea :

– Qui êtes-vous ?

La voix répondit :

– Allons, Mark, pourquoi demander ce que tu sais ?

– Vous êtes le Tout-Puissant ?

– Oui, Mark. Mais appelle-moi : Père.

16

Le repos chez Maximilien fut profitable. Benjamin retrouva dans ces longues heures de sommeil l'énergie nécessaire pour attaquer la lourde tâche qui l'attendait. La douleur causée par la mort de sa femme lui serrait toujours les entrailles, mais il lui sembla possible d'en occulter les effets afin d'être tout à sa future mission. Maximilien lui spécifia le plan. Il lui faudrait infiltrer l'école afin de récupérer le passe qui ouvrirait les portes des catacombes. Il faudrait aussi dénicher la carte de ces souterrains afin de pouvoir rejoindre le point de rendez-vous : le bassin de Montsouris. Une opération policière avait été organisée dans la capitale afin de retrouver un mari meurtrier. Remarquant chez son protégé une étonnante aptitude à lancer le couteau, Maximilien lui offrit un set de six lames.

Lorsque vint l'heure du départ, Benjamin était fin prêt. Après avoir quitté l'appartement de son contact, il se faufila jusqu'à la rue Auguste-Comte située à peine deux cents mètres plus au sud. Au loin, clignotaient les gyrophares de la battue.

Onze heures du soir sonnaient à peine. Notre homme se sentait apaisé. Maximilien, qui lui avait confié être ancien instructeur de commandos, lui avait dégoté dans ses armoires l'équipement nécessaire dont une lampe frontale. En un instant, il escalada la grille du jardin du Luxembourg, puis atterrit de l'autre côté sur ses pieds, les deux jambes pliées, avant de s'enfoncer dans le parc en direction de la trappe. La descente fut brève. Le faisceau de lumière de sa lampe frontale éclaboussa cette galerie qu'il commençait à connaître comme sa poche. Il aurait pu fermer les yeux tant il avait mémorisé le parcours. Bientôt, il tomba sur l'échelle de l'école et entama la montée. À mesure qu'il approchait du but, son estomac se serrait mais il ne se laissait pas gagner par la peur. La première étape du plan consistait à neutraliser les lumières de l'école. Une fois la cheminée passée, il traça son chemin vers les sous-sols de l'établissement.

La salle des installations électriques baignait dans un noir absolu où seul vibrait au cœur de l'ombre le doux vrombissement des générateurs. Les disjoncteurs se trouvaient derrière une grille fine qui n'était pas loquée. Guidé par le halo de sa lampe frontale, il détruisit l'installation en quelques coups de couteau, puis monta quatre à quatre les marches de l'escalier. Alors qu'il s'aventurait dans le couloir menant au salon par lequel il était entré, il vit débouler un homme de forte corpulence qui, à sa vue, donna l'alerte.

Benjamin détala. Lorsqu'il atteignit l'extrémité du couloir, il ouvrit une porte au hasard et alla se cacher derrière sa voisine puis éteignit sa lampe et regarda par la serrure si son agresseur allait tomber dans le panneau. Les murs et les cloisons tremblèrent sous les cavalcades. Le couloir s'emplit d'une dizaine d'hommes. La porte fut ouverte et l'un des soldats Invisibles fit cracher son semi-automatique.

Un gradé arriva à sa hauteur.

– Je croyais que le maître avait été clair. Le fugitif ne doit à aucun prix être éliminé.

L'homme s'offusqua des regards noirs qui lui étaient adressés mais son accusateur alla placer son arme juste contre sa tempe et fit feu avant de gueuler :

– Trouvez-moi ce petit con tout de suite ou je vous promets que j'en tue un autre pour l'exemple.

Soigneusement dissimulé sous une table qui occupait une partie du salon où il s'était faufilé, Benjamin vit la porte devant lui s'ouvrir et, dans la pénombre, un intrus la refermer. Une nappe l'isolait de l'ennemi. Il se faufila vers le pilier central mais l'un de ses talons claqua malgré lui sur les lattes cirées. L'homme jeta sa tête sous le tissu.

– Tu es fait, mon salaud !

Benjamin se recroquevilla. Ses doigts cherchèrent dans sa poche un de ses couteaux de lancer.

– Attends ! cria-t-il terrorisé. Je ne suis pas armé.

– Qu'est-ce qui me prouve que tu n'as pas d'arme ?

– Le fait que tu es encore vivant, trembla-t-il. Moi, je suis un universitaire, pas un tueur à gages.

– Et qu'est-ce que tu fous ici ? s'insurgea l'Invisible qui ne semblait pas dupe.

– Je joue ma dernière carte.

– C'est bon, sors !

Benjamin alluma sa lampe frontale et, tenant le couteau dans la paume de sa main, sortit aussi lentement que possible.

– Que fais-tu ? gémit l'Invisible aveuglé.

Notre homme ne le laissa pas finir. Une flèche argentée traversa la pièce. Contournant le corps à terre encore frémissant, Benjamin se risqua par la porte qui lui faisait face où il fut accueilli par une salve de balles tirées à ras le sol.

À défaut de le tuer, l'ennemi avait toute latitude pour l'effaroucher.

Il jeta un coup d'œil sur sa gauche. Une imposante statue d'Ariane trônait non loin d'une fenêtre donnant sur la cour intérieure. En moins de temps qu'il lui aurait fallu pour dégainer un autre couteau, il se rua derrière elle et disparut par une minuscule trappe : un passage secret dont lui avait parlé Max pendant son court entraînement de l'après-midi. Au moment où il jetait sa main afin de boucher l'issue, les agents déboulaient au-dessus de lui.

17

Expérience : En cours
Données Φ : Stables
Contrôle : Injection Nyrtex

La porte du pénitencier de Fort Dix s'ouvrit ce matin-là sur un criminel du nom de Howard Desper qui s'était fait coffrer neuf ans plus tôt après une affaire de braquage qui avait mal tourné. Accusé de piratage informatique ainsi que de vol avec violence, il avait plaidé coupable et s'était vu retirer neuf longues années de sa vie. « Je suis libre », songea-t-il en passant de l'autre côté de la lourde porte.

Il n'avait que quelques billets en poche, vieux de son incarcération. Juste assez pour payer un taxi.

Le taximan hispanique lui offrit son premier sourire depuis des lustres. À travers la vitre, il vit peu à peu le soleil se lever sur New York. Pour lui, c'était une seconde naissance. Neuf années de prison et plusieurs semaines de mitard ne l'avaient en rien guéri de son appétence pour les ciels bleus.

Une odeur de coco et de vanille flottait dans l'air.

Howard n'avait que deux objectifs en tête : revoir son frère et demander sa part à ses anciens partenaires.

Le taxi le déposa dans un quartier cossu de Soho. Trois minutes plus tard, il sonnait à la dernière adresse connue de son frère.

– Qui demandez-vous ? interrogea une voix sirupeuse.

– Mark Desper.

– Et vous êtes ?

– Son frère, Howard.

Une vieille femme sortit le nez par l'entrebâillement.

– Puis-je savoir depuis combien de temps vous n'avez pas vu Mark ?

– Neuf ans. Pourquoi cette question ?

– Entrez ! Je crois qu'il me reste du thé.

Howard suivit la vieille femme jusque dans son salon. Elle lui tendit une tasse, puis, agrippant trois sucres, elle soupira doucement :

– J'ai l'immense regret de vous annoncer que votre frère a disparu.

– Disparu ? hésita Howard.

– Hélas ! Je me souviens de ce soir-là comme si c'était hier. C'était il y a cinq ans déjà. Votre frère avait obtenu une promotion. Une limousine l'attendait. Votre frère est parti et je ne l'ai plus jamais revu. Ses affaires sont restées chez moi. Personne n'est passé les chercher. Et pourtant, je l'aimais bien votre frère.

Le ton de la vieille femme tremblait.

Quelques larmes roulèrent sur ses joues. Howard, après s'être fait préciser le nom et l'adresse de la firme où travaillait son frère, se rendit sur les lieux.

L'immeuble principal de la Spiris Drinks se dressait fièrement sur une place dallée de panneaux de pierre blanche. Howard se dirigea vers l'accueil. Une hôtesse l'invita à se munir d'un badge visiteur.

– Peut-être pourriez-vous me renseigner ? Je cherche un homme qui a travaillé ici. Je souhaiterais savoir s'il y est toujours employé.

– C'est quel nom ?

– Mark Desper !

– Cela ne me dit rien, répliqua-t-elle sans inflexion de ton.

– Parce que vous connaissez tout le monde ? ironisa Howard.

– Attendez, je vérifie.

Quelques secondes plus tard, elle reprit.

– Non, pas de Mark Desper, comme je vous le disais.

– Jusqu'à quand remontent vos archives ?

– Très loin, monsieur. Si je ne trouve pas de Mark Desper, cela signifie qu'il n'est pas employé et qu'il ne l'a jamais été.

Howard sentit qu'il ne servait à rien d'insister. Il retourna voir l'ancienne propriétaire de son frère qui l'accueillit avec un enthousiasme mêlé d'inquiétude.

– Alors, l'avez-vous retrouvé notre Mark ?

– Eh bien, je suis allé dans son ancienne entreprise où l'on m'a stipulé qu'il n'avait jamais fait partie de la maison. Un mensonge, à l'évidence. Mais pour quelle raison une entreprise dissimulerait-elle l'un de ses employés ?

– Si je peux faire quoi que ce soit qui vous aide dans votre recherche, demandez-le-moi simplement.

– Avez-vous conservé certaines de ses affaires ?

– Peut-être cela vous paraîtra-t-il absurde, mais j'ai tout laissé tel quel. Venez, je vous montre le chemin.

Le volume à l'étage était plus vaste que ses anciens quartiers. Contre le mur du fond s'adossait un bureau, ainsi qu'un ordinateur. Dans chaque tiroir, il trouva quantité de papiers avec des notes griffonnées et ne mit pas longtemps à trouver quelque chose d'intéressant : un badge où figurait le nom de son frère, associé à celui de la firme.

Il passa presque une heure à éplucher chaque papier un par un. Quand il s'attaqua à l'ordinateur, il n'avait pas grand espoir d'y trouver quoi que ce soit. Mark avait toujours considéré l'informatique de manière utilitaire, et n'avait jamais pris goût aux réseaux sociaux.

En première page d'un bloc-notes déposé à côté de l'écran, il dénicha son adresse mail. Dans la chambre, trois réseaux wifi étaient disponibles dont un en accès libre. Il accéda à la boîte mail et, en connaissance intime de son frère, n'eut aucun mal à remplir les champs.

Restait la question censée protéger le compte.

Howard frissonna à la découverte de cette dernière : *Qui est Howard ?*

Sans hésiter, il répondit : *Mon frère.*

Et le compte s'ouvrit.

Howard se sentit galvanisé par cette trouvaille. Malgré leurs anciennes dissensions, Mark ne l'avait pas oublié. Parcourant les e-mails abandonnés sur près de cinq ans, Howard découvrit celui d'un collègue qui le félicitait pour sa promotion. Il y avait de nombreux autres messages, sans importance. Il finit par découvrir ceux d'une femme qui suppliait Mark de bien vouloir répondre, ne serait-ce qu'au téléphone.

Howard comprit alors que son frère avait bel et bien disparu. Une larme coula sur sa joue.

– Je te retrouverai, s'exclama-t-il. Je veux que tu voies ce que je suis devenu. Ce sera mon cadeau, Mark.

Il ne dit rien de ses trouvailles à la propriétaire et retourna à la Spiris Drinks, le badge enfoncé dans la poche.

Arrivé au building, il fila droit vers l'hôtesse. Il y avait foule dans le hall d'entrée. L'hôtesse voulut le calmer, mais lui écumait.

– Seriez-vous incompétente, madame ?

– Suivez-moi, monsieur, je vais vous conduire à mon supérieur.

Elle l'emmena jusqu'à un bureau situé au premier étage. Un quadragénaire aux fines moustaches anachroniques les y accueillit avec froideur.

– Monsieur Xantz, je vous amène cet homme. Il recherche un certain Mark Desper qui aurait travaillé ici. Je lui ai expliqué que nous ne comptions personne de ce nom parmi nos employés mais il insiste, c'est pourquoi je me suis permis de vous déranger.

– Comment vous appelez-vous ?

– Oscar Turnbow.

– Monsieur Turnbow, j'ai bien peur que vous ne fassiez erreur. Jamais le nom de Desper n'a été recensé dans notre groupe.

– Comment expliquez-vous ceci ? rétorqua Howard en lui plaçant le badge sous le nez.

– Une erreur, sans aucun doute. Une plaisanterie, probablement.

Howard bouillait. Sa tête rouge sang contrastait avec la mine cireuse du respectable Xantz.

– Si monsieur le permet, je vais le reconduire à la sortie.

Xantz fit le geste de prendre Howard par le bras mais ce dernier se redressa en une attitude de défi.

– Je n'ai pas dit mon dernier mot. Il me reste la police.

– Bien, si vous le permettez j'appellerai de mon côté la sécurité.

Quelques minutes plus tard, dans un bureau de la Spiris Drinks, un homme s'entretenait avec son supérieur par téléphone.

– Nous avons reçu la visite d'un type à la recherche de Mark Desper.

À l'autre bout une voix nasillarde répondit.

– Et que s'est-il passé ?

– Oh ! Rien de grave, numéro 3, mais il avait l'air sûr de lui.

– Mark Desper n'a pas de famille, nous nous en sommes assurés. Quant à ses anciens amis, nous les avons muselés selon ce qui était prévu.

– Je sais bien. Cependant, Xantz avait l'air inquiet.

– Xantz est un bon à rien et d'ailleurs, il n'est pas vraiment de Nirvan. C'est juste un appui.

– Il nous est bien utile tout de même.

– Oui ! C'est un salaud que nous payons bien.

– Que fait-on, numéro 3 ?

– Je ne veux pas d'histoire, chargez numéros 50 et 51 de régler le problème.

– C'est comme si c'était fait.

18

Benjamin se trouvait à présent dans l'une des tuyauteries qui couraient dans l'épaisseur du faux plafond. Le goulot étroit compressait son corps. En quelques trop longues minutes, il se retrouva au-dessus du bureau de la directrice. Un agent y était posté. Il pouvait le voir à travers la grille surplombant la pièce. Benjamin aiguisa son regard et tenta de pénétrer l'attitude de l'ombre assise. L'individu était en train de dormir. Il se contorsionna pour libérer son bras en vue d'attraper un de ses couteaux de lancer et ne put éviter d'insupportables craquements. De grosses gouttes de sueur perlaient à son front, humectaient sa cagoule. Enfin, il défonça la grille d'un violent coup de poing et tomba depuis le plafond sur une tête inerte et bourrue, maculée de sang.

Bien déterminé à ne pas se faire repérer, il n'alluma pas sa lampe frontale et se résigna à chercher dans l'obscurité partielle du bureau.

Les papiers voletaient sous ses doigts fébriles. Malgré la meilleure volonté du monde et comme il portait au plus près de ses yeux chaque papier trouvé dans les tiroirs, Benjamin ne parvint pas à dénicher les plans et encore moins l'hypothétique passe-partout censé lui ouvrir les portes des catacombes. Plus il cherchait, plus son cœur s'emballait à l'idée de ne peut-être jamais trouver ce qu'il était venu chercher. Là, à quelques enjambées, dans un silence absolu, un homme approchait, un homme masqué, déterminé, le pistolet en main. Avançant à pas feutrés, il allait poser la main sur la poignée quand une deuxième équipe arriva sur les lieux.

– Inutile d'ouvrir cette porte. Monsieur Todd ne peut pas s'y trouver.

– Et pourquoi ça ?

– Parce que nous y entreposons le corps d'un de nos gars. Voyez, elle est fermée à clé.

Benjamin s'était immobilisé au milieu du désordre. De l'autre côté, près de la fenêtre, une feuille terminait sa course en planant sans un bruit.

– Allez plutôt chercher au rez-de-chaussée. De toute façon, il n'y a rien ici qui soit susceptible d'intéresser monsieur Todd.

Benjamin expira aussi doucement que possible. À bien y réfléchir, la bibliothèque paraissait un meilleur endroit pour entreposer des plans. Après une vingtaine de secondes, décomptées mentalement, il déloqua la porte et sortit dans le couloir. Pourtant, malgré ses précautions, les gonds grincèrent dans le silence.

Une voix s'écria :

– Il est là ! Juste derrière !

Benjamin se lança dans une course qu'il espérait la plus courte possible. Derrière lui, le bruit des cavalcades résonnait sur les murs, dans les cloisons. On aurait pu croire qu'une meute venait de désigner le lièvre et qu'au son des hallalis, la cavalerie Invisible poursuivait sa chasse diabolique. Quand la bibliothèque apparut devant lui, Benjamin décida de leurrer l'ennemi une seconde fois. Après en avoir ouvert les portes, il alla se cacher dans la loge attenante qu'il ferma à double tour.

Ils furent bientôt une trentaine d'hommes à prendre place devant la bibliothèque. Chacun d'entre eux était vêtu d'une combinaison noire à peu près identique à celle de Benjamin, sauf le leader Alpha qui arborait une tenue blanche parée d'idéogrammes. Les fenêtres rassemblaient la pâle lumière des réverbères du boulevard Saint-Michel. Aussi, Benjamin n'eut aucune peine à espionner ses ennemis, bien à l'abri derrière la porte de la loge.

– Vous deux, suivez-moi ! ordonna le leader à deux de ses hommes qui sortirent du rang.

– Avons-nous la certitude de le coincer ? clama une voix dans l'assemblée.

– Sans le moindre doute, répondit l'homme en blanc. Car si monsieur Todd est entré ici, des dispositions ont été prises pour qu'il ne puisse pas sortir par les issues conventionnelles. Nous avons fouillé tout le secteur et je doute qu'il ait connaissance de nos passages secrets. Nous nous déplacerons en trinômes. Mes hommes et moi entrons dès maintenant. Vous autres, vous resterez sur place afin de condamner l'issue. Notre code de sortie est trois coups brefs suivis de deux appuyés. Si quelqu'un ouvre cette porte sans faire le code vous l'immobilisez avec une clé de bras sans aller à la luxation. Suis-je bien clair ?

– Chef, oui chef !

– L'intégrité du corps de monsieur Todd n'est pas optionnelle !

Pas discret pour deux sous, ce capitaine, pensa Benjamin tandis qu'il se répétait le code mentalement. Et, avec intérêt, il les observa aller et venir, répétant le code à chaque fois. Après un bon quart d'heure pendant lequel les hommes fouillèrent méticuleusement la bibliothèque, les derniers trinômes ressortirent et le silence se fit. Le chef de section Invisible rassembla ses hommes en cercle autour de lui afin de leur donner ses dernières instructions.

Lentement, la place fut désertée. Les bruits de pas s'estompèrent dans les étages. Benjamin se retrouva seul devant la bibliothèque, avec l'intime conviction qu'il aurait plus de temps que nécessaire pour trouver ce qu'il était venu chercher. Il ouvrit la porte de la loge mais ne jeta pas ses habituels coups d'œil de droite et de gauche.

S'il en avait eu la présence d'esprit, il aurait peut-être aperçu dans le fond du hall, là, à une dizaine de mètres de lui, une partie de ces hommes qu'il avait eu tant de bonheur à regarder tomber dans son piège.

Sur la pointe des pieds, il se rendit jusqu'à l'entrée de la bibliothèque dont la porte était restée entrouverte comme un gage de bienvenue. Les doutes, la peur, l'austère atmosphère de cette salle immense pesaient sur Benjamin tandis qu'il cheminait entre les différents ouvrages, un doigt sur les lèvres.

Or voilà qu'une ombre surgit derrière lui, avec une infinie discrétion.

« Plans du réseau électrique, plan du réseau électrique de Nantes, de Narbonne, de Namur… »

En lui germait l'idée que ce qu'il était venu y chercher ne s'y trouvait peut-être pas. Alerté par un froissement de tissu, il se retourna.

– Ne vous méprenez pas, monsieur Todd, le calma une silhouette dans le halo de sa lampe. Je ne suis pas là pour vous tuer.

– Alors, que faites-vous avec cette arme entre les mains ? N'est-ce pas de cette manière que vous avez assassiné ma femme ?

– Tout cela serait trop long à vous expliquer. Maximilien m'a mis au courant de votre venue. Je ferai tout mon possible pour vous tirer d'affaire.

Benjamin n'en croyait pas ses oreilles. Le vieux Ripolsky était décidément impayable.

– Vous ne me ferez pas avaler ce genre de conneries. C'est quand même bien vous qui avez tenté de me tuer au passage d'Enfer !

– Mon cher Benjamin, je n'ai fait qu'obéir aux ordres de monsieur Spiris. Vous ne semblez pas comprendre, mais cela faisait partie de votre initiation. Venez avec moi. J'ai les plans et le passe que vous êtes venu chercher.

La voix de Ripolsky s'était faite aussi frêle qu'un bruissement d'ailes. Il conduisit Benjamin vers le fond de la bibliothèque. D'une certaine manière, Benjamin n'avait pas d'autre possibilité que de faire confiance à celui qu'il avait détesté dès le premier jour. Il se laissa donc mener par le concierge dont les petits yeux éblouis ne produisaient plus le mépris ni l'aigreur qu'il leur avait connus.

– Je coupe court à vos interrogations, mon cher Benjamin, reprit Ripolsky. Je suis agent double pour le compte de la Troisième Église. Ce n'est pas moi qui ai tué votre femme et même si l'ordre m'avait été donné de vous capturer, je n'étais pas sûr d'en être capable. C'est que la mort ne sera pas votre lot. Spiris a d'autres projets en ce qui vous concerne. J'ignore lesquels mais je me doute que ce doit être l'une de ses lugubres tortures spirituelles. Il est maintenant temps de passer le relais. En vous aidant je me condamne à l'élimination. Je n'ai fait que mon travail et je le poursuis en vous indiquant la sortie.

Il fouilla derrière quelques livres d'où il sortit un calepin ainsi qu'un trousseau de clés.

– Ne vous compliquez pas la vie. Elles sont rigoureusement identiques. Voici le plan. Suivez-moi !

Le concierge s'arc-bouta sur une étagère.

– Tirez sur ce livre bleu, Benjamin, vous seriez gentil.

L'étagère s'écarta. Une fois qu'elle eut effectué une rotation de près de vingt degrés, Benjamin découvrit, dissimulées sous elle, les premières marches d'un escalier.

– Dépêchez-vous, monsieur Todd ! Je serais navré que mon sacrifice n'ait servi à rien.

– Et pourquoi ne viendriez-vous pas avec moi ?

– Voyons, monsieur Todd ! Vous croyez vraiment qu'un vieillard comme moi pourrait être autre chose qu'un boulet dans le dédale qui vous attend ? Par ailleurs, j'ai la possibilité de dissimuler votre fuite. Partez, je vous en prie.

Benjamin s'enfonça dans le passage vers les catacombes. Ripolsky, après avoir refermé le mécanisme et afin d'éviter les tortures qu'il savait réservées aux traîtres, retourna le couteau contre lui. La douleur le surprit cependant dans son geste héroïque, et il ne put réprimer un vif gémissement. Alerté, le chef de section Invisible se rua dans la bibliothèque et ne tarda pas à comprendre la nature de la situation. Sa proie venait de s'enfuir par les souterrains de la capitale. Une proie qu'il lui fallait à tout prix retrouver. Conscient de la menace de mort qui pesait sur sa vie, il se libéra de sa hargne sur le macchabée ensanglanté en vidant sur lui son chargeur.

– Il n'y a pas trente-six issues secrètes dans les parages, beugla-t-il, enragé. Battez le rappel ! Je veux notre armée au grand complet. Toi, tire donc ce livre bleu qui est devant toi. À nous deux, monsieur Todd. Les bibliothèques, c'est votre rayon, mais les catacombes, nul ne les connaît mieux que moi.

Il fit coulisser l'étagère et le passage ouvrit sa gueule béante. Au loin, on entendait la cavalcade effrénée d'un lièvre pris en chasse.

19

Expérience : En cours
Données Φ : Fluctuations importantes
Contrôle : Erreur

Le soir tombait.

Howard avait cherché toute la journée son frère disparu. Une courte sieste avait éveillé un pénible cauchemar où il s'était vécu prisonnier d'un siège monstrueux. Un rêve qu'il croyait avoir laissé derrière les barreaux de son ancienne prison.

Fatigué par ses recherches et l'idée atroce que son frère puisse subir à présent un sort pire que le sien, il comprit qu'il ne lui restait qu'une solution : reformer l'ancienne équipe qui lui avait valu de si longues années de cabane et chercher son frère avec tous les moyens disponibles.

Il se dirigea vers le Queens où il entra dans un bar-restaurant planté sur la Troisième Avenue. Un barbu corpulent était en train de briquer les pompes à bière.

Howard s'avança jusqu'à n'être qu'à un pas derrière lui.

– Salut Fangio, ça biche ?

Le barbu se retourna, le sourire aux lèvres.

– Mince ! Mais c'est mon p'tit Howard. Ça va mon salaud ?

– Tranquille, je sors de taule.

– Et tu veux ta part, j'imagine ?

– Dans l'immédiat, une partie suffirait. Les affaires pour moi, c'est fini. J'ai assez donné. Mais je n'ai pas un rond et si je veux m'en sortir, c'est comme toujours, l'argent d'abord.

– Bouge pas, je t'amène la sauce.

L'ancien détenu regarda le restaurant. Il n'avait pas tellement changé. C'était au fond de cette salle que ses complices et lui avaient préparé leurs plus gros coups.

Un serveur s'avança.

– T'es qui toi ? lança Howard.

– Giuseppe.

– Alors, Giuseppe, sers-moi une Corona de la part de Fangio !

Howard saisit la bouteille. Le froid givra un instant sa main serrée. Tout y était : la couleur miel, la mousse en surface sous le goulot, le segment de lime et les premiers effluves amers. Il enfonça le zeste avec son index et but goulûment.

Fangio revint. Il portait à la main une mallette.

– Bon ! Il y a cent mille dollars en cash, mais la partie la plus intéressante t'attend dans Burn Alley.

– Je t'écoute.

– Dans le seul message que j'ai reçu de toi, j'ai cru comprendre que tu souhaitais monter une boîte d'informatique. Eh bien, mon gars, on t'a trouvé un local au poil.

– Sans blague ?

– Attends, rêve pas hein ! C'est pas la Silicon Valley. Mais tu peux commencer quand tu veux. Et on t'a aussi trouvé un deux-pièces juste au-dessus.

– Qui, on ?

– Bien… moi, Tony et John.

– Toute la clique ?

– Tu sais, on est conscients de te devoir une fière chandelle. À part les mafieux, il n'y a pas beaucoup de gars qui auraient accepté de tout encaisser pour protéger les potes.

– Dans ce cas, j'aurais un service à vous demander.

– Tout ce que tu voudras.

Fangio se dirigea vers le passage qui donnait accès aux cuisines du bar. Deux hommes en franchirent les portes.

– John ! Tony ! s'exclama Howard. Ce que ça fait plaisir de vous revoir après toutes ces années !

– On est là, mon gars. Et on ne te lâche plus cette fois, s'enflamma John.

Au fond du bar apparut aussi une femme dont la démarche lascive intrigua Howard.

– Elle, c'est Olga, commenta Fangio. Elle travaille au bar depuis deux mois.

La dénommée Olga portait une robe de soirée bleu turquoise. Ses cheveux blonds ondoyaient. Portée par l'humeur des retrouvailles, elle s'illumina d'un sourire charmeur. Le courant sembla passer entre elle et le nouveau venu.

20

Quelques minutes après que Benjamin s'était échappé de l'École des mines, une nouvelle vague de commandos arriva dans la bibliothèque. Les dégâts causés sur l'installation électrique furent réparés. Dans la salle des archives, le jour se fit. Il y avait une trentaine d'agents, les muscles raidis, les jambes enchâssées dans de longues bottes clinquantes, et il en arrivait encore par dizaines.

Et que dire de ce qui se passait dans les environs ?

Tout autour de la fontaine et plus loin encore, de Montparnasse au passage d'Enfer, de l'Odéon jusqu'à la rue Bonaparte, du boulevard Port-Royal à la rue de la Tombe-Issoire, tous les Invisibles de la capitale enfilaient leurs costumes martiaux entreposés depuis des décennies dans les coffres et les armoires de leurs appartements, puis se faufilaient vers les passages secrets menant au Paris souterrain.

Parallèlement, un dispositif policier d'inhabituelle envergure s'immisçait dans tous les grands axes de la capitale, renforcé par des équipes du GIPN fouillant les moindres recoins du jardin du Luxembourg. Que choisir entre les cachettes en trous de souris des catacombes et une exfiltration en surface qui, pour séduisante qu'elle semblait, n'offrait pas la moindre possibilité de se déplacer incognito ? Il en était comme de ces dilemmes du temps jadis où il fallait décider entre le supplice de la roue et celui des brodequins.

Et la Troisième Église, où était-elle ? Avait-elle oublié celui par qui les Invisibles avaient dû précipiter leurs plans ? N'était-ce pas grâce à lui que le jour des Pyramides approchait, ce jour guetté par les prophètes depuis la nuit des temps et qui était tenu par le seul véritable secret de notre monde ?

N'était-ce pas le moment de sauver le héros-malgré-lui par qui s'accomplirait la prophétie ? Combien étaient-ils dans les parages, prêts à risquer leur vie pour sauver ce caillou providentiel jeté dans les rouages des serviteurs de Satan ?

Dans la bibliothèque, les lanceurs venaient de faire leur apparition. Ils portaient de lourdes bombonnes de combustible et de longues torches prêtes à cracher le feu.

– L'assaut sera lancé dans cinq minutes, s'époumona Alpha. Nous attendons que notre cible arrive au centre du piège.

La carte détenue par Benjamin révélait un maillage souterrain de presque deux kilomètres carrés entre l'École des mines et le parc Montsouris. Tout se jouait à présent dans un périmètre rectangulaire aux angles suivants : cimetière du Montparnasse pour le quart nord-ouest, carrière des Capucins pour le quart nord-est, parc Montsouris au sud-est et jardin des Plantes au sud-ouest.

Benjamin courait, l'esprit obnubilé par la probabilité de l'échec. Sa pensée en était malmenée, écartelée entre son angoisse croissante et l'immense tristesse d'avoir perdu la seule femme qui ait vraiment compté. Le temps semblait s'étirer puis se contracter en résonance avec son cœur, les galeries laissaient place à d'autres galeries, aussi glaçantes, aussi étroites, et voilà qu'il se prit à penser que, sans s'en rendre vraiment compte, il effectuait le même parcours en boucle depuis ce bon quart d'heure qui lui avait paru plus du double.

« Qu'est-ce que je fous dans ce merdier ? », songea-t-il, alors qu'il venait de s'arrêter devant une grille close et qu'il fouillait dans sa poche à la recherche du trousseau de clés. Se remémorant que toutes les clés étaient identiques, il en prit une au hasard et ouvrit la grille avant de la refermer derrière lui.

Dans la bibliothèque, le leader Alpha préparait l'assaut.

– Messieurs, je vous rappelle l'objectif : capturer monsieur Todd sans le blesser ni bien sûr le tuer. Qu'un seul de vous faillisse et je vous laisse deviner le châtiment qui lui sera réservé. S'il est un dieu qui pardonne les erreurs, il en est un autre qui n'a pas cette bassesse d'âme et c'est celui que vous servez. Suivez-moi !

En quelques minutes, la bibliothèque se vida. Dans les ténèbres, on entendit s'éloigner le claquement des bottes faisant leur œuvre sonore comme les tambours des anciennes batailles.

Pourtant, Benjamin n'était pas seul. Consciente de sa mystérieuse importance, la Troisième Église s'apprêtait à entrer en jeu. De nouveaux passages s'ouvriraient bientôt pour la contre-offensive. Contre deux cents démons aux ordres de Spiris, ce serait autant de moines soldats envoyés au hachoir.

Benjamin courait, ignorant l'ampleur du dispositif chargé de le traquer. Encore une fois, sa méconnaissance des réalités lui donnait l'occasion de se battre et, qui sait, de l'emporter.

Malgré les injonctions claires de Maximilien, une envie ne cessait de le tourmenter : rejoindre la surface. Il se cacha dans une impasse afin de repérer sur le plan une issue favorable. Mais en scrutant les méandres tracés sur le plan, son visage blêmit. Il avait suivi le plan à l'envers et, sans s'en rendre compte, il s'était égaré.

Au niveau de la rue Auguste-Comte, deux individus armés repéraient les lieux.

– Tu crois qu'ils veulent faire subir à notre homme le même sort qu'à Mark Desper ?

– Aucune idée ! Mais ils ont envoyé la quasi-totalité des troupes. Les taupes sont formelles. Ça grouille dans les souterrains. Tiens ! Les voilà.

Trois hommes venaient de les rejoindre. Il ne restait qu'à soulever la trappe et entrer dans les catacombes. De l'autre côté de la rue, un couple qui se tenait bras dessus, bras dessous, les dévisagea avec stupeur.

– Éteignez vos lampes, chuchota Alpha. Et pas un bruit. Toi, tu viens avec moi.

Au loin, une faible lueur voltigeait dans la nuit. À n'en pas douter, quelqu'un se tenait là, à une cinquantaine de mètres tout au plus, en train de lire une inscription, un plan, un itinéraire. Le leader Invisible jubilait. Sa pupille s'élargissait, alors qu'il songeait aux délices de la vengeance et de la cruauté.

Spiris, lui, était bien au-dessus de ces considérations bassement humaines. Son plaisir se bornait à servir le Prince et sa joie serait à la toute fin dans la suprême communion de puissance avec le seigneur des Enfers.

Un lanceur impatient se faufila sans bruit, armé de sa torche meurtrière. Benjamin, appuyé sur son pan de mur, regardait le plan. « Où suis-je ? », grinça-t-il entre ses dents. Il était tant absorbé par son exploration méthodique qu'il lui était impossible de discerner ce qui se passait derrière lui.

« Caves des chartreux. Mouais. » Il leva les yeux vers le bout de mur et déchiffra les inscriptions dans la pierre.

« Chemin de la carrière. Chemin de la carrière, oui ! Mais quelle carrière ? Celle des Capucins ou celle du Val-de-Grâce ? Je ne pense pas être parti aussi loin à l'est. »

Derrière Alpha, le lanceur agrippé à son engin de mort, emporté par son désir meurtrier, en avait oublié la consigne. Le leader était à présent si près de sa cible qu'il en était hypnotisé. Malgré un désir croissant de faire souffrir monsieur Todd avant de le remettre à son commanditaire, une voix apparut dans sa tête, une voix qui lui intimait de ne pas toucher ne serait-ce qu'un cheveu de celui qu'il était venu chercher.

« Oui, mon maître. Je suis votre humble serviteur », pensa-t-il sans oser exprimer de dépit.

Il eût été dangereux de contrarier monsieur Spiris. Benjamin, en pleine lecture de son plan, n'avait toujours pas remarqué la lente procession derrière lui.

« S'il y a un minimum de logique dans ce bas monde, soupira-t-il avec perplexité, je dirais que nous sommes ici. »

Et il pointa du doigt un endroit de la carte. À ce moment, il entendit crisser un gravier derrière lui. Tout le reste se déroula en un éclair. Le lanceur se ruait vers la cible, la torche en avant. Le malheureux se retourna et brandit son couteau mais le lanceur enfonça la gâchette. Un souffle déchira le silence de la galerie et vint embraser l'homme avec son plan, son bras tendu armé de ce poignard inutile face à une telle fournaise.

Un cri de douleur succéda au sifflement du lance-flammes avant que le corps n'aille s'effondrer au sol, rongé jusqu'à l'os par le pétrole enflammé. Alpha fit feu. Le lanceur, touché à la tête, s'effondra en hoquetant. Conscient des conséquences de cette terrible erreur, le leader Invisible émit un hurlement à s'en vriller les tympans.

21

Expérience : Perturbations
Données Φ : Fluctuations modérées à fortes
Contrôle : Instabilité

Howard se leva vers sept heures, ce matin-là, fatigué par le même sempiternel cauchemar. Ses amis avaient tout de suite accepté de l'aider à retrouver son frère. C'était ce jour que commençait leur première opération. Puisque la dernière entreprise où Mark avait travaillé se refusait à admettre l'avoir embauché, Howard en avait déduit qu'il fallait commencer leur enquête par l'ex-patron de son frère : monsieur Spiris. L'homme d'affaires, se disait-il, ne pouvait ignorer un événement tel que la disparition d'un de ses collaborateurs.

Mais pour quelle raison valable une entreprise de cette taille, de cette réputation, pouvait dissimuler ainsi le devenir d'un de ses employés ?

Les renseignements trouvés sur Internet ne laissaient aucun doute : l'unique solution pour infiltrer l'ordinateur de Spiris était de le pirater de l'intérieur. Les plans d'accès du building n'avaient pas résisté longtemps au talent de notre homme. La seule difficulté avait été de convaincre leur ancien fournisseur de matériel de leur procurer un Howler. Une machine capable de craquer à peu près toutes les serrures magnétiques.

Le bon Mackenzie avait fini par lâcher le morceau devant un Howard plus décidé que jamais.

Monter le plan d'infiltration leur prit presque toute la journée. Le soleil était déjà couché quand ils sortirent de la camionnette. Le Howler émit un vrombissement doux auquel la porte du bâtiment répondit par un déclic sonore, s'ouvrant sans peine à la pression de Fangio.

– Dément ! s'exclama celui-ci.

– Mouais, pas mal ! ajouta Howard. Dieu bénisse les champs magnétiques.

Ils se faufilèrent à la queue leu-leu.

– Magnez-vous les gars ! Il y a un escalier juste à droite.

– Bingo ! poursuivit John qui fut le premier à entrer.

– On reste en groupe, chuchota Tony.

– Tu passes devant, ordonna Howard. C'est au deuxième étage sur la gauche. Première porte.

L'équipe gravit les deux étages. Tony, son pistolet maintenu en l'air, se plaça à droite de la porte désignée par Howard. Dans la pénombre, il était difficile de distinguer les protagonistes.

– *Go !* décida ce dernier.

L'ampoule du couloir s'alluma et claqua aussitôt. Tony pénétra dans la salle éclairée seulement par la neige des écrans de surveillance. L'agent, surpris, leva les mains en criant mais Tony décocha une fléchette qui s'enfonça dans sa jugulaire. L'homme tomba de son siège dans un bruit mou.

– Faites entrer le Howler, chuchota Tony, et il faut quelqu'un pour m'aider à remettre ce pépère sur son siège.

Après une courte ascension, les quatre hommes, le pistolet en main, se faufilèrent jusqu'au bureau de la direction. John, le serrurier de l'équipe, se mit à l'œuvre et, en à peine trente secondes, la serrure céda.

Le bureau dans lequel ils pénétrèrent était ceinturé par deux larges baies vitrées. L'une donnait sur le côté par lequel ils étaient entrés, l'autre sur un open space. Les murs étaient entourés de bibliothèques. Howard s'assit et démarra l'ordinateur. Enfin, il installa son logiciel pirate et lança le programme de générateur de mots de passe. Après un bon quart d'heure de patience, il reçut avec bonheur la mention : mot de passe correct.

– Apparemment, commença-t-il tandis que les données défilaient sur l'écran, il n'y a pas plus de deux gigas sur son disque. Je vais copier ça sur clé et nous l'analyserons à notre retour. Mais une info émerge : Spiris est fan de poker. Ça pourrait être une bonne occasion de le rencontrer. Qu'en pensez-vous ?

– Que tu ferais un sacré pigeon, s'amusa Tony.

– Je vois un fichier sur un château dans le New Hampshire. Un tournoi de poker apparemment. Le Black Stone Poker Contest ! Le reste est crypté.

Fangio soudain les alerta :

– Planquez-vous, y a un employé de ménage qui s'amène.

Dans le bureau, la lumière était restée allumée. L'employé s'avança jusqu'à être collé contre la baie vitrée, puis sortit un chiffon et une bouteille de produit, avant de se mettre à astiquer.

– Il est aveugle ce type ? s'étonna Howard.

– On a de la chance, s'enthousiasma Fangio. On est tombés sur un bigleux.

Emporté par son enthousiasme, sans doute s'était-il exprimé un peu trop fort. L'employé s'arrêta. Les quatre compères le virent scruter l'intérieur de la pièce puis bloquer son regard vers Howard. Enfin, approchant ses doigts de son nez, il s'éclata un bouton.

– C'est bon, les gars. C'est une glace sans tain.

Howard s'approcha de la vitre et fit un bras d'honneur à l'homme de ménage qui lui répondit en se recoiffant.

– Je ne sais pas pour vous, soupira Howard, mais, moi je me casse. J'ai déjà failli faire un arrêt cardiaque et j'ai de quoi élaborer la suite du plan.

De retour au bar, ils convinrent de prendre une vraie nuit de sommeil et, surtout, une grasse matinée.

– On se retrouve ici pour le petit déj. Muffins, bagels et œufs brouillés, j'en rêve déjà, gloussa Fangio.

Dans son appartement de Burn Alley, Howard trouva Olga couchée, tout habillée. Il l'embrassa avant de se dévêtir pour prendre une douche. Il était encore sous le jet d'eau tiède, le savon à la main, quand il vit, à travers la vitre opaque, un corps gracile, visiblement nu, s'approcher sur la pointe des pieds.

– Entre ! lui dit-il.

Olga se mit à l'embrasser en se serrant contre lui. Howard, fatigué, la laissa faire et se contenta de lui jeter quelques baisers au cou.

– Mon pauvre chéri, susurra-t-elle d'un ton surjouant la fièvre. Tu es peut-être fatigué mais moi je suis en pleine forme. On dirait bien que ta nuit n'est pas du tout terminée.

22

Alpha s'approcha du cadavre à la recherche d'une médaille ou d'un bracelet. Son instinct avait vu juste. Sous la tête déjà froide et qui s'effritait, il trouva une médaille de baptême sur laquelle était écrit :

Jean 24 juin 2003.

« C'est bon ! C'était un étudiant », soupira-t-il. Et il jeta la médaille loin de lui. Pendant ce temps-là, Benjamin avait lui aussi, comme le malheureux cataphile, entendu du bruit, et s'était retourné en brandissant son couteau de combat. Un groupe de commando s'avançait vers lui, les pistolets braqués sur ses points vitaux.

– Monsieur Todd !

– Que me voulez-vous ?

L'homme baissa son arme.

– Nous sommes de la Troisième Église. C'est une chance que nous vous ayons si vite repéré.

Benjamin, malgré ce geste de paix sans équivoque, n'était pas encore prêt à baisser sa garde. Il se rappelait l'une des dernières phrases de Ripolsky : « La mort ne sera pas votre lot. Spiris a d'autres projets en ce qui vous concerne. »

– Qu'est-ce qui me prouve que vous êtes bien de la Troisième Église ? continua-t-il avec une nuance d'agacement.

L'homme parut dérouté.

– Euh… Je ne sais pas… Le fait que nous ne vous tenions plus en joue par exemple ?

– Désolé, ce n'est pas suffisant. Je sais pertinemment que Spiris veut me capturer en vie.

– Exact, exact, admit l'homme avant de se retourner vers ses équipiers. Aidez-moi un peu, les mecs. Qu'est-ce qu'on a comme preuve irréfutable de notre appartenance à la Troisième Église ?

L'un d'eux déclara :

– Nous avons pour mission de vous conduire au bassin de Montsouris. C'est Max qui nous a donné cet ordre.

Benjamin s'étonna :

– Je croyais que mon contact devait garder le plus strict anonymat ?

– Ah, mais non. Pas du tout. Maximilien est notre conseiller stratégique depuis des années. Tout agent en difficulté de mission doit prendre contact avec lui. Voyons que je me souvienne : Charles d'Éon, dedans ta rue, bien cachée près de ton théâtre chinois…

– Un seul bijou intrus se tapit au numéro quatre, poursuivit un autre combattant qui retirait son masque.

Benjamin ne savait quoi penser.

– Je croyais que… Enfin… La lettre stipulait que ce quatrain n'était destiné qu'à moi.

– Vous fatiguez pas. Max n'a jamais eu le courage de changer une seule syllabe de cette énigme. Ça fait près de dix ans qu'il nous rebat les oreilles avec ses octosyllabes. Il n'a même pas été foutu de pondre des alexandrins.

– Eh bien ! soupira Benjamin, content de vous voir. Je finissais par croire que j'étais foutu.

– Non, rassurez-vous le moment n'est pas encore venu. Mais la Troisième Église sera heureuse de vous montrer, en temps voulu, le chemin du cimetière.

À ce moment, un sifflement surpuissant, suivi d'une vive lueur orangée, alla soulever le sable de la galerie. Ils se réfugièrent derrière une grille. Dans cette cachette de fortune, les six compagnons entendirent le martèlement de bottes d'une escouade d'Invisibles. La colonne diabolique qui passait devant la grille s'arrêta et l'Invisible portant le lance-flammes dirigea sa torche vers eux.

Ils étaient trois, dans leur habit de mort, plus un quatrième vêtu d'une combinaison ignifugée ainsi que d'un casque noir à visière fumée. Benjamin ferma les yeux. Trois séries de détonations s'ensuivirent sans qu'aucune douleur ne vienne irradier ses côtes. Quand il rouvrit les yeux, le lanceur était toujours là, immobile. Autour de lui gisaient les corps des hommes de la Troisième Église qui étaient venus lui porter secours. Le piège s'était refermé. Le leader Alpha fit son apparition.

– Monsieur Todd, s'exclama-t-il. Suivez-moi sans faire d'histoires.

Benjamin marchait, plus que jamais partagé entre frayeur et défaitisme. Les Invisibles formaient une cohorte autour de lui. Il pouvait entendre le cri des flammes se rapprocher à chacun de ses pas, trouer l'obscurité de leurs vagues orangées. Allait-il rencontrer Satan en personne ? Quelle âme pouvait avoir rejeté à ce point le Créateur pour ne plus s'adonner qu'au Corrupteur ? Une voix douce et suave vint s'immiscer dans sa conscience.

« Calme ta douleur et ton désespoir. Il n'y a qu'un seul maître et bientôt… – la voix s'interrompit avant de reprendre en descendant vers le grave – bientôt, tu le connaîtras. »

Alpha se retourna en souriant.

– Spiris a de nombreux talents cachés, chuchota-t-il. « Ubiquité » avec lui n'est pas un vain mot. Partout et nulle part en même temps… De tous côtés il répand le mal comme un bien supérieur. Tu seras bientôt face à l'unique pouvoir et le dieu de misère que tu pries…

« Ne tente rien pour te délivrer, reprit la voix intérieure en résonance avec les parois humides de la galerie. C'est ainsi qu'est le monde. Il y a le Créateur, et le Marionnettiste. Celui qui sculpte le bois et celui qui l'anime. Tout ce que tu as appris est faux. »

– Nous allons t'apprendre la vraie nature du Mal, continua Alpha.

La voix se fit plus grave, telle une basse sépulcrale.

« Il n'est pas celui que tu crois. Son emprise n'est douloureuse que quand elle est refusée. Il te donnera le pouvoir. »

Au fond de la galerie se dessina l'entrée vers la salle des cérémonies occultes de l'ordre. Cette salle n'était pas celle qu'il avait infiltrée peu de temps auparavant, mais une immense caverne d'où des orgues stalagmitiques montaient du sol vers un plafond hors de portée. Ils étaient plusieurs centaines de fidèles, masqués et disposés en ovale dans cette cathédrale de feu et de ténèbres. Dans son trône de pierre adossé à la paroi la plus haute, le prêtre regarda Benjamin entrer, prenant soin de cacher ses traits dans le renfoncement de sa capuche.

– Bienvenue, fils ! l'accueillit-il en ouvrant les bras sous les clameurs de ses disciples. Voici que tu viens à moi afin que je te présente à mon peuple. Ce peuple qui sera bientôt le tien.

– Solobaïd notre roi, hurla la foule avant de se prosterner sur le passage de Benjamin, tenu fermement par le leader Alpha.

– Il a été choisi sur les conseils prodigieux de notre prophétesse, reprit le prêtre. Voilà qu'arrive l'heure bénie de l'avènement de notre Prince. Voici le Livre !

Il tenait entre ses mains le *Trilibrium* et le brandit en l'air comme une bible glorieuse. Les Invisibles se jetèrent au sol. On n'entendit plus que les flammes immenses du brasier central qui semblaient lécher leurs âmes de ses langues multiples.

– Mettez-le en place !

La foule se tassa. Benjamin découvrit un siège bardé de capteurs et forgé d'un métal obscur. Il remua de toutes ses forces mais les hommes chargés de le mener au supplice étaient plus robustes que lui. Ils le forcèrent à s'asseoir sur le siège. De lourdes menottes semblables à des griffes l'entravèrent.

Le prêtre se redressa.

– Mes amis, s'enthousiasma-t-il en étendant ses bras pour embrasser l'immense foule. Voici qu'ils viennent ces jours bénis par notre patiente espérance. Vous le savez, la fontaine des Mystères a délivré hier son trésor. Célébrons ensemble, en communion spirituelle avec notre guide, Patrick Fiss Spiris, la mémoire de nos prédécesseurs. Oui, rendons grâce à nos ancêtres dont la mémoire sommeille aux Enfers en attendant l'avènement du Prince.

Le prêtre s'avança vers Benjamin. Son visage lui apparut dans le fond de son épaisse capuche, ovale, terne, avec des yeux gris sans expression. Pourtant, ce visage se modifia subtilement. Un sourire s'y dessina. Le gris de ses yeux sembla muer vers le bleu. Et le prêtre plongea ce regard dans celui de son prisonnier, comme il l'aurait fait d'un couteau dans une chair offerte.

– Vois-tu, mon fils, tu as été choisi entre plus de mille myriades pour incarner notre foi. Voici un certain nombre d'années que m'a été révélée la dernière mission de notre ordre. Quand Paris fut réorganisée sous le Second Empire, des dissidents des premiers ordres alchimistes ont rejoint notre cause. Ils ont disséminé, à l'insu des vrais décideurs, les signes qui menaient à notre trésor, ce livre dont le pouvoir fera bientôt trembler la triste Église des hommes. C'est pour cette raison que notre fontaine arbore l'Hermès psychopompe, celui qui mène les âmes des morts vers l'au-delà et qui parfois les en ramène. Ainsi elle illustre dans sa symbolique le pouvoir fabuleux du *Trilibrium* : faire revenir le Seigneur de la mort sur le sentier de la vie.

Pendant que le prêtre parlait à Benjamin, un garde, protégé par des gants amiantés, saisit à pleine main un tison qui trempait dans les flammes du brasier. Au bout de la tige de métal, un hiéroglyphe blanchi par la chaleur se mit à rougeoyer. Le prêtre ordonna que l'on dénude la poitrine du malheureux.

– Voici qu'est venue l'heure de faire de toi l'un des nôtres. Voici que je viens apposer sur toi la Marque des Invisibles.

Benjamin découvrit, terrorisé, le tison flamboyant. Il était en tout point comparable à ce sceau qui couronnait les grilles de l'école.

– Oui, Benjamin, acquiesça le prêtre comme s'il entendait chacune de ses pensées. Ceci est notre symbole, le signe de notre présence, la marque de notre Prince. Tu vas bientôt t'en revêtir et tu nous appartiendras corps et âme.

– Jamais ! hurla Benjamin.

Le Baphomet vomi par les flammes n'était plus qu'à quelques centimètres de son torse nu.

– Maintenant ! répliqua le prêtre en accolant le tison à sa chair.

Sous la douleur, sa gorge devint aussi dure que de la pierre. Une fumerolle s'échappa de l'endroit où le fer était collé, marquant sa peau d'une brûlure en forme de démon. Puis le tison vira au rouge, les fumerolles disparurent. Le prêtre jeta le fer sur le sol avant de lever les bras en l'air. Benjamin, épuisé, sentit la blessure toute vive comme si, en ayant marqué sa peau, le prêtre Invisible s'était enfoncé jusqu'aux tréfonds de son être.

– Benjamin, mon fils, oublie la douleur et concentre-toi sur ce qui fait la beauté de cette heure. À des milliers de kilomètres d'ici, un autre que toi subit l'épreuve de l'annihilation. Il est vain de chercher à nous nuire, car le pouvoir nous a été remis du seul qui le possède : notre Prince. Celui qui vient s'asseoir sur ce siège m'appartient corps et âme. Quand je t'aurai coiffé de la couronne que l'on prépare à l'instant, tu n'auras plus d'existence autre que celle que je veux pour toi. De l'autre côté du miroir, il n'y a plus ni rage, ni cœur pour aimer, ni énergie pour se battre, mais seulement la souffrance ultime de ne plus être, de sombrer inéluctablement dans le néant spirituel. Tu vivras dans ta chair ce que le Prince vit en vérité depuis que ce monde est monde. La communion que je te propose, par le sacrifice de ton âme, permettra d'engendrer le Prince. Ton âme mourra bientôt. Cela, rien ne peut plus l'empêcher.

– L'âme est à l'image de son créateur, immortelle, hurla Benjamin au bord des larmes.

– L'âme est à l'image de son créateur, comblée des failles et des souffrances de l'amour. Gardes ! Amenez la couronne.

La foule se mit à marmonner une langue étrangère. Benjamin vit s'avancer le leader Alpha, entouré de gardes le fusil à la main. Il portait une espèce d'insecte métallique avec des pattes argentées et un dard contenant une seringue dans laquelle s'agitait un liquide bleuté.

– Je vous en supplie, je vous en supplie, gémit-il, désespéré.

Quelqu'un frappait à la porte de sa conscience et venait, une à une, enchaîner ses pensées. Il fallait se soumettre. Le prêtre habitait son âme. Le Créateur avait été chassé. Les yeux de Benjamin papillonnèrent quand la couronne le coiffa.

Et l'assemblée disparut dans le néant.

23

Expérience : Perturbations
Données Φ : Fluctuations fortes
Contrôle : Alerte

Le lendemain de leur infiltration dans l'immeuble de Spiris et malgré une vision diabolique qui lui restait de ce cauchemar devenu chronique, Howard, accompagné d'Olga, alla prendre le brunch chez Fangio. Quand les deux amants arrivèrent non loin du bar, ils virent la petite équipe bien installée autour d'une table extérieure et Fangio qui apportait la cafetière.

– C'est comme ça qu'on attend les copains ?

– On allait vous appeler, rétorqua Tony.

– On ne voulait pas vous réveiller, continua John.

– Et surtout, on avait la dalle ! conclut Fangio.

– Y a quoi au menu ? demanda Olga.

– Thé, café, jus de fruit, bagels, muffins, j'ai fait des saucisses et il y a de la confiture de cranberries.

Fangio parlait, le sourire aux lèvres, comme un gosse. Howard s'en enthousiasma. Il avait commencé à éplucher les données recueillies chez Spiris et savait que ce dernier avait ses habitudes au Farewell : un bar des docks du port de New York. Il avait aussi appris que des parties de poker avaient cours dans le yacht du milliardaire. Le plan était simple. Il lui faudrait se rendre au Farewell et s'adonner à son jeu de prédilection.

Le fameux soir arriva. Tout était prêt afin de transformer Howard en pigeon friqué. Après avoir effectué le trajet depuis le Queens et longé sur près de cinq cents mètres les quais où était situé le Farewell, les pneus de la limousine, louée pour l'occasion, crissèrent sur le gravier et Fangio, en chauffeur distingué, sortit pour ouvrir la portière. Tony était en poste à cent mètres de là, sur le toit d'un bâtiment désaffecté, et regardait la scène à travers sa lunette infrarouge.

Howard marcha d'un pas pesant vers l'entrée du tripot, pendant que Fangio allait garer la limousine un peu plus loin. Un géant musculeux barrait l'accès à la porte du Farewell.

– Qui êtes-vous ? fit celui-ci d'une voix empâtée.

– Je m'appelle Oscar Turnbow, répondit Howard sans se démonter. On m'a signalé votre bar comme l'un des meilleurs endroits pour jouer au Monopoly.

La face frigide du géant ne remua pas. Après un bref échange de regard, le colosse informa par interphone son supérieur hiérarchique et le laissa passer.

Au bas des marches d'un escalier long et étroit, Howard découvrit un vestibule fermé par une porte sombre qui s'ouvrit en silence. L'escalier fut inondé par un flot de lumière, dévoilant un spectacle dont les années de cabane l'avaient frustré. Devant lui s'étalait une salle de casino cernée de tentures rouges éclatantes. Au fond de l'espace, sur un promontoire qu'illuminait un lustre de cristal, trônait une table de jeu.

Une silhouette se détacha.

C'était un homme d'une cinquantaine d'années au visage ovale et à l'œil bleu.

– Venez, Oscar ! Prenez place ! Laissez-moi vous présenter mon vieil ami, Albert Rischienko. Et faites-moi plaisir, pas de Spiris en ces murs, appelez-moi Patrick.

La partie de poker commença et, pendant la première demi-heure de jeu, le prétendu Oscar Turnbow laissa filer quelques billets.

– Eh bien ! Oscar, ce n'est pas un jour de chance.

– La chance n'a rien à voir là-dedans, Patrick, c'est la règle de ce jeu. On ne gagne pas à tous les coups.

Howard feignit une tension maladive. Il avait encore une fois un jeu minable mais se décida à récupérer son argent. Il déposa une mise de deux cents dollars, jouant le rôle du gentleman riche et blasé qui n'a rien contre le fait de perdre quelques dollars de plus. Dans ses mains, une paire au roi. Spiris fit une annonce à mille dollars.

– Que dites-vous ? ajouta-t-il d'un ton moqueur.

– Vos mille et deux cents de plus, soupira Howard.

Albert, qui avait déjà beaucoup perdu, se coucha.

– Vos mille deux cents et cinq cents de mieux, continua Spiris, conquérant.

Howard demanda à voir et déposa mille sept cents dollars sur la table. Spiris ricana :

– Je place trois mille sur le tapis.

– Et vous voyez ? interrogea Howard dont les doigts s'agitaient nerveusement.

– Bien sûr que non. Je vous écoute.

– Vos trois mille et trois mille de mieux ! rugit Howard.

Spiris scruta son adversaire. Il y avait un bel amas de billets au centre de la table. Howard prit une gorgée de whisky et croqua un glaçon.

– Banque, beugla Spiris ! Je vous vois.

– Pas sûr, marmonna Howard. C'est que mon jeu n'est pas mal du tout. Je repartirais volontiers avec votre voiture. Vous avez mis une banque de neuf mille dollars, je vous suis à neuf mille et j'en mets dix mille de mieux.

– C'est inconvenant. Vous savez pertinemment que je n'ai plus de cash.

– Mettez les clés et nous serons quittes.

– C'est une Bentley. Vous ne vous imaginez tout de même pas que je vais vous la laisser pour dix mille dollars ?

– Disons que je lui donne une valeur de trente mille et que je m'engage à vous rendre l'excédent de ma poche.

– Elle en vaut trois cent mille ! Bon, ça a assez duré, je me couche. Mais nous n'en avons pas fini. J'exige une revanche.

– Quand vous voudrez, mon cher Patrick. Si ça peut vous faire plaisir de me refiler votre argent.

Spiris le toisa avec mépris.

– Venez samedi sur mon yacht, le *Trinity*. L'emplacement vous sera indiqué aux Chelsea Piers. Et amenez un bon paquet, car moi je me prépare une banque à vous dégoûter du poker.

Howard prit la carte, puis gagna la porte de sortie. Il glissa au colosse :

– Un fameux joueur ce Spiris.

Il s'engouffra dans la limousine et s'affala, le sourire aux lèvres.

– Vite fait, bien fait. Cette fois-ci, notre homme est ferré.

– Tu lui as pris combien ? ricanna Fangio.

– Pas loin de quinze mille. Je l'ai laissé plumer Albert avant de l'attaquer.

– C'est qui Albert ? demanda Tony.

– Un de ses amis ! Un couillon parfait et une brêle de première.

– Ils ne savent pas jouer ?

– Je pense que Spiris était persuadé d'être opposé au pire pigeon de l'histoire du vol à voile. Du coup, mon petit bluff de derrière les fagots l'a surpris. Mais il m'a l'air coriace. Enfin ! Les présentations sont faites. J'ai rendez-vous samedi sur le *Trinity*. Il me faudra ce que j'ai gagné ce soir, assorti d'une grosse rallonge.

– Tu comptes l'aborder comment ? s'enquit John.

– Je veux perdre dans les vingt mille d'un coup et me refaire petit à petit. Le mettre en confiance. Lui laisser penser que je ne suis certes pas un pigeon mais pas un dieu de l'arnaque non plus. Pour le reste, je vais réfléchir.

La limousine filait sur le chemin du retour. Howard brassait les billets avec une lueur fébrile dans les yeux. Ils se couchèrent sans prendre la peine de fêter leur première victoire sur le milliardaire. Pendant ce temps, quelque part non loin de là, deux hommes entraient en contact.

– Allô, numéro 1 ? Il semblerait que Mark ait un frère.

– Mark Desper ?

– Oui, Mark Desper.

– Mais voyons, numéro 3, il y a longtemps que nous le savons. Abandonnez cette enquête stupide et laissez-nous faire.

– Auriez-vous des projets ?

– J'ai toujours des projets pour les fouille-merde. Ce Howard ne se doute pas de ce qui l'attend. Laissez-le espérer sauver Mark et cantonnez-vous aux tâches qui sont les vôtres. Me suis-je bien fait comprendre ?

– Tout à fait, numéro 1. Je renvoie numéros 50 et 51.

24

Benjamin se trouvait dans une vaste salle blanche dépourvue de meubles. « Il y a quelqu'un ? » voulut-il demander, mais aucun son ne sortit de sa bouche. Ses lèvres n'étaient pas immobiles, elles s'agitaient dans l'air sans perturber le silence de la pièce. Une piqûre irradia sa nuque, suivie d'une décharge vivifiante. Un fluide glacé avait remplacé le sang de ses veines. Il vit un écran blanc sortir du mur face à lui, un écran blanc où un visage le regardait. Spiris était là, il scrutait son corps nu figé dans l'espace. Benjamin fut ravagé par une honte incommensurable. Comme si son âme n'avait plus aucun secret.

– Tu es prêt, articula Spiris. Prêt pour l'avènement du Prince.

Benjamin pensa : « Je ne me rendrai jamais à vous. »

Spiris déclara :

– Vois-tu, mon fils, nous nous passerons de ce que tu penses. Il n'y a aucun choix qui te soit proposé. À présent, ta volonté même m'appartient et, je te le dis, tu vas mourir.

Sa vue se brouilla. L'instant d'après, il était toujours sur son siège mais les entraves étaient ouvertes. Rien ne le retenait plus. La salle blanche était déserte. Il commanda à son bras de se lever mais rien n'y fit. Il commanda à ses jambes de se redresser mais elles demeurèrent solidement collées au siège.

Spiris réapparut devant lui.

– Vois, mon fils, ce que j'ai apporté pour toi.

Il sortit de l'intérieur de son habit une longue dague à lame sinusoïdale.

– Je pense que tu connais ce genre de couteau, questionna-t-il avec un regard amusé.

– C'est un kriss, bafouilla Benjamin.

– Par un kriss, je chasserai le Christ, s'amusa Spiris en plaçant la lame contre le ventre de Benjamin. L'heure a sonné, mon fils. Et moi je te remets aux mains de notre seigneur.

Il plongea la longue lame dans les entrailles de son prisonnier qui regarda le kriss aller dans sa chair et ressortir maculé de son sang.

– Adieu, sanglota-t-il, les yeux inondés de larmes.

Mais dans cette salle blanche où il était en train de mourir, il eut pour seul cortège mortuaire un déluge de coups de feu.

La riposte de la Troisième Église avait commencé. Ils n'étaient pas loin de cent vingt hommes dépêchés sur place pour le sauver des griffes de l'ennemi. De chacune des nombreuses entrées de la caverne où se tenait la cérémonie, une marée de combattants se pressait en rangs serrés. La fumée des cartouches empuantit l'atmosphère. Il fut bientôt difficile de faire la distinction entre les Invisibles et les hommes de la Troisième Église.

– Ne vous inquiétez pas, monsieur Todd, murmura une voix toute proche. Nous allons vous sortir de là.

Une main entoura sa tête et la couronne métallique fut ôtée de son crâne. Aussitôt, il recouvra ses esprits. Son ventre qui, quelques secondes auparavant, rougissait le sol de chaudes taches de sang, n'avait pas la moindre égratignure.

Un homme cagoulé lui tendit un pistolet.

– Tenez, monsieur Todd. Vous savez vous en servir ?

– J'apprendrai.

– Ce n'est pas compliqué, vous retirez le cran de sûreté comme ceci. Vous visez en tendant bien les bras, comme cela.

L'homme l'aida à pointer son arme vers une forme humaine qui s'agitait de l'autre côté de la caverne.

– Vous bloquez votre respiration…

– Et j'appuie sur la gâchette, continua Benjamin en joignant le geste à la parole.

La détonation lui gifla les oreilles. La cible, qui s'agitait dans le point de mire, s'effondra.

– Banco ! s'exclama le militaire. Maintenant, trouvez-vous une cachette digne de ce nom, le temps que nous fassions un peu le ménage.

Benjamin se rua jusqu'à une imposante stalagmite. La fumée rendait le spectacle aussi brumeux qu'une fin d'octobre écossais. Un piquant parfum de fulmicoton malmenait le nez des combattants, mêlé à des odeurs de plaies brûlées. Les stalactites tombaient une à une dans un fracas de verre brisé.

– Tuez-moi ce salaud, hurla le chef à ses hommes.

Il désignait une silhouette dissimulée derrière deux Invisibles prêts à faire feu.

« T'es là, toi », pensa Benjamin qui avait reconnu le prêtre.

De derrière son abri, il visa le maître sataniste. Ce dernier, du fond de la caverne, jeta sur lui son regard pénétrant. Sous l'immonde capuche, il reconnut le visage de Spiris, comme halluciné. Une voix s'immisça dans sa conscience. Elle l'incitait à retourner son arme contre lui. Il vit d'abord les deux iris céruléens, puis le canon effectuer contre sa volonté un début de rotation. Il se crispa autant qu'il le put sur sa main, mais rien n'y fit. De douloureuses crampes vinrent raidir ses avant-bras.

« Je vais te tuer », marmonna Benjamin qui luttait contre le pouvoir spirituel de sa cible et contre la rotation incontrôlable du canon.

Les gardes tiraient de lourdes salves. La voix résonnait dans sa tête. Il luttait comme il pouvait contre cette force inexpugnable.

« Crois-tu que ton mental ait quelque pouvoir que ce soit face au Prince des Enfers ? » glissa le maître Invisible à ses oreilles comme s'il n'était qu'à une dizaine de centimètres de lui.

« Je ne crois pas en Satan », pensa Benjamin.

« Tu as tort, car lui croit beaucoup en toi. »

Il ne manquait plus que quelques degrés pour que Benjamin se tienne lui-même en joue. Il imaginait l'éclat de rire de l'ennemi lorsqu'un trou béant irait fumer entre ses deux sourcils. Il n'entendait plus le raffut infernal des salves des fusils d'assaut. Le temps s'était figé. Pareil à l'aiguille des secondes finissant sa course avant le grand saut dans l'éternité, son poignet parcourut les derniers degrés. Tout avait mué en un brouhaha où les cris des blessés n'étaient plus que de vagues rumeurs engluées dans le vide de ses pensées. Il voyait le cercle parfait du canon devant lui, cette pupille béante qui avait remplacé les yeux du maître, et vivait au ralenti le film bientôt achevé de sa courte existence. Il ferma les yeux pour ne pas voir la mort en face, quand une force chaude enveloppa son poignet et saisit le revolver dont le coup allait partir.

Une voix le réveilla de cette sombre hypnose. Le cauchemar cessa dans l'instant.

– Fuyez, monsieur Todd. Une équipe vous attend pour terminer votre exfiltration.

Benjamin regarda dans la direction indiquée par son sauveteur et vit cinq gaillards qui lui faisaient des signes de l'autre côté de la caverne. Rassemblant son courage, il traversa la ligne de front et tomba dans les bras de l'équipe qu'on lui avait détachée.

– Ce n'est pas le moment de traîner, monsieur Todd. La route est longue et il nous faut agir avant que votre disparition ait été remarquée.

– Où va-t-on ?

– Comme prévu, au bassin de Montsouris.

25

Expérience : Erreur
Données Φ : Fluctuations modérées
Contrôle : Erreur

Le jeudi, Howard passa une journée détendue avec Olga. Le ciel voilé ne les découragea pas de faire une promenade. Ils partirent à Central Park et s'assirent dans l'herbe avant de se perdre dans des jeux amoureux. Le samedi soir arriva. Ils avaient affrété un offshore pour que Fangio et John puissent surveiller la scène pendant que Tony, dans les hauteurs du port, armé de son fusil à lunette infrarouge, assurerait les arrières d'Howard. La rencontre avait été fixée à minuit. Howard, avec quinze bonnes minutes de retard, gara une Ferrari louée le jour même. Sur la plateforme arrière de son yacht, Spiris attendait. L'accueil fut cordial. Rischienko patientait dans le salon du yacht, les traits tirés. Sans doute s'attendait-il à y laisser quelques plumes.

– Permettez-moi de vous offrir un scotch, mon ami, sourit Spiris. Lequel voulez-vous ? Corsé, léger, vieille bouteille ou avec soda ?

– Servez-moi un verre de celui que j'ai goûté l'autre jour.

– Un Laphroaig de cinquante ans d'âge. Ils ne le commercialisent qu'en vente privée. On doit être à peine une dizaine à en connaître l'existence. Vous avez bon goût, mon cher Oscar !

– En tout cas, il a pris avec la soirée un sérieux goût de reviens-y.

– Combien avez-vous dans votre sacoche ? demanda-t-il en lui tendant son verre.

– Quatre-vingt-quinze mille, afin de vous laisser une chance de réparer l'affront.

Il sortit les liasses et, très vite, le jeu commença. Fangio, courbé dans la cabine du speedboat, les jumelles braquées sur la baie vitrée du deuxième pont, pouvait voir la table de jeu avec Howard à une extrémité, Spiris à l'autre, ainsi que deux gardes. Il décida d'inspecter un peu plus l'énorme bateau et tomba sur une vue des plus charmantes. Au troisième pont, dans une suite située au-dessus des joueurs, deux femmes dévêtues se serraient l'une contre l'autre.

– John ! Putain, John ! Y a des bombes dans le bateau !

– Des bombes ? glapit ce dernier.

Fangio pointa du doigt le troisième pont.

Dans la nuit totale, la baie vitrée ovale du *Trinity* flottait comme une amande translucide, laissant deviner sous ses rondeurs une partie de poker de tous les diables.

Soudain, Howard, qui venait d'emporter une mise, osa poser la question qui depuis le début lui brûlait les lèvres.

– J'ai entendu parler d'un certain Black Stone Poker Contest. Qu'est-ce que c'est au juste ? Un tournoi entre amis ?

– Ça, monsieur Desper, ce ne sont pas vos oignons.

Le regard d'Howard se figea. Spiris poursuivit :

– Ainsi Mark Desper a un frère. Et ce frère est tout aussi imprudent que lui.

Tony s'était octroyé un bonus et regardait avec sa lunette les demoiselles. Fangio faisait de même, John attendait son tour.

– Qu'imaginiez-vous, monsieur Desper ? Que j'allais vous convier dans mon château pour une partie amicale ? Au moins votre idée était juste. Votre frère y végète dans quelque endroit bien caché depuis cinq longues années. Il n'est pas dans un bel état le frérot. Mais vous, pauvre imbécile, c'est aux poissons du port que vous allez rendre visite.

Howard voulut s'enfuir mais un garde, posté derrière lui, le repoussa sur sa chaise. Fangio proposa à John de reprendre les jumelles. Cherchant le troisième pont, il tomba sur la scène.

– Putain ! hurla-t-il, Howard s'est fait démasquer.

Fangio lui arracha des mains les jumelles et beugla de toutes ses forces :

– Tony, qu'est-ce que tu fous, bordel ?

Dans le yacht, ils s'étaient tous retournés. Howard se saisit de l'arme d'un des gardes et s'exfiltra par la porte donnant accès à l'hélideck. Au même moment, une salve tardive ricocha sur les vitres blindées dans une pluie d'étincelles. Les projecteurs du *Trinity* traversèrent l'eau noire. Howard plongea. Une seconde volée de balles vint endommager la carène clinquante. Le garde qui était dehors tira à la surface de l'eau dans le halo d'un projecteur de recherche. Howard n'avait pas reparu. Tony logea une balle en pleine tête du garde qui tomba par-dessus bord. L'embarcation, pilotée par Fangio, se posta à quelques mètres du *Trinity* dans un vrombissement de grosse cylindrée.

John repéra Howard, blessé, flottant à la surface. Tony continuait de faire feu. Personne à bord du yacht n'osait sortir. Fangio, aidé de John, profita de la couverture de balles pour hisser Howard dans le bateau. L'épaule de Howard saignait.

– Mets les gaz, Fangio.

Poussée par les sept cents chevaux, la carène se cabra. Ils mirent le cap sur South Cove. De son côté, Tony descendit de son mur de guet et se faufila vers la voiture de sport. Quand le yacht de Spiris ne fut plus qu'un vague point lumineux à l'horizon, Fangio baissa la cadence et se dirigea vers la rive où il accosta. La blessure d'Howard était superficielle, la balle avait juste déchiré la peau. Mouillé, grelottant de froid, il exultait.

– Ça y est. Ce connard a lâché le morceau. Mon frère est à Black Stone.

Fangio ajouta :

– Et je crois bien que nous avons le plan sur la copie du disque dur de Spiris !

26

Après une course souterraine d'une dizaine de minutes vers la ceinture sud de Paris, le commando de la Troisième Église arriva sur une jetée située au bord du bassin de Montsouris. Sous la lumière des projecteurs, le réservoir s'étalait à perte de vue, quadrillé de piliers en arc de voûte. Une moiteur mystique baignait les lieux. Les colonnes de pierre dessinaient, malgré elles, une forêt de cierges éteints enfoncés dans un cristal vert, liquide et lumineux.

– Monsieur Todd, fit le chef d'escouade. La sortie est de l'autre côté. Nous allons la rejoindre à la nage. Armez votre pistolet et n'oubliez pas que la meilleure stratégie est la dispersion. C'est compris, vous autres ? Je veux que nous nous répartissions sur un périmètre de deux cents mètres carrés minimum.

Sans prendre le temps d'habituer leur corps à l'extrême froideur, les six hommes s'immergèrent dans l'eau verte. Au même moment, Alpha déboulait sur place. Le leader Invisible fit feu sur les formes noires qui s'enfonçaient dans l'eau verte. Les soldats rasèrent le fond du bassin, pareils à un banc de raies manta frayant sur le sable clair d'un lagon.

– Faites venir le bazooka, hurla Alpha.

Benjamin se retourna afin de scruter la surface. Il vit apparaître un individu aux contours flous portant ce qui pouvait être un tube de lancement. Il agrippa son voisin le plus proche, lequel s'immobilisa entre deux eaux. Un duel, qui devait être le plus bref possible, commença. Bien conscient qu'il n'aurait pas de deuxième chance, le soldat appuya sur la détente. Le minuscule projectile débuta sa trajectoire dans un pétillement de bulles microscopiques.

Lorsqu'il atteignit son objectif, un cercle rouge vint goutter sur le front de l'ennemi qui se plia vers l'avant, trébuchant dans le bassin.

Le commando immergé bifurqua vers un siphon au-dessus duquel l'eau bouillonnait sous le feu des projecteurs. En cet endroit, qui occupait un cercle de presque dix mètres de rayon, les eaux étaient pompées, pour passer à l'étage supérieur, par des tulipes d'aspiration.

– Restez à distance, ordonna le chef à ses hommes. Je passe un SOS.

Il parlait d'une voix forte pour couvrir le bruit des turbines. De longs bras liquides traversaient la scène et formaient un sillage spiral semé de tourbillons. De tous côtés, les Invisibles qui avaient été dépêchés sur place entraient dans l'eau. Ils furent bientôt une vingtaine à nager vers le siphon, vingt hommes en noir, le pistolet attaché à la cuisse. Parallèlement, une autre faction de la Troisième Église arrivait sur les hauteurs du tumulus de Montsouris dans le ventre duquel était dissimulé le réservoir.

Benjamin n'espérait qu'une chose : sortir de cette eau qui tétanisait ses muscles. En ce qui le concernait, la consigne avait changé. L'échec de Spiris, son orgueil contrarié, le condamnaient à une sentence de mort. Adossé à l'un des piliers, il ne pouvait voir l'ennemi qui avançait. Alpha, lui, voyait sa cible : le haut de ses épaules, sa nuque dans le prolongement. Il redressa son pistolet et tendit son bras armé. Le point de mire vint se coller sous l'occiput, au-dessus de la base du cou. Il ne manquait plus qu'une délicate pression de l'index pour envoyer l'Américain dans les bras du Créateur. Feu, pensa le leader Invisible mais la lumière s'éteignit et, tandis que les ténèbres envahissaient le bassin, le coup partit sans faire mouche. Benjamin, inspiré par une intuition intime, venait de s'enfoncer dans l'eau. Évoluant à l'aveuglette dans la masse terrifiante de cet océan de noirceur, il lui sembla nager dans une mer sordide que des milliers de pieuvres venaient de souiller de leur encre et il continua sa course sous-marine jusqu'à se cogner le front sur la pierre d'un pilier. Le choc l'étourdit à peine. Il contourna l'obstacle. Le siphon n'était pas loin. Un bourdonnement rauque alourdi par la masse liquide déchirait l'air de ce lagon vert devenu fosse commune.

Après tous ces rebondissements, Benjamin se prit à penser qu'il avait enfin une chance d'en réchapper. Il nageait à proximité du pilier sur lequel il s'était cogné. La masse brute, toute construite de pierre, lui évoquait une force sûre, un arbre fossile qui aurait augmenté dans la roche sa force de vie. Un protecteur, voilà de quoi il avait besoin. Un homme ou un dieu, mais surtout un tout autre en qui il puisse mettre son espérance et sa foi.

Soudain les lampes du bassin se rallumèrent. Il découvrit Alpha qui jaillissait sur lui dans l'entrecroisement des halos lumineux. La surface de l'eau était couverte de combattants. Alpha braqua son pistolet sur la tempe de Benjamin qui le lui arracha. Ils s'enfoncèrent dans la masse verte. De leurs interjections ne s'échappèrent que des bulles, des sons étouffés. Le leader Invisible eut bientôt les deux mains croisées sur les carotides de son adversaire.

L'air manquait à Benjamin. Sa tête avait beau affleurer à la surface, la pression qu'exerçait l'ennemi sur sa gorge l'empêchait d'aspirer l'oxygène.

– Je vais te tuer, ricana l'Invisible.

De fait, le corps de Benjamin, après un long concert de bulles désorganisées, cessa progressivement de bouger. Alpha exulta. Ce bougre de cobaye lui avait donné du fil à retordre ! Mais, comme il s'était peu à peu figé dans cette stase mortelle, un nuage rouge remonta vers la surface.

– Qu'est-ce qui se passe ? demanda le leader.

Il desserra son emprise sur Benjamin tandis qu'une violente douleur lui déchirait l'abdomen.

Benjamin avait feint l'engourdissement et profité de cette diversion pour chercher, dans son pantalon, son dernier couteau de lancer. Son adversaire, touché au ventre, en ressentait la douleur à retardement.

Benjamin s'exclama :

– Comment ça, qu'est-ce qui se passe ? Mais vous voyez bien que je suis en train de vous tuer.

Et il grimaça avant de replanter sa lame, cette fois dans sa gorge. Les yeux d'Alpha se révulsèrent. Il vomit d'importantes quantités de sang. Puis, après quelques tressautements, ayant expiré un râle sourd, il s'en alla dériver dans les eaux rougeoyantes.

Dès qu'ils virent flotter la dépouille d'Alpha, un à un, les Invisibles abandonnèrent le combat. Du moins, ceux qui n'étaient pas en train de périr. En quelques minutes, le réservoir se vida. Il ne resta plus que le commando de la Troisième Église. Peu de pertes étaient à déplorer. Le chef d'escouade se hissa hors de l'eau et marcha jusqu'à une petite porte derrière laquelle s'étirait un corridor éclairé par une veilleuse.

– C'est ici, monsieur Todd, fit-il en indiquant le fond du corridor où montait un escalier maigrichon. Désolé, je ne peux pas vous accompagner au-dehors. Votre mission est achevée mais la nôtre se poursuit.

Benjamin lui porta une accolade puis se précipita dans l'escalier. Les marches grincèrent. Il inspira une grande quantité d'air frais. En face de lui, Maximilien se tenait sur le tumulus, encadré par une dizaine d'hommes en noir.

– Maximilien ? Que faites-vous ici ?

Mais Maximilien ne fit pas un seul pas vers lui. Les soldats étaient disposés en demi-cercle, telle une meute prête à fondre.

– Qu'est-ce qui se passe ? s'écria Benjamin interloqué.

– Ah ! Monsieur Todd, répondit Maximilien. Nous avons des consignes strictes et votre départ est imminent.

Seulement, il ne s'agit pas d'un départ conventionnel. Ce n'est sans doute pas ce que vous aviez imaginé.

Benjamin regarda le ciel qui commençait à se dégager. La Petite Ourse zébrait la voûte comme un lointain sourire de lumière, mais lui voyait son horizon se désagréger. Maximilien le laissa se perdre dans des pensées angoissées avant de susurrer un ordre à l'un de ses officiers.

– Je pense que vous aurez la bonté de vous laisser faire, monsieur Todd, même si nos méthodes ne sont pas de votre goût.

L'homme passa derrière Benjamin et le saisit par les épaules.

– Que faites-vous ?

– Rien d'autre que de vous souhaiter une bonne nuit, railla Maximilien en mimant sur ses deux mains jointes le bienheureux qui s'endort.

Une main passa dans son champ de vision. Elle tenait un mouchoir imbibé d'un produit à l'odeur chlorée. Benjamin n'eut pas le temps de se défendre, ses yeux papillonnèrent. Dans la nuit qui tomba sur sa conscience, il n'eut que le temps de discerner un bruit métallique comme celui d'une fermeture Éclair.

27

Expérience : Mode Erreur
Données Φ : Fluctuations incontrôlables
Contrôle : Formatage imminent

Une courte nuit après sa partie de poker sur le yacht de Spiris, Howard annonça à Olga que la trace de son frère avait été retrouvée. Les préparatifs ne furent pas longs. Dès que le matériel fut chargé dans le coffre du Dodge, les quatre amis prirent la route pour le New Hampshire et, vers vingt heures trente, ils arrivèrent à Breezy Point, où, selon leur plan, commencerait leur longue marche vers Black Stone.

Le lieu-dit était minuscule. Ils s'arrêtèrent devant un bar isolé en haut d'une côte débouchant sur la chaîne des White Mountains. Au-dehors, un vent glacé parcourait le parking désert. Les crêtes, au loin, étaient enneigées.

– Ça caille dans ce pays, ronchonna Fangio emmitouflé dans sa doudoune.

L'équipe partit. Plus de deux heures s'écoulèrent avant qu'ils puissent découvrir, dans une gorge rocailleuse à mi-horizon, une bande lumineuse criblée de fenêtres. Devant eux se dressaient deux pins noirs. Howard constata qu'ils marquaient l'entrée du labyrinthe tel qu'affiché sur le plan que tenait Fangio. Ainsi, en enfilade, les pins par dizaines formaient un couloir sur une trentaine de mètres au bout duquel on apercevait une bifurcation vers la droite.

Les branches agitées ajoutaient au bruit de la faune nocturne une mélodie frémissante. John regarda le ciel. Malgré les nuages, un morceau de lune éclairait la cime des arbres. Un volatile passa au-dessus d'eux en poussant un cri aigu. Les pins s'étalaient à l'infini. Les minutes s'écoulèrent, longues comme des heures. Howard décrivait à chaque carrefour le chemin à prendre. Leur seul horizon se résumait aux hautes branches d'une forêt inextricable. Après une longue marche, comme ils commençaient à penser qu'ils s'étaient perdus, voilà qu'un halo surgit dans la nuit et qu'une voix retentit, portée par un haut-parleur :

« Bienvenue, monsieur Desper. Je ne vous attendais pas si tôt, mais mes hommes se feront une joie de vous indiquer le chemin. »

Les quatre compères se ruèrent au plus profond des branches, contre le grillage qui condamnait les espaces entre chaque tronc. Leurs lampes éteintes, ils virent passer huit hommes en treillis. Dans la nuit surgit alors un bruit de turbine. Cachés par les branchages, ils entendirent des pales fouetter l'air avant de s'élever au-dessus de leurs têtes. L'aéronef braqua ses projecteurs de recherche vers le sol. Trente minutes passèrent ainsi, d'une recherche minutieuse, puis tout redevint calme. La lune jaillit entre deux nuages, dans un ciel silencieux. Howard sortit, suivi de près par Fangio, John et Tony.

– Suivez-moi en procession serrée, et je nous sors de ce labyrinthe le temps de le dire.

Ils reprirent leur traversée jusqu'à ce que le château enfin se dresse devant leurs yeux, les huit portes de sa façade grandes ouvertes.

– On passe par laquelle ? chuchota Tony.

– Aucune importance.

– Moi, je vous préviens, je tue tout ce qui bouge. Si je me trouve dans une impasse, je vide mon chargeur. Mieux vaut finir en carton de tir que branché *ad vitam* à des électrodes.

– Les gars, passée la porte que vous aurez choisie, vous aurez carte blanche. Tout ce que je demande, c'est que mon frère soit libéré.

Sous l'ondoiement de la lune, le labyrinthe caressé par le vent frissonnait par saccades. Le château comptait quatre occupants de plus mais aucun d'entre eux ne voyait les colonnes d'agents se dirigeant vers leurs positions.

Une voix retentit dans le château :

– Malheur à toi, Howard Desper, puisque tu t'es cru plus grand que le maître.

Howard dévisagea Fangio, interloqué. L'instant d'après, une porte s'ouvrait sur leur droite. John et Tony apparurent, tenus en joue par une dizaine de gardes.

Ils n'eurent pas même le temps de penser à riposter que deux canons vinrent se loger entre leurs épaules. Une procession silencieuse s'ensuivit. Presque une marche funèbre. Les pas forcés vers une mort abjecte. Et leur imagination leur fit traverser les craintes les plus vives, les plus sensées.

Ils arrivèrent dans un immense salon dont le plafond se perdait en des cieux tragiquement sombres. Contre chacun des murs reposaient quatre chevaliers en armure. Leurs lances pointaient vers un lustre enchâssé dans les restes fossilisés d'une sorte de cétacé. À mi-hauteur du mur du fond, une mezzanine s'avançait. Spiris s'y tenait, le visage embrasé par une joie criante.

– Mon cher Howard, enfin nous nous retrouvons. Je vois que vous m'avez amené quelques amis. Merci, Howard, du fond du cœur. Voyez-vous, tout intrus m'intéresse, toute personnalité m'intrigue, toute victime m'excite. Je lis dans votre regard que vous êtes répugné par mes propos. C'est ma nature, Howard, de dégoûter. C'est mon devoir, de terroriser. Je fais ce que le maître attend de moi.

– Vous êtes complètement fou, s'indigna Howard.

Le garde qui se situait à sa gauche le gifla.

– C'est ainsi que tu parles au maître ?

– Calmez-vous, numéro 25, reprit Spiris. Monsieur Desper ne se rend pas vraiment compte de ce qu'il dit. À quel point il a tort ni à quel point il a raison. Mais je sens que notre hôte s'impatiente. Allons, numéro 2, veuillez informer monsieur Desper de l'état de santé de son adorable petit frère.

– Monsieur Mark Desper est mort.

Howard se tordit sous l'effet de la douleur. Les gardes se jetèrent sur lui pour le contenir.

– Allons, cher ami, pourquoi tant de tristesse ? Votre frère est mort il y a longtemps déjà. Nos expérimentations sont extrêmes et peu y survivent. J'irais même jusqu'à dire que, étant donné l'efficacité de nos mauvais traitements spirituels, c'est un peu comme si vous n'aviez jamais eu de frère.

– Enfoiré ! beugla Howard. Je te tuerai, ordure ! Je vais te tuer.

Il remua jusqu'à trouver son arme de secours, calée près de son cœur. Un coup de feu partit. Howard sentit une violente douleur lui déchirer le torse. Tout se mit à bouger au ralenti. Il vit Spiris commencer un rire lourd et grave, Fangio lever ses mains vers sa figure, un nuage de sang imprégner sa chemise. Il se disait : « Je suis déjà passé par là. C'était il y a longtemps, très longtemps. »

Il ferma les yeux. Tout s'éteignit dans sa tête et dans son cœur. Quand il reprit conscience, il était allongé au pied du château, devant le labyrinthe, Spiris à ses côtés.

– Je te laisse une chance d'en réchapper, fils. Ton frère est mort et tu ne peux plus rien pour le sauver, mais tu peux encore sauver ton âme. Cours ! Cours et ne te retourne pas. Oublie ce qui n'a jamais été qu'un terrible cauchemar et redeviens celui que tu es depuis toute éternité.

– Qui suis-je ? souffla Howard au bord de l'asphyxie, la tête sur l'herbe froide.

– Tu es la chair de ma chair ! Mon propre fils, mon devenir. Tu es moi !

Howard se releva, les yeux mouillés de larmes.

– Cours, mon fils, tant que tu en as le temps. Dans dix minutes, c'est la mort qui sera lancée derrière toi. Et si tu en réchappes, mes chiens, eux, n'abandonneront pas.

Le rire de Spiris se répandit dans l'air glacé, au-dessus des pins, et jusque dans le corps d'Howard qui jouait maintenant sa vie contre un chronomètre infernal.

28

Le jour se levait à peine. Une silhouette se pencha sur Benjamin.

– J'espère que vous me pardonnerez cette blague potache, monsieur Todd, mais je n'ai su résister à la tentation de vous flanquer une dernière petite frousse.

– Où suis-je ? s'étonna Benjamin en ouvrant les yeux.

Il était à l'évidence dans une chambre avec vue sur New York, nageant dans les draps duveteux d'un lit de belle taille. Devant lui se tenait Maximilien.

– À New York, dans les derniers étages du Pierre. Benjamin, votre mission est terminée. Félicitations !

– Comment suis-je arrivé ici ? bâilla-t-il en s'étirant.

– Par cercueil. Très belle idée que j'ai eue là.

– Par cercueil ? répéta Benjamin perplexe.

– Nous n'avions aucune autre solution pour vous faire passer la frontière. Vous êtes actuellement recherché par la police française pour le meurtre de votre femme, ainsi que par nos amis Invisibles qui n'ont, malgré les apparences, pas encore tiré un trait sur la perspective de vous utiliser.

Benjamin promena ses doigts sur son torse. Un démon lisse et brun se dessina sous son index. Il frémit.

– Croyez-vous qu'il soit possible d'enlever cette marque ?

– Oui, bien sûr ! Nous chargerons notre chirurgien de vous corriger ça. Pour le moment, puis-je vous proposer un petit déjeuner ? Vous devez avoir le ventre vide.

– Ça fait tellement de bien de se savoir chez soi, en sécurité.

– Malheureusement, Benjamin, je crains que vous ne soyez plus jamais en sécurité. Les Invisibles ne connaissent pas de frontière et Spiris est américain.

– Je ne comprends pas pourquoi ce fumier m'en veut à moi, en particulier.

– Nous non plus. Cependant, s'il y a des choses que vous avez apprises, il est temps de nous les dire.

– À condition que vous me révéliez ce que j'ignore, rétorqua Benjamin.

– Ce soir, monsieur Todd. Ce soir, vous saurez ce que vous avez à savoir. En attendant, voici votre petit déjeuner qui arrive.

Un homme venait d'entrer dans la chambre avec un plateau argenté garni de victuailles.

– Chocolat chaud, croissants, confiture de myrtilles et jus d'orange, proposa le groom avec un sourire gourmand. Ça a du bon d'être un rescapé.

– De quoi vous plaignez-vous, Stuart ? Le menu de la cantine n'est pas à votre goût ? rétorqua Maximilien.

– Disons que deux ou trois pancakes de temps en temps ne feraient pas de mal à nos troupes.

– Je vous en prie, ne vous gênez pas et mangez pendant que c'est chaud.

Benjamin, dont le ventre n'avait pas été comblé depuis plus de quarante-huit heures, se rua sur la nourriture.

Ce fut un homme nouveau qui sortit plus tard de sa chambre, enveloppé dans un manteau de soie. Les vêtements qui avaient été mis à sa disposition ne manquaient pas de raffinement.

Il se dirigea vers les ascenseurs. Après leur entrevue du matin, Max l'attendait au bar.

– Monsieur Todd. Quel gentleman vous faites ! Excusez-moi, j'ai pris la liberté de commander deux bières.

Le bar pouvait accueillir une trentaine de personnes dans des fauteuils de velours côtelé, disposés au milieu de boiseries superbes. Benjamin embrassa d'un regard la vue panoramique. Les traits de Maximilien s'assombrirent.

– Ce que je ne comprends pas, monsieur Todd…

Il s'interrompit, l'index sur les dents, songeur.

– Oui ? fit Benjamin, calé dans son fauteuil.

– Ce que je ne comprends pas, c'est que vous n'ayez jamais eu aucun soupçon sur l'entre-deux-seins de votre compagne.

– Je vous demande pardon, s'étrangla Benjamin.

– La marque, monsieur Todd, la marque ! Celle-là même qu'ils vous ont gravée au fer rouge. Une tête de démon, ça aurait dû vous interroger, non ?

– Je suis navré de vous l'apprendre mais ma femme n'a jamais présenté la moindre trace d'appartenance à cette secte.

– Étrange. Étrange, s'étonna Maximilien.

– Ne serait-ce pas une ultime ruse de Spiris ? Ingrid plus invisible que les Invisibles.

– C'est possible. Nous savions que votre femme avait une position importante dans l'organisation. Il se pourrait qu'en tant qu'agent infiltré elle n'ait pas eu de marque.

– Ripolsky en avait-il une ?

– Oui, bien entendu.

– Ingrid, en tous les cas, avait la peau vierge de toute blessure ou brûlure. Pas même le moindre grain de beauté.

– Cela explique votre incapacité à comprendre la situation. Savez-vous qu'à cause de cela, nous vous avons soupçonné un temps ? Ripolsky vous a observé avec attention et a rapidement infirmé cette hypothèse. Un grand homme ce Ripolsky ! Il vous tenait en sa plus haute estime.

– Sa couverture était parfaite. Je l'ai détesté dès le premier jour.

– Oui. Cela faisait partie du plan.

Maximilien se rapprocha de Benjamin.

– Monsieur Todd. Je me doute que votre ignorance vous pèse et que vous désiriez monnayer, réponse contre réponse, les informations que vous avez récoltées au cours de votre détention. Mais les circonstances sont telles qu'il nous est indispensable de découvrir ce que vous savez. J'ai donc organisé pour ce soir une table ouverte. Nous vous en dirons davantage sur le secret si vous vous engagez à ne rien nous cacher des énigmes que vous avez percées. Est-ce acceptable pour vous ?

– Tout à fait.

– Bien. Voici trois cents dollars afin d'occuper votre journée, déclara Maximilien en lui tendant une liasse de billets verts.

– Je croyais que nous nous baladerions ensemble.

– Changement de plan, monsieur Todd. Les affaires reprennent. Par ailleurs, je dois vous informer qu'un de nos hommes vous suivra à distance. Comme je vous le disais ce matin de bonne heure, vous ne serez pas en sécurité tant que Spiris sera vivant.

Benjamin resta encore quelques instants au bar afin de terminer sa bière, puis se dirigea vers le hall et disparut dans la foule. La France était lointaine. Il s'en réjouissait.

En fin d'après-midi, le garde discret qui avait été chargé de sa protection le ramena vers l'hôtel. Le ciel bleu sombre faisait apparaître ses premières étoiles. Des étoiles électriques multicolores, les innombrables lumières de la ville.

29

Expérience : Erreur
Données Φ : Erreur
Contrôle : Erreur

Enfoncé à l'aveugle dans le labyrinthe, Howard se démenait contre la peur et la fatigue, le cœur accroché à un dernier espoir : disparaître ! Disparaître de ce monde infâme, à tout jamais. Les sapins défilaient autour de lui. Çà et là, des oiseaux nocturnes accompagnaient sa course. Le vent glacé lui giflait les oreilles. Il devait faire à peine cinq degrés. Des hululements brefs, des froissements d'ailes, des craquements dans les troncs. Il s'imaginait observé par une horde d'animaux complices qui, tôt ou tard, le dénonceraient à ses poursuivants. Il repassait dans sa tête le fil des événements. Le vent reprit de plus belle. Ses mains s'équilibraient selon ses pas, de droite et de gauche. Il les serrait aussi fort que possible. Son nez coulait, ses yeux pleuraient. Ce n'était plus de tristesse. Le vent faisait pleurer ses yeux fatigués. À droite, tout droit, à gauche, demi-tour ; le boyau boisé paraissait sans fin. Il regarda sa montre et saisit le plan. Les étoiles au loin distillaient un rien de lumière. Sa mémoire seule n'aurait su le mener à la sortie. Il fuyait un danger invisible, une menace qui n'avait pas encore pris effet. Les sapins noirs, les cris lugubres, les yeux qui le regardaient, tout tournait dans sa tête tandis que son corps tournait dans les branches. Plus haut, les étoiles perdaient de leur éclat. Il leva les yeux vers les nuages entortillés autour de la lune. La lumière était plus rare mais ses pupilles en mydriase rentabilisaient les moindres rayons.

Soudain, une lumière passa au-dessus de lui dans un mouvement circulaire et une voix retentit :

– Où que tu sois, mon fils, le temps imparti est écoulé.

Howard courait. Ses muscles le meurtrissaient. Une migraine commençait à le malmener. Son pied heurta quelque chose de dur et il s'étala de tout son long. Un vrombissement suraigu cingla l'air encombré par les aboiements des chiens en chasse. Des vibrations graves, cycliques, annoncèrent que les pales du rotor avaient commencé à tourner. La turbine émettait des stridences croissantes. Howard en eut la peur panique d'un gosse affolé par une machine plus grosse que lui. Il détala, serrant les poings autant que possible, baissant la tête et courbant le corps.

Après un sprint d'une centaine de mètres, il s'arrêta au pied d'un arbre et cassa une branche d'un coup sec. Sous les lumières déployées par les projecteurs qui rasaient la cime des pins, là, à quelques mètres de lui, un doberman le regardait en bavant. Howard fit quelques pas vers lui, le bras tendu, le bâton en l'air et le doberman s'élança. Howard, en position d'attaque, lui envoya un coup sur le museau. Les dents se brisèrent net. Le pauvre animal émit un jappement avant de s'effondrer sur le côté.

Howard s'approcha. Les pattes velues tressaillaient sous l'effet de la douleur. Sans se rendre vraiment compte de ce qu'il était en train de faire, il saisit le chien et appliqua sa bouche sur la carotide gonflée, puis, alors que les pattes en l'air s'étaient raidies, il mordit comme l'aurait fait à une gazelle une lionne affamée. Le chien se débattit. Howard ne lâcha pas prise. Il attendait le moment délicieux où ses canines allaient pénétrer la gorge et libérer le sang. Pour se donner de l'efficacité, il secoua la tête. Enfin, le cuir céda. Un flot tiède jaillit de la morsure. Howard s'en maquilla avant d'envoyer valser le cadavre. Désormais, plus rien ne serait comme avant. Voilà que c'était lui le maître. Il dominait le labyrinthe. Le tumulte des chiens en chasse avait beau se rapprocher, il n'en était plus tourmenté. Il jubilait à l'idée d'utiliser son bâton une seconde fois. Quelle sensation extrême il avait découverte là. Tuer le monstre en devenant plus monstrueux encore. Howard s'imagina penché sur le corps de Spiris, suçant un sang noir et voluptueux, le sang de la haine, le sang de la vengeance, le sang de la toute-puissance. « Je te tiens par ton point faible, mon ami, pensa-t-il. Tu n'imagines pas qu'il puisse y avoir sur Terre un être pire que toi. C'est que tu ne connais pas encore mon vrai visage. Ce que tu as fait à la chair de ma chair, je te le rendrai au centuple. » Et il poussa un cri d'exaltation.

La sortie était devant ses yeux. Après les deux derniers sapins, la voûte céleste se dessina, criblée d'étoiles. Howard grimpa au sapin le plus proche et, après avoir trouvé une position confortable, il se plut à écouter la meute qui approchait. Tout son corps se détendit prodigieusement, sa vision se troubla.

Il se retrouva dans une pièce qu'il reconnut aussitôt. C'était celle qui peuplait ses cauchemars depuis sa sortie de prison.

Une voix rugit dans la pénombre :

– Honte à toi, chair de ma chair, car tu as détruit notre Seigneur.

Ses mains se resserrèrent sur le siège dans lequel il se trouvait entravé. Il résista autant que possible à l'envie de crier. Bientôt un sourire apparut sur son visage.

Il répliqua :

– Ton pouvoir n'a plus de prise sur moi. J'ai tué le monstre. Que la lumière soit !

Les murs de la pièce furent projetés à des kilomètres à la ronde. Il n'était plus enfermé dans une geôle mais se trouvait dans un désert, immense. Une vive douleur lui déchira la nuque. Il faillit défaillir. Sa tête vacilla, ses yeux papillonnèrent, mais il ne s'endormit pas. Un vent brûlant avait levé des colonnes de sable. Le ciel était noir, sans étoiles, sur une terre lumineuse comme jamais. Jusqu'à l'horizon, il ne voyait que dunes et bras de sable.

Un souffle emplit l'air chaud. Un souffle mystérieux qui mua en une voix mauvaise.

– Que veux-tu ? lança la voix.

Il répondit.

– Que tu retournes au néant.

Un rire démoniaque emplit la scène mais le prisonnier ne cilla pas. Il hurla :

– Silence !

Et le rire alla s'évanouir dans les limbes.

Enfin doué de pouvoir dans ce cauchemar plus vrai que nature, Howard embrassa la vue qui s'offrait à lui.

– Je suis le maître, tonna-t-il d'une voix qui s'en alla couvrir tout l'espace.

Un doux parfum se répandait sur le sable. Howard regarda le paysage en plissant les yeux. Une fleur blanche avait poussé à ses pieds.

– Je connais cette odeur, remarqua-t-il.

Il inspira profondément. Le ciel devint plus clair, plus bleu, plus beau. Quelques fleurs supplémentaires s'épanouirent, blanches corolles. Ses narines humaient l'air. Dans un flash de silence absolu, un éclair traversa le ciel et le découpa dans toute son épaisseur. La marque de l'arc électrique demeura collée au plafond céleste qui s'ouvrit en deux. Au cœur du nouveau ciel, d'un bleu profond, des voix s'étaient levées.

Howard était toujours assis, mais le siège avait disparu. Le désert avait mué en une vaste prairie. À l'horizon, une lumière s'alluma. Une lueur vive et qui ne brûlait pas. Howard la fixa avec délice. Plus elle jaillissait, plus son cœur s'apaisait. De cette lueur sortit un point mouvant.

On approchait.

D'abord ce ne fut que ce point. Howard sentit son cœur s'alléger dans sa poitrine. Au loin, le point devint silhouette. Des chants se firent entendre. Une chorale, quelque part, fredonnait une musique céleste en une langue mystérieuse. Et la silhouette devint femme.

– Cette musique me parle mieux que n'importe quel silence, soupira-t-il. Qui es-tu ?

– Je suis celle qui t'aime, dit la femme d'une voix irréelle. Celle que tu as oubliée. Celle que la lumière envoie pour que tu voies à présent.

Elle avançait et ses pas ne touchaient pas la prairie. Son visage était pur comme l'ambre, ses cheveux noirs coulaient en boucles lourdes sur sa poitrine. Elle portait un diadème de roses et un voile blanc comme la neige qui ne voilait qu'à peine sa nudité.

– Ne m'oublie pas, mon ami. Il n'y a qu'une seule chose de vraie en ce monde, c'est que je t'aime et qu'est venu pour toi le temps de vivre dans la vérité.

Elle s'agenouilla. Howard découvrit une larme sur sa joue. Devinant ses pensées, elle précisa :

– Je pleure car tu es captif. Je pleure car je t'aime. Je pleure parce que tu m'as oubliée dans ta captivité. Ne m'oublie pas.

Elle approcha son visage de la joue du prisonnier et y déposa un baiser. Les chants se firent plus forts, le ciel plus bleu, les fleurs plus odorantes, puis la femme s'évanouit dans la lumière. À l'instant même, un maelström s'empara de Howard et le recracha dans le salon du yacht de Spiris : le *Trinity*.

Son propriétaire se tenait devant lui, sourire aux lèvres, imperturbable.

Howard ne s'étonna pas de cette succession d'images, de situations incohérentes. Il avançait vers Spiris. Une lame brillait dans sa main. Il y avait les dents blanches de son tortionnaire et cette lame qu'il serrait avec foi. L'essentiel se joua en un instant. Spiris, touché à la poitrine, ne souriait plus. Il regardait autour de lui sans comprendre. Un sang noir écumait de sa bouche.

Il se rejeta en arrière en gémissant :

– Nul n'est plus grand que le maître, Howard. Si je meurs, tu mourras avec moi.

Et la lumière s'éteignit.

Heure H : Abandon
Protocole : Abandon
Données Φ : Abandon
Statut expérience : Abandon
Élimination du cobaye

30

– Monsieur Todd, vous voilà enfin ! Laissez-moi vous présenter la fine fleur de nos agents. Voici Sergio Amalfi, Dawson Logan et Donny Gelhaert. Venez, monsieur Todd, installons-nous au salon.

Benjamin, qui se souvenait avoir croisé ces trois hommes dans les catacombes, leur adressa un sourire complice.

– À présent, Benjamin, nous vous écoutons.

– Eh bien, je n'ai pas appris tant de choses durant ces derniers jours. Je veux dire : de choses que vous soyez susceptibles d'ignorer. Ce que je sais tient en ceci. Les Invisibles ont sorti de sous la fontaine du jardin Marco-Polo un livre qu'ils prétendent capable de faire venir le Prince des Ténèbres sur Terre. Ils appellent ce livre le *Trilibrium*. D'après ce que j'ai compris, je suis un bon véhicule pour Satan. Ils m'ont collé une sorte de casque sur la tête qui a produit en moi d'étranges hallucinations. C'était un peu comme si Spiris prenait les rênes de mon esprit.

– Incroyable, firent les quatre hommes.

– Cela marque le début d'une ère nouvelle, soupira Maximilien. La lettre de ce matin n'était donc pas mensongère. Le jour des Pyramides n'est plus très loin.

– Mais pourquoi moi en particulier ? s'étonna Benjamin. J'ai beau envisager le problème sous tous les angles, je n'arrive pas à comprendre pourquoi je les intéresse tant que ça.

Maximilien s'éclaircit la gorge et expliqua :

– Les plans et méthodes des Invisibles nous sont pour la plupart inconnus. À l'inverse, il y a peu de choses que nous soyons seuls à connaître. Ils ont percé nos secrets parce que les protecteurs de notre savoir se sont très tôt divisés pour le pouvoir. Après notre implosion, beaucoup de frères ont quitté notre cercle, loin du fardeau de la mission, d'autres ont rejoint certaines des nombreuses confréries alchimistes, et d'autres enfin ont choisi de rallier les Invisibles. L'ordre du Troisième Pouvoir est seulement un de nos multiples moyens de recruter et de former les membres de l'ordre supérieur : la Troisième Église. Ainsi, chacun de nos organes de recrutement enseigne à nos futurs disciples les compétences qui leur sont les plus naturelles et où ils seront les plus efficaces pour nous servir. Certains sont recrutés dans l'armée afin de subir une formation spéciale dans nos camps d'entraînement militaire, d'autres sont aiguillés vers nos services de renseignement et nous servent d'yeux et d'oreilles pour monter nos missions, enfin, quelques rares, comme vous, sont cooptés à l'université et formés, au sein de l'OTP, à l'alchimie. Car elle est l'un des langages qu'utilise la mystique Invisible. Mais une seule réalité est commune à toutes nos formations : la culture chrétienne. L'enseignement de l'Église est le véritable motif de notre querelle avec les Invisibles. Cependant, si vous tenez à mieux comprendre jusqu'où nous sommes prêts à aller pour percer leurs secrets, je vous avouerai ceci. La vraie raison de votre envoi en mission pour la France n'était pas l'étude de la symbolique de la fontaine. Ripolsky, en tant qu'Invisible, savait déjà tout ce qui la concernait, à l'exception du *Trilibrium*. Une chose nous intéressait plus que tout : découvrir pourquoi les Invisibles s'intéressaient à votre personne. Pour cela, il fallait les provoquer, et votre mission sur la fontaine nous a semblé un bon moyen de faire bouger les lignes. D'ailleurs, cela s'est révélé payant. À peine avez-vous commencé à vous mettre au travail que Spiris a précipité son plan. Mais il y a plus encore ! Nous avons délibérément choisi de vous faire quitter Paris en vous faisant passer par les catacombes avec ce secret espoir que vous vous fassiez capturer.

Une froide stupeur figea les traits de Benjamin.

Maximilien poursuivit :

– D'ailleurs, je vous avais plus ou moins suggéré de vous comporter en appât lorsque nous avions discuté de la stratégie à adopter, cela afin de justifier cette exfiltration si risquée. Bien entendu, il nous aurait été possible de vous faire quitter la capitale d'une manière moins imprudente. Toutefois, si cela peut vous rassurer sur nos intentions, j'avais inséré un mouchard dans votre combinaison et, comme vous l'aurez remarqué, à la minute même où ils ont commencé à vous torturer, nous avons lancé l'assaut. Que voulez-vous, Benjamin, nous sommes impardonnables mais notre victoire est à ce prix.

La curiosité avait remplacé la stupeur. Benjamin écouta la suite avec attention.

– Comme vous l'avez peut-être enfin compris, Benjamin, l'Église, depuis ses origines, est détentrice d'un secret. Un secret que nos ennemis ont en grande partie découvert et qui est l'unique raison de notre existence. Effectivement, si nous nous appelons la Troisième Église c'est parce qu'entre l'Église du Christ et l'Église des Invisibles, nous sommes le rouage qui permettra la déroute de Satan. Pour ce qui est de votre femme, voilà ce que nous avons à vous dire. Cette Ingrid n'est rien d'autre que la conseillère spéciale de Patrick Fiss Spiris. Je dis « est » et non « était » car votre femme n'est jamais morte. Selon Ripolsky, c'était un coup monté par les Invisibles afin de vous incriminer.

– Mais j'étais leur prisonnier ! Qu'aurais-je pu tenter de plus ?

– Nous ne savons pas tout, Benjamin, mais on peut imaginer que, dans une logique initiatique, ils vous aient sciemment mis dans les conditions propices à votre évasion. Peut-être aussi s'agissait-il d'une précaution. Ce qui est à peu près sûr, c'est que, prisonnier ou évadé, dès lors que vous étiez suspecté du meurtre de votre femme vous n'aviez plus aucune échappatoire. Étant donné l'ampleur du déploiement de police, que vous choisissiez une exfiltration à découvert ou par les catacombes, vous étiez fait comme un rat. Mais ils ignoraient ma présence sur place. Et malgré l'épreuve que vous avez subie, si vous êtes là, c'est que vous n'étiez pas seul.

– Mais…

– Oui, monsieur Todd, l'interrompit Maximilien. Et nous vous avions prévenu. C'est Ingrid qui a suggéré à monsieur Spiris de vous prendre comme cobaye. Votre femme est toujours vivante et c'est une bien mauvaise nouvelle.

– Mais comment a-t-elle pu me faire ça ?

– C'est son travail, Benjamin, sa force de vie, son Graal. Elle a déjà permis la capture d'un de nos plus valeureux combattants et une mission est sur le point d'être envoyée pour le libérer.

– Je veux en faire partie.

– Si tel est votre désir, nous ne pouvons vous en empêcher. Votre ténacité nous a tous beaucoup surpris.

Il se tourna vers les trois autres hommes.

– Messieurs, je ne sais pas si nous pourrons empêcher encore longtemps que n'advienne le jour des Pyramides.

– C'est quoi ce jour des Pyramides dont vous avez déjà parlé tout à l'heure ? s'enquit Benjamin.

– Monsieur Todd, à ce stade de votre destinée, votre ignorance est votre plus beau trésor. Quand la guerre éclatera, nous serons bien obligés de vous informer, pour l'heure…

– Et vos hommes ! Qu'ont-ils de plus que moi ?

– Rien, monsieur Todd, si ce n'est que ce qu'ils savent, ils l'ont appris au cours de leur service. La Vérité se dévoile par paliers, Benjamin, c'est le principe même de l'initiation alchimiste ! Mais venez, je dois vous présenter quelqu'un.

Une femme entra dans la pièce. Elle était brune et semblait d'un doux caractère. Maximilien lui tendit la main.

– C'est notre meilleur agent.

– Comment vous appelez-vous ? dit Benjamin, charmé.

– Rose Oublev. Mais Mark m'appelle Trinity.

Une larme coula sur sa joue. Maximilien tenta de la rassurer :

– Il sera bientôt sauvé. Benjamin, Sergio et ses hommes seront vos équipiers.

Sur une table ronde, à proximité, un vase accueillait des grappes fleuries d'acacias neigeux. Rose se saisit d'une pousse et la plaça contre sa bouche.

– Une fleur plus que mystérieuse, l'acacia, commenta Benjamin. Symbole divin unissant l'homme à Dieu en sa mystérieuse Trinité.

– Mark aime beaucoup cette fleur, soupira Rose.

Une seconde larme roula tristement sur sa joue.

31

Élimination candidat
Heure H moins 5 minutes

Ce fut une main qui sortit Howard de son rêve. Il était en pyjama, dans un lit, mais sa vision troublée ne lui permettait pas de deviner qui était cette femme dans ce tailleur rouge, cette femme qui le réveillait.

– Mets tes lunettes, commanda-t-elle d'une voix mauvaise.

– Je n'ai pas besoin de lunettes, répondit-il.

– Bien sûr que si. Sans tes lunettes, tu ne me verras pas.

Sur une table, à son chevet, il découvrit une paire de lunettes floue, dépourvue de branches. Il en ajusta l'élastique et découvrit des verres sales qui portaient comme de fines traces de terre séchée.

– Que se passe-t-il ? Comment se fait-il que j'aie besoin de ces verres ?

Il tourna ses yeux vers la jeune femme et s'exclama :

– Olga ! Mon amour ! C'est bien toi ?

– Mon nom est Ingrid. Ingrid Olganov. Suis-moi.

– Mais ce n'est pas possible. Je sais quand même qui tu es.

La dénommée Ingrid le prit par la main et le conduisit à travers un couloir éclairé par des néons verts où était écrit : PARADIX.

– Où sommes-nous ?

– Tu es chez toi, Mark !

Elle poussa une porte. Devant lui, un siège énorme, bardé de boutons, criblé de fils et de voyants, trônait au milieu d'une pièce carrée. Il y avait des gardes tout autour. Une vitre ceinturait le haut des murs.

– C'est ici que tout s'achève, fit-elle d'une voix aigre.

Elle brandit un couteau vert et ondulé.

– Olga !? Que fais-tu ?

– J'élimine celui qui s'est cru plus grand que le maître.

Un éclair balaya les airs et s'enfonça dans le ventre du prisonnier. Mark s'effondra, livré à une torture inouïe tandis qu'une flaque de sang s'épanouissait sur le marbre froid. Après quelques trop longues minutes de vifs tourments et comme ses yeux s'étaient refermés, les murs de la prison s'évanouirent, balayés par une vive lumière. Pour Mark, ce fut un peu comme si ses assassins n'avaient pas survécu. Son corps émergeait d'un gouffre de ténèbres. Il s'acheminait vers un puits de lumière où une voix qu'il crut reconnaître se fit entendre.

– Bienvenue, fils. Voici que tu viens à la source, voici que je viens à toi.

– Es-tu la voix du désert ?

– Je suis celui que tu retrouves, moi qui ne t'ai jamais abandonné. Je suis ton ange protecteur et je te conduis maintenant vers le Très-Haut.

– Où étais-je ?

– Dans la prison de l'âme, Mark, sous le château.

– C'est donc là mon nom ?

– Mark Desper, c'est ton nom.

– Quelle a été mon existence ?

– Elle est ce que tu m'as laissé faire avec toi, ce que les hommes et toi-même en ont fait. Elle continue avec Lui.

– Je suis donc mort ?

– Tu t'es cru mort si souvent ! Tu étais perdu. Tes yeux cherchaient la vérité dans le mensonge qu'ils avaient construit autour de toi. Et ils avaient brisé tes moindres libertés.

– Qui sont-ils ?

– Peu importe qui ils sont. Vois ce que tu es à Ses yeux.

– Je suis aimé !

– Grande a été notre douleur quand nous avons vu ce que tu devrais subir avant que tes yeux ne s'ouvrent vraiment, avant que tu puisses goûter à la vraie liberté.

– Où suis-je ?

– Tu évolues entre ce monde et l'autre. Entre vie et mort se jouent des forces cataclysmiques.

– Alors, je suis mort !

– Oui, Mark ! Mais la vie te retient.

Une pression phénoménale comprimait le corps en partance pour l'éternel repos. Mark se sentait autant aspiré par la lumière que par les ténèbres. Son cœur était divisé mais l'ange s'appliquait à le garder en paix. Des voix chantaient dans ce gouffre où son corps glissait sans recours, tourbillon immatériel fait d'angoisses et d'attentes, de vive lumière et de nuit morbide.

– Il te faut subir ce passage pour goûter à la vie véritable. Prends confiance. Le Roi t'attend.

Les idées de Mark commençaient à s'éclaircir. Les forces s'atténuaient. La paix le gagna. Il soupira :

– Il était avec moi.

– Maintenant tu découvres ce que la folie a dissimulé à tes yeux. Toi que la vie et les hommes ont abusé, contemple la vie à sa juste lumière. Regarde, mon ami, ce que le monde a fait de toi.

Mark fut saisi d'un feu intérieur fabuleux. Il ne cernait pas clairement où il était, une voix intérieure l'assurant que « où » n'était pas la question mais plutôt « avec qui ». Il comprit davantage.

– Toute cette histoire était donc un mensonge, un délire, le fruit de mon imagination !

– Pas toute, Mark.

– Ils ont abusé de moi.

– Et tu t'es voilé la face. Avais-tu d'autres choix ?

– Howard ! Mon frère bien-aimé. Je l'ai rêvé ?

– C'est cela, Mark. Tu l'as inventé dans ta quête intérieure. Tu voulais savoir qui tu étais. Tu voulais te sauver.

– Je n'ai pas eu non plus de compagne. J'ai vécu seul, toutes ces années, comme un malheureux.

– Si, tu as connu l'amour, reprit la voix. Elle s'appelait Trinity.

– Dis-moi ce qui va maintenant advenir.

– Seule Trinity a la réponse.

– Qui est cette Trinity ?

– Elle est encore mystérieuse à tes yeux mais elle a sa trace dans ton cœur. Mystérieuse Trinity !

Le corps de Mark s'était arrêté entre ombre et lumière. Il avait fait son choix mais serait-il écouté ?

– Je veux retourner d'où je viens. Je veux avoir ma part dans ce combat qui approche. Me laissera-t-on regagner le monde ?

Alors, pour lui seul, la voix se fit murmure et lui répondit en secret. Puis, dans le passage où son corps s'était arrêté, une seconde voix, plus pénétrante, lui rappela ce qu'il fallait savoir sur les deux Pyramides.

DEUXIÈME PARTIE

Le labyrinthe

32

Quelques jours auparavant

Vus de l'intérieur, les égouts de New York ressemblaient à un œsophage traversé continûment par un ruisseau de déchets en putréfaction. Le ventre de New York était, à l'inverse de ses toits de métal et de verre étirés jusqu'au soleil, un enchevêtrement complexe d'immondices et d'obscurité. Au milieu de ces ténèbres malodorantes, Mark et Rose, deux combattants de la Troisième Église, tentaient de s'infiltrer en territoire ennemi.

– Ce signe est l'Adam Kadmon. On ne doit plus être loin, chuchota Mark en réajustant ses lunettes de combat.

– Mais qu'est-ce qu'on en a à faire de ton Adam Kadmon, s'emporta Rose. La consigne est de trouver une gargouille démoniaque pas une icône kabbalistique.

Comme elle soupçonnait une infidélité de son compagnon avec la transfuge qui avait accepté de les aider, elle le houspillait depuis le début de la mission.

– Parle moins fort, Trinity ! On est censés s'infiltrer incognito. Si tu continues sur cette voie, c'est notre propre mort que nous…

Rose ne le laissa pas finir.

– J'ai entendu quelque chose, murmura-t-elle à mi-voix.

Tous deux s'agenouillèrent, puis éteignirent leurs lampes. Dans l'obscurité, rien n'était plus perceptible sinon le bruit des gouttes d'eau qui dégoulinaient du plafond et les pénibles odeurs de décomposition. Le visage de Mark se tendit. Rose caressa la crosse de son pistolet.

– Tu vois quelque chose ? s'inquiéta Mark.

– Rien.

– Tu es sûre de ce que tu as entendu ?

– Je ne sais pas. Ce n'étaient peut-être que des rats.

– Faudrait savoir, ma jolie ! On bouge ou on continue à se cacher ? Voilà ce que c'est que de penser cul pendant le boulot.

Rose alluma sa torche qu'elle braqua sur le visage de son compagnon avant de l'éteindre quelques dixièmes de seconde plus tard. Il en fut ébloui et ne put voir la colère qui tirait ses traits.

Pendant ce temps, dans le salon opérationnel des appartements secrets de la Troisième Église, Roger Do'Haley faisait une entrée fracassante. C'était une salle de réunion imposante où une table ovale occupait la majeure partie de l'espace. Devant lui se tenaient : Sergio Amalfi, ses deux collègues, et quelques cadres dirigeants. Ne manquait que le grand maître dont les préoccupations étaient hélas tout autres. Retiré dans sa suite, il s'évertuait à retrouver un bibelot auquel il tenait comme à la prunelle de ses yeux.

– Que se passe-t-il, Roger ? demanda l'un des cadres. Pourquoi as-tu interrompu ta mission française ?

– Il s'agit de monsieur Todd. Je crois qu'il est perdu.

– Eh bien, soit ! C'est fort dommage, mais c'était le risque couru. Il fallait d'abord éloigner la taupe, or c'est maintenant chose faite.

– Mais nous ne pouvons pas nous permettre de l'abandonner.

– Et pourquoi ça ?

– Parce que Spiris en a fait son objectif premier. Si nous voulons gagner la guerre, il nous faut comprendre ce que Spiris a derrière la tête.

– Le grand maître ne vous laissera rien entreprendre, objecta le cadre avec une mine résolue.

– C'est pourquoi je me félicite qu'il n'ait pas souhaité m'écouter. Sergio ? Réunissez vos hommes ! Paris s'apprête à lancer l'offensive. Je veux que vous en soyez. Vous serez mis au courant des détails concernant monsieur Todd. Cette mission était secrète, il est grand temps que vous soyez mis au parfum.

– Attendons-nous le retour de Mark et de Rose ?

– Leur retour est purement hypothétique, vous le savez. Nous avions besoin de nos deux meilleurs agents pour cette mission, mais il n'en demeure pas moins que tuer Spiris est plus apparenté au suicide qu'autre chose. Il n'est même pas sûr qu'il soit ici. Ce démon passe tout son temps dans son jet entre New York et Paris. En ce qui vous concerne, vous partez sur-le-champ.

– Et que dirons-nous à ce brave Bantok ? objecta Sergio.

– Que nous n'avons pas retrouvé son bibelot, soupira Roger. Messieurs, c'est maintenant ou jamais.

Dans les égouts, la dispute avait repris. Au centre du canal où couraient les eaux usées, le fond descendait à cinquante centimètres sous la surface. Mark venait de s'y enfoncer. Il avait failli tomber et son agacement avait empiré à cause du rire nerveux de sa compagne.

– T'es vraiment prête à tout pour faire foirer l'opération. Je crois qu'on ferait aussi bien de rebrousser chemin. Est-ce qu'au moins tu as pensé à prendre la balise de détresse ?

– Moins fort. On va se faire repérer.

– Trinity, c'est important.

– Non je n'ai pas pris cette fichue balise. Je ne fais pas confiance à un bidule électronique de moins de cinquante grammes. Pas plus qu'à toi, mon chéri.

– Tu peux m'expliquer le rapport entre moi et une balise de détresse ? objecta Mark. Je n'ai pas couché avec cette Ingrid Olganov de malheur.

– Alors, c'est comme cela qu'elle s'appelle. Ingrid Olganov. Ingrid… C'est curieux, ce nom me dit quelque chose. Il me semble en avoir entendu parler par Roger. À propos d'une mission à Paris.

– Ça n'aurait rien de surprenant, elle est à un haut poste à la Trinity Veritas.

Un halo lointain traversa l'obscurité.

– Tu vois, fit Rose, je t'avais bien dit que j'avais entendu du bruit.

– Ils viennent vers nous, souffla Mark.

– Combien d'après toi ?

– Trois ou quatre… Je ne vois pas bien.

Ils rampèrent vers le creux du boyau, bien décidés à passer outre leur répugnance face au flot ininterrompu de déchets, et laissèrent leurs corps se faire engloutir par le liquide glacé. Devant eux, une escouade ratissait le périmètre. Avait-elle été alertée ou bien effectuait-elle un simple contrôle de routine ? Mark et Rose ne pouvaient compter que sur la sincérité de leur alliée, cette fameuse Ingrid. La tête émergeant à peine de l'eau troublée, ils regardèrent la petite équipe s'avancer dans les égouts en balayant les parois de leurs halos blancs.

– C'est jouable, glissa-t-il, les lèvres au ras de l'eau, paré à plonger.

Les quatre Invisibles n'étaient plus qu'à une quinzaine de mètres. Prenant une profonde inspiration, Mark et Rose s'enfoncèrent dans l'eau, puis agrippèrent un rail métallique situé au fond du canal.

Mark promena son bras sous l'eau jusqu'à trouver celui de Rose et le saisit avec force. Après une bonne demi-minute d'apnée forcée, quand le moment leur parut opportun, ils jaillirent ensemble de l'eau noire et, le pistolet braqué, ils éliminèrent les quatre Invisibles en une fraction de seconde. Leur chef n'entendit même pas le coup de feu qui lui fut fatal, la balle ayant été plus rapide que le son.

– Regarde les inscriptions, finit par murmurer Mark tandis qu'il baladait son halo sur la paroi.

Rose se colla contre le mur humide. Il y avait toujours la même gravure : un Adam Kadmon parcouru de rayons, entouré d'une série de hiéroglyphes, le tout placé sur un périmètre triangulaire, pointe en bas, marqué par trois pentacles. Mark régla le halo sur un monticule de pierre posé contre le mur. Après que la profondeur de champ eut été resserrée, le cercle lumineux se posa sur une tête monstrueuse avant d'aller ricocher sur la paroi courbe des égouts.

– Ce ne serait pas notre gargouille, ça ?

Rose parcourut la surface de ses doigts nus. Le démon métallique exhibait un sourire bardé de dents.

– D'après Ingrid, il suffit de frapper.

– Dans ce cas, sourit Rose, peut-être que trois coups seraient opportuns.

Mark tapota du poing la carapace métallique du Baphomet qui recula dans la galerie en un grincement rauque. Derrière lui, un passage s'enfonçait dans la pierre. L'épais manteau de noirceur s'ouvrit au contact de leurs lampes, puis se referma derrière eux. La gargouille reprit sa place de gardienne. Après le goulot obscur, apparut un passage resserré, agrémenté de torches flamboyantes posées sur des candélabres en fer forgé.

– Il est quelle heure ?

– Moins dix.

– Faut se dépêcher, sinon on va être en retard.

Une cavalcade retentit alors.

– Éteins ta lampe, chuchota Rose.

Les deux soldats posèrent un genou à terre et dégainèrent leurs Uzi. Au loin, une lueur apparut. Il devait s'agir d'une torche car les pierres du boyau se couvrirent de teintes orangées, vacillantes. Un feu dansait au bout d'un pieu, là, à une quarantaine de mètres devant eux. Les bruits de pas s'atténuèrent. Mark se demanda un instant si la galerie n'avait pas amplifié le pas de l'ennemi comme une caisse de résonance. Il alluma sa lampe et découvrit une petite blonde affolée qui courait vers eux.

Décidément, la dissidente n'avait rien d'une contre-espionne. Elle était chaussée de talons hauts dont les claquements résonnaient dans tout le couloir.

– Qu'est-ce que vous m'avez fait peur, dit-elle en rougissant.

– Nous aussi, objecta Rose.

Et, profitant d'un moment d'inattention de la belle blonde, elle chuchota :

– Vraiment, tu ne l'as pas trouvée séduisante ?

– Je ne vois pas de quoi tu parles.

– Bien, déclara Ingrid, inconsciente du trouble qui, par elle, se propageait. Je vais vous mener à l'intérieur de la pyramide.

– La fameuse pyramide, ricana Mark. Dire qu'on se bastonne depuis des millénaires pour une putain de pyramide !

– Ses pouvoirs ont été largement démontrés.

– Et, qu'est-ce que vous faites à part dire des messes noires ? se moqua Rose.

– Je pense que vous le découvrirez bientôt par vous-même.

Le chemin qu'ils parcouraient ressemblait à une sorte de labyrinthe. Rose s'affairait à mémoriser les détails du parcours. Une fois la mission terminée, il leur faudrait faire demi-tour avec une centaine d'Invisibles à leurs trousses. Ce ne serait pourtant pas la partie la plus délicate de la mission.

– Dites-moi, finit-elle par grimacer. Comment comptez-vous nous conduire à ce cher Patrick sans éveiller sa suspicion ?

Ingrid répondit :

– Monsieur Spiris nous attend, en ce moment même, de l'autre côté de l'enceinte. Il est rentré de Paris, où il était en voyage d'affaires, à ma demande expresse. Je lui ai dit que j'avais à lui présenter deux personnes qui souhaitaient collaborer à nos expériences.

– Et il nous attend avec un petit comité d'accueil ? reprit Rose.

– Sa garde habituelle. Il est très difficile de voir monsieur Spiris en privé. Vous n'aurez que quelques secondes pour faire votre sale besogne.

– Et vous, qu'allez-vous devenir ?

– Mon sort était réglé d'avance, sourit Ingrid. Monsieur Spiris a eu récemment quelques mots avec moi à la suite d'une erreur de procédure dans la section expérimentale de notre entreprise. Il m'a donné une dernière chance, loin de se douter que cette opportunité se retournerait contre lui.

– Vous êtes donc prête à donner votre vie pour notre cause, s'étonna Rose chez qui le doute commençait à s'immiscer.

– C'est plus compliqué que cela. Voyez-vous, monsieur Spiris a profité de ma jeunesse et de ma naïveté pour fomenter sa montée au pouvoir. La Trinity Veritas n'a pas toujours été sous son contrôle. Un certain Walter Paterson en tenait les rênes jusqu'ici. Un sataniste qui est rapidement devenu le principal adversaire de monsieur Spiris. Notre maître actuel a décelé chez moi des facultés que je ne soupçonnais pas. En me faisant miroiter la puissance et l'argent, il a profité de mon inexpérience pour me ranger à ses côtés. Notre maître a bien sûr des pouvoirs qui lui permettent de lire dans les pensées de ses collaborateurs, mais j'ai pour ma part le pouvoir de dissimuler les miennes.

– C'est effarant, soupira Mark.

– Préparez-vous, nous ne sommes plus très loin.

Ils marchèrent sans plus échanger la moindre parole jusqu'à un couloir pavé de marbre blanc illuminé par une douzaine de spots. Tout au fond, se dressait une porte de verre d'une épaisseur colossale au centre de laquelle luisait un cristal mauve.

– Comment entre-t-on ? demanda Mark.

– C'est là que ma présence est requise, répondit Ingrid. Seuls deux iris peuvent ouvrir cette porte. Le mien et celui de monsieur Spiris.

– Et par où passent vos équipes ?

– Il y a beaucoup d'autres entrées. Seulement, elles sont invisibles aux non-initiés.

Ingrid entra le code puis alla caler son œil devant le cristal. Dès que le code fut composé, dix lasers de couleur violette vinrent composer une rosace lumineuse à l'intérieur de la paroi vitrifiée. Enfin, le cristal recula d'une vingtaine de centimètres et la porte de verre coulissa sur le côté.

33

– Nous y sommes, annonça Ingrid qui entra, suivie de Mark et Rose.

Ils découvrirent un hall dont les trois issues étaient condamnées par de larges panneaux de métal. Derrière se trouvaient massés une trentaine d'Invisibles, l'arme à la main. À peine Mark et Rose étaient-ils entrés que les panneaux s'enfoncèrent dans le plafond. Pris de court, les deux combattants ne purent dégainer leurs pistolets à temps. Mark, en un réflexe reptilien, empoigna Ingrid à la gorge. Quant à Rose, consciente de la gravité de la situation, elle se précipita contre la porte de verre.

Spiris fit son entrée.

– Laissez-la partir, ordonna-t-il. Elle ne m'intéresse pas. Et puis, d'ailleurs, il faut bien que la Troisième Église en sache un peu sur ce qui nous concerne. Dites-leur ceci, madame ! Dites-leur que le temps est venu pour l'avènement du Prince.

Lorsque Rose, bien malgré elle, les eut quittés, Spiris se rapprocha de Mark. Il n'était qu'à quelques pas du soldat. Formé, comme tout militaire, à la stratégie, Mark ne put que constater l'asymétrie des forces en présence. Seul contre tous, le combat était vain. Résigné, il desserra son étreinte. L'un des gardes lui fit une clé de bras, tandis que deux autres lui lièrent les poignets. Spiris enfin ordonna que l'on conduise le prisonnier dans une cellule.

Les liens meurtrissaient la chair du captif. Son abattement était total. Rose serait dans l'incapacité de mener une expédition de sauvetage et un homme de perdu au combat était amplement suffisant. La Troisième Église n'avait pas pour habitude de courir après les brebis égarées. Question de priorité. Il ne s'agissait nullement de la faible importance de ses membres. L'intérêt unique était la réussite de la mission et non la protection des intérêts particuliers.

Les couloirs se suivaient, blancs, javellisés. Sur les murs, près des néons, le logo PARADIX s'affichait en lettres capitales. Tel devait être le nom de ce curieux laboratoire tapissé de céramiques blanches impeccables.

– Voici votre chambre, monsieur Desper, s'amusa l'un des gardes, désignant une pièce carrée dont tous les murs étaient transparents. Déshabillez-vous !

Sur l'une des parois en verre, il y avait une planche de laquelle pendaient des liens. On l'y fixa, rudement. Spiris parcourut alors son corps d'un regard appuyé.

– Que dis-tu de tes nouveaux quartiers, mon jeune apprenti ? Quelle vue je te donne là !

Mark ne lui fit aucune réponse. Il gardait les yeux fermés comme si ses paupières avaient la capacité de le sortir de la géhenne qui brûlait en lui et lentement le consumait de l'intérieur.

Spiris continua sur le même ton ironique.

– Tu te tais, mon ami ? s'amusa-t-il. Ne sais-tu pas que j'ai le pouvoir de te prendre la vie ? Mon nom est Ponce Spiris, ricana-t-il encore.

Mark avait grand-peine à calmer sa respiration. Le long entraînement des commandos de la Troisième Église n'avait certes pas fait de lui un surhomme. Il n'y avait aucune tristesse dans son cœur, pourtant, des larmes lui vinrent. Il lui sembla que sa déconstruction intérieure était liée à une force surnaturelle qui, en plongeant en son âme, brisait un à un tous les barrages construits par l'entraînement militaire, à force de douleurs et d'abnégation.

Le sourire de Spiris croisa son œil humide comme un acquiescement à sa faillite intime.

– Ne retiens pas tes larmes, fils, ajouta Spiris d'une voix suave. Elles ne seront pas les dernières.

Pour Mark, c'en était trop. Une décharge de rage trouva sans effort le chemin vers ses lèvres.

– Mais qu'est-ce que vous me voulez à la fin ?

– Ah Mark ! Tu ne le sais pas encore mais tu es pour nous plus précieux que les larmes du Christ. Sais-tu seulement qui nous sommes ?

– Des satanistes, siffla Mark. D'ignobles raclures de satanistes.

– Haha ! Ignobles raclures… J'adore ! Et quelles sont tes connaissances en matière de satanisme, mon petit ?

– Vous êtes la crasse malsaine vouée aux flammes de l'Enfer, les impies dont parlent les psaumes, l'ivraie, les ronces et les épines, l'ennemi que l'on passera au fil de l'épée. Vous êtes ceux qui ont choisi la mort éternelle et dont le vœu de mort sera exaucé.

– Ivraie, impies, ronces et crasse malsaine ? Mais mon petit Mark, serais-tu en train d'épouser notre foi ? Toi qui devrais prier pour moi, voilà que tu me condamnes au feu éternel. Aurais-tu oublié la consigne du Trinitaire ? Il faut que tu m'aimes, Mark, puisque je suis ton ennemi. Il faut que tu me bénisses, puisque je te hais. Pardonne-leur, Père, ils ne savent pas ce qu'ils font.

– Vous savez très bien ce que vous faites, grinça Mark.

– Touché ! admit Spiris. C'est vraiment cela être un sataniste. Faire le Mal en conscience. Choisir le Mal après avoir connu et aimé l'Amour.

– Et c'est là que je vous plains.

– C'est que tu ne connais pas encore le sort que nous te réservons. Crois-moi, tu me maudiras bientôt comme jamais personne n'a été maudit. Et celui que tu protèges par tes pensées naïves et mielleuses de candeur, tu le maudiras avec plus de force que je le maudis moi-même. Car tu ne connaîtras plus jamais le bonheur ni la joie. Or le bonheur, Mark, est certainement la pire des drogues en ce monde et, il faut bien le dire, un bienfait totalement hors de notre pauvre portée.

– Hors de « votre » portée. En ce qui me concerne, j'étais pleinement heureux avant de vous connaître.

– Un bonheur qui n'est rien comparé aux délices de l'amour du Créateur pour sa création.

– Alors, pourquoi l'avez-vous rejeté ?

Le visage de Spiris se tendit. Sa voix se fit aussi grave que hurlante.

– Parce qu'il fallait me mettre à nu. Parce qu'il me fallait renoncer au pouvoir. Parce que ce vieux fou est le seul qui puisse prétendre à la plénitude et à la toute-puissance. Et ça, monsieur Desper, c'était là son erreur fatale ! Croire qu'il pourrait amadouer la Terre entière en refusant à chacun le pouvoir. De son amour, il en donne à pleines brassées, plus qu'on n'en peut recevoir. Mais le pouvoir ? Rien ! Voilà quel est votre dieu. Il est l'égoïste, celui qui ne partage que ce qui sert ses propres intérêts.

– Mais moi, s'indigna Mark, je n'ai rien à faire du pouvoir.

Spiris répliqua :

– Infâme menteur ! Que donnerais-tu aujourd'hui pour pouvoir me terrasser ? Si une seule de tes prières t'octroyait le pouvoir de me faire plier, tu te jetterais à corps perdu dans la quête de la sainteté. Mais ça, ce n'est pas près d'arriver. Il vous fait confiance, l'éternel naïf. Trop bon, trop con ! Telle est sa règle de vie pour les siècles des siècles. Vous n'avez ici-bas d'autre choix que de le trouver dans le silence de la foi, or je t'assure, mon petit Mark, que tu ne connaîtras plus jamais le silence. Au revoir, monsieur Desper. Le Christ t'a perdu. Celui que tu combattais avec ta toute chrétienne naïveté sera très bientôt ton maître bien-aimé.

Mark sentit une sourde agonie ronger ses dernières forces intérieures. Il soupira :

– Mais qui êtes-vous donc ?

– Question cruciale, n'est-il pas ? sourit Spiris. Vois-tu, depuis la nuit des temps, et bien avant que ce monde fût monde, les anges ainsi que les autres créatures célestes, effarés par ma puissance et ma détermination, se sont pris à croire que je n'étais pas un, mais multitude de démons. Aussi m'ont-ils appelé : Légion. Et, de fait, c'est bien ainsi que les Évangiles parlent de moi. Pourtant, mon vrai nom ne vient pas de ce monde et il n'est nul humain qui sache le prononcer. Quant à ce corps que j'habite, il n'est plus rien depuis longtemps.

La peur consumait le cœur de Mark. En lui s'étaient levées de sombres interrogations. Il allait devenir ce que lui-même avait combattu, avec toute la rage de sa foi, toutes ces dernières années. Mais comment cela pouvait-il être certain ? Quel était donc ce programme infaillible par lequel il entrerait au service du haïssable ? Fatigué par la promesse du calvaire, il inclina la tête sur son épaule et s'endormit.

Quand il se réveilla, il reposait dans un lit. Une perfusion mordait son avant-bras gauche. Spiris, qui se tenait à sa droite, lui tendit la main, l'obligea à se lever et l'entraîna dans le couloir jusqu'à une salle carrée couverte d'un dallage blanc où siégeait un gigantesque fauteuil métallique. Il le fit s'asseoir. Une femme arriva. Elle était vêtue d'un tailleur rouge sang et portait, d'une main, un curieux insecte métallique.

– Ingrid ?! soupira-t-il en frémissant.

– Eh, oui ! Mark. C'est à moi de t'introduire dans ce monde de souffrance. Je t'ai choisi entre mille et voici la couronne de ta future royauté.

Elle entoura la tête du captif, tenant du bout des doigts l'étrange insecte. Aussitôt qu'il fut posé, la vision de Mark se troubla. Il se trouvait dans une autre salle blanche, mais sans aucun meuble et au milieu de laquelle un écran sortit du mur. Spiris était là, il scrutait son corps nu figé dans l'espace.

– Tu es prêt, articula Spiris. Prêt pour l'avènement du Prince.

Mark soupira :

– Je ne me rendrai jamais à vous.

Spiris déclara :

– Vois-tu, mon fils, nous nous passerons de ce que tu penses. Il n'y a aucun choix qui te soit proposé. Ta volonté même m'appartient et, je te le dis, tu vas mourir. Vois ce que j'ai apporté pour toi.

Il sortit de l'intérieur de son habit un long couteau doté d'une lame sinusoïdale qu'il plongea au fond des entrailles de son prisonnier. Ce dernier regarda le kriss aller et venir dans sa chair. Spiris souriait tandis que Mark était emmené aux confins de la douleur. Son sang coulait au sol en un flot épais.

– La souffrance, Mark, s'enthousiasma Spiris, voilà ce qui fera bientôt de toi l'un des nôtres. Enfin, quand je dis bientôt, peut-être me fais-je mal comprendre. Vois-tu, l'une des plus hautes prouesses de ce dispositif, c'est d'arriver à modifier la perception du temps, dans des proportions abyssales.

– Pourquoi moi ?

– Y a-t-il en ce monde question plus humaine ! Je ne suis pas sûr de connaître toute la réponse, mais, en ce qui me concerne, il me fallait un corps jeune, plein de vie, un corps à la hauteur de son hôte final et dont l'esprit saurait entrer en résonance avec le matériel que nous utilisons. Mais ne perdons pas de temps en palabres. La souffrance t'attend, une souffrance pure et que tu croiras subir pendant mille ans. Ainsi, quand je t'aurai figé dans une éternité de souffrance, quand j'aurai retiré de toi jusqu'à la notion même de Dieu, de son salut, tu seras semblable à notre maître, et ton initiation sera terminée. Mais pour le moment, elle commence tout juste. Voici la nuit, Mark ! Voici la nuit !

Une torpeur s'empara du prisonnier. Une masse indéfinissable écrasait son corps sans produire de douleur, comme s'il était digéré par un cylindre obscur. Sa vision s'ébranla, en même temps que sa face. Ses bras écartés le firent souffrir. Quelque chose de dur était planté dans ses poignets. Il pouvait sentir les nerfs de ses bras, de ses jambes aussi… Ses pieds étaient corrompus par la même violence. Il ne fallut pas longtemps à Mark pour comprendre.

Il subissait à présent le supplice de la croix.

Les minutes passèrent. Puis les heures. Enfin les jours. La douleur était la même, vertigineuse. Il voulut prier, mais ses pensées étaient entortillées autour de ses sensations. Il était incapable de se concentrer sur autre chose, comme s'il ne s'appartenait plus. Un tintamarre montait en lui. Une cacophonie de pensées désespérées que nul ne pouvait faire taire.

Nul sinon peut-être une odeur d'avant.

Soumis à la torture depuis ce qui lui avait paru plusieurs semaines, en lui naquit une idée, fragile, mais que ni la nuit ni la souffrance ne semblaient à même d'éradiquer. Où la douleur avait pris chair, l'idée prit corps. Une odeur douce, telle une hallucination olfactive. Une odeur de fleurs blanches. L'odeur suave l'embrasa. La guerre n'était pas perdue. Son imaginaire serait sa porte de sortie. Il se concentra de toutes ses forces sur le sentiment de paix que l'odeur produisait en lui, et, au bout de quelque temps, le miracle apparut. Le programme infaillible de Spiris était en train de faillir. Mark redevenait maître de sa destinée. La torpeur le tenait dans ses griffes mais elle ne pouvait plus grand-chose contre sa volonté.

Il fallait combattre !

Là se déroulait sous ses yeux impalpables de pur esprit, comme une sorte de film ultra-réel dans lequel des hommes en blouse blanche préparaient une opération secrète. Howard Desper venait de naître dans son imaginaire, et l'espoir naissait avec lui.

34

Le soleil se levait tout juste. Central Park accueillait ses premiers joggeurs. Un bruissement léger dans les bourgeons des arbres trahissait cette brise matinale qui faisait rosir les visages des passants. Le printemps, signe peut-être de temps nouveaux, était en avance. Au Pierre, dans les derniers étages, la Troisième Église s'éveillait. Peu de ses membres avaient été prévenus de la récente tragédie. Dans son appartement situé à l'avant-dernier étage du palace new-yorkais, Roger tenait une lettre dont il relisait une énième fois les lignes griffonnées. Lui qui avait pour habitude de se maîtriser en toutes circonstances, indestructible face aux pires situations de stress, était ravagé par l'angoisse.

« Nous verrons bien ce que décidera le conseil », songea-t-il, bien décidé à s'en remettre à la providence.

Un nom pourtant sonnait impitoyablement dans ses pensées, un nom aussi capital qu'inquiétant : Bantok. Il ferma les rideaux pourpres. La lumière, filtrée par le tissu, écumait sur le lit défait et donnait à la pièce des allures d'alcôve aussi moite que ses vieilles mains. Il s'étendit sur son lit. Sa vision se troubla tandis qu'il regardait le plafond rougeoyant. Il chercha un instant à y dénombrer les formes qui se révélaient dans le relief rugueux, accentuées par la luminosité opaque rasant les irrégularités du crépi. Un monde imaginaire de vallées et de végétation jaillit sous ses yeux avant qu'un cognement saccadé n'interrompe sa rêverie.

Max venait d'arriver.

– Entre, invita Roger en ouvrant grande sa porte. Tiens ! Voilà la lettre.

Monsieur Do'Haley,
Je dois vous écrire dans l'urgence car, ici, les murs ont des yeux et des oreilles. Ce dont j'ai à vous prévenir est de la plus haute importance. Monsieur Desper est en ce moment en train de subir un conditionnement très particulier. Les moyens utilisés par Spiris sont d'une redoutable efficacité, et il y a fort à parier que monsieur Desper permette au rêve des Invisibles de se réaliser. Je m'engage à vous trouver un moyen d'exfiltrer le prisonnier, mais je vous supplie de me ramener avec vous. Notre organisation se trouve sous les locaux de la Trinity Veritas. Cette secte, dont vous ne pouvez ignorer ni la portée ni l'emplacement ici à New York, est chargée de fournir les fonds à notre ordre. Je vous en supplie, tenez compte de cette lettre et organisez une mission d'exfiltration. Je reprendrai contact avec vous afin de vous préciser une de nos entrées.

Numéro X

– Alors ? Qu'en penses-tu ?
– Il faut réunir le conseil de toute urgence.
– Et Bantok ?
– L'éloigner du pouvoir au plus vite.

À peine quelques minutes après, la salle du conseil accueillait les membres du haut-commandement. Il y avait bien sûr Roger et Maximilien, mais aussi Rose, Sergio et quelques cadres affiliés corps et âme à Bantok, l'éternel retardataire. Le grand maître de la Troisième Église ne devait son élection qu'à un misérable jeu de pouvoir vieux de trois ans : une époque où les Invisibles étaient moins menaçants. Si Bantok avait su être un judicieux compromis entre deux prétendants au pouvoir suprême désormais exclus de l'Église, il se distinguait à présent par une insupportable paresse et un manque total de discernement.

– Bien, messieurs, puisque notre grand maître ne semble pas disposé à nous rejoindre, commença Roger, en ma qualité de vice-président je propose que nous commencions dès à présent notre réflexion. Je vous ai…

– C'est inadmissible, l'interrompit l'un des cadres. Monsieur Bantok doit être attendu.

Roger, sans se démonter, poursuivit sa présentation.

– Je disais donc que je vous ai fait parvenir à chacun une copie de la lettre que j'ai reçue ce matin afin que nous décidions ensemble de la conduite à tenir.

Le cadre reprit :

– Il n'y aura pas de négociation sans London Bantok.

– Cessez immédiatement ces impertinences, mon cher Xantz, s'emporta Roger, ou je vous fais exclure de ce conseil sur-le-champ.

Un groom était en train de disposer de petites bouteilles de jus d'orange sur un plateau.

– Pour qui vous prenez-vous d'insulter de la sorte l'un des plus fidèles disciples de monsieur Bantok ?

– Pour ce supérieur à qui vous devez autant de respect qu'à cet éternel absent.

– Bonjour tout le monde, salua alors la voix placide du grand maître.

– Mes respects, monsieur Bantok, sourit Anton Xantz comme s'il se trouvait en face de Dieu le Père.

– Que nous valent ces sursauts d'agressivité ? J'en ai les oreilles qui bourdonnent. Doux Jésus, a-t-on idée de se mettre en colère à une heure si matinale ? reprit Bantok.

– C'est que… Il n'est pas loin des neuf heures du matin, monsieur, balbutia Rose abasourdie.

– Oui ! C'est bien ce que je disais, reprit-il en bâillant. Et puis… J'ai lu cette lettre. Que voulez-vous ? Un canular ! Je ne vois pas ce que cela pourrait être d'autre. Non ? Quel est votre avis, Anton ?

– Un canular, oui, s'empressa d'acquiescer Xantz. Rien qui vaille un tel dérangement.

– Eh bien ! le coupa Roger, puisque tout le monde a très envie d'aller dormir, je propose que vous retourniez vous coucher. Mes commandos et moi avons une opération à mettre sur pied.

Dans le secret de sa loge, un employé du Pierre entrait en contact avec la Trinity Veritas.

– Je crois que le moment est propice à l'action. C'est une vraie pagaille là-haut. Par ailleurs, il doit y avoir un traître dans vos rangs. D'après ce que j'ai pu comprendre, ils ont reçu une lettre de l'un de nous.

– …

– Ah bon ? Vous êtes déjà au courant ?

– …

– Entendu ! Je vous appelle dès que j'ai du nouveau.

L'employé raccrocha le combiné et renfila sa veste rouge ainsi que sa casquette de groom. Au même moment, dans une chambre exiguë de la Trinity Veritas, un homme faisait les cent pas, la tête penchée, les doigts recroquevillés.

On frappa à sa porte.

– Hé Jimmy ! Réunion dans cinq minutes dans la salle B, cria une voix nasillarde derrière la cloison. Je te conseille de ne pas être en retard.

– C'est toi, Doug ? Laisse-moi une seconde le temps de m'habiller et je te rejoins.

Son interlocuteur sembla s'éloigner mais les bruits de pas indiquèrent rapidement qu'il revenait vers la porte.

– Qu'est-ce qu'il y a encore ?

– Oh ! Pas grand-chose, Jimmy. Mais il y a des rumeurs qui circulent comme quoi un traître aurait vendu des informations à l'ennemi. Tu es à un poste de tête, mais tout le monde est suspect, et tu m'as l'air d'avoir des soucis.

– Entre, bougonna Jimmy en ouvrant la porte.

– Je croyais que tu n'étais pas habillé.

– Et la vie privée ? Tu sais encore ce que ça signifie ? Je n'ai pas à rendre compte à qui que ce soit sur ce qui se passe dans cette chambre.

– Écoute, je ne sais pas ce qui se trame, mais si c'est toi qui t'es rendu coupable de collusion avec l'ennemi, laisse-moi te dire que ton sort est réglé.

– Alors à mon tour de te donner un conseil. Figure-toi que je connais parfaitement la situation. Rischienko vient de me téléphoner, mentit-il, et il ne sera pas enthousiasmé d'apprendre que tu ébruites ce genre de rumeurs. À qui as-tu déjà parlé de l'enquête ?

– À... à personne ! Comment je pouvais savoir que tu étais au courant ? Je cherchais juste à te venir en aide.

– Ainsi tu voulais apporter ton soutien à un traître potentiel ? C'est intéressant, très intéressant. Écoute-moi bien mon petit Doug, je ne vais te le demander qu'une seule fois. Dis-moi qui est ce fichu traître !

– Mais je ne sais pas. Müller m'a demandé de te cuisiner. Ils m'ont déclaré que les soupçons se portaient sur différents cadres, dont toi. Je ne fais que répercuter les ordres.

– Eh bien ! Rischienko m'a dit que les soupçons se portaient sur ta personne et j'ai bien l'intention de lui raconter notre petit entretien.

– Écoute, nous savons tous les deux qu'il ne s'agit ni de toi ni de moi, donc j'irai dire à Müller que rien ne me paraît suspect en ce qui te concerne, quant à toi, tu diras à Rischienko que rien ne t'a paru douteux pendant notre discussion.

– Ça marche. On fait comme ça.

– Le silence est le meilleur ami des Invisibles, sourit Jimmy en lui adressant un clin d'œil.

– Et les Invisibles sont tous des frères, rétorqua Doug en sortant de la cellule.

Une fois la porte refermée, Jimmy s'assit quelques secondes sur son lit. « Comment se fait-il qu'on me suspecte déjà ? La Troisième Église n'est pourtant pas infiltrée, à ma connaissance. Il faudra que je les en avertisse. »

35

À la fin de l'après-midi, tandis que Benjamin, fraîchement arrivé à New York, savourait sa liberté retrouvée, un conciliabule se tenait dans l'un des derniers étages du Pierre. London Bantok avait été informé d'un changement de plan qu'il ne parvenait pas à comprendre.

– Mais voyons, Roger, vous n'êtes pas sérieux ? C'est une folie de le cacher ici, hors de son coffre.

– Justement non. J'exige que le coffre soit gardé comme s'il contenait encore son trésor. Il n'y a que vous, Max et moi-même qui soyons au courant de ce subterfuge. Ainsi rangé dans votre commode et sans aucune autre protection que notre silence, le suaire est mieux gardé qu'en n'importe quelle place forte.

– Si c'est votre sentiment, soit. Mais je ne vois pas ce qui vous fait croire que Spiris serait sur le point de le voler. Cela fait des années que le Vatican nous l'a remis et il aurait eu mille occasions de nous le dérober, ne serait-ce que pendant le transfert. Non, je ne vois pas ce qui vous met dans cette précipitation.

– C'est bien normal, London, s'amusa Maximilien. C'est d'ailleurs pour cela que vous êtes actuellement sur… comment dit-on cela ? Aide-moi, Roger.

– Sur un siège éjectable.

– Comment osez-vous, Do'Haley ? s'indigna Bantok en refermant la porte de son appartement. Quand je songe à quel point j'ai été doux et conciliant avec vous.

– Doux et conciliant !? C'est ainsi qu'un incapable de votre espèce qualifie la nature de ses responsabilités ?

s'insurgea Maximilien. Alors qu'il nous faut un chef avec de la poigne et tout juste un soupçon de tact.

Laissant le grand maître dans un sentiment d'intime humiliation, ils retournèrent vers les étages inférieurs. Mais, après s'être assuré que Roger et Max étaient bien partis, Bantok alla retrouver Xantz auquel il avoua la nouvelle cache du précieux suaire.

Quand ils se quittèrent, Xantz susurra :

– Croyez-moi, cher ami. Mieux vaut être un invité de marque au banquet du seigneur des Enfers que de servir à la table de Cana.

Au quarantième étage, Benjamin était en compagnie de Max, Rose et de ses équipiers, et ils discutaient à présent les moyens d'une mission capable de sauver Mark Desper des griffes de Spiris. Des acacias répandaient dans l'air leur douce odeur prophétique. Rose, pour qui cette fragrance revêtait un sens particulier, ne put réprimer une larme tandis qu'elle avait posé une grappe sous son nez.

De son côté, Jimmy, le traître Invisible, venait de retourner dans sa chambre afin de méditer sur sa nouvelle orientation. Comme quelqu'un frappait à sa porte, il se rua vers son bureau et recouvrit la lettre en cours d'écriture sous un monceau de papiers.

– J'arrive, dit-il d'un ton hésitant.

Un cliquetis l'avertit qu'on s'apprêtait à pénétrer dans sa chambre. Il saisit son coupe-papier qu'il glissa sous sa manche et coinça la lame dans son bracelet de montre. Un maigrichon fit son entrée. Jimmy l'accueillit avec la plus vive décontraction.

– Luke, mon ami ! Comment vas-tu ? Vraiment, c'est un plai…

– Ne te donne pas tant de mal, Jimmy. Tu es à découvert et ton attitude est une preuve irréfutable de ta culpabilité, répliqua l'importun d'une voix nasillarde.

– De quoi parles-tu, mon ami ?

– Tu le sais très bien. Alors, nous allons avoir une petite discussion, après quoi je préviendrai la direction.

– Excuse-moi, Luke, mais je ne pensais pas que la cantine était si pointilleuse.

– La cantine ? C'est quoi ce délire ?

– Eh bien, à part le deuxième dessert que j'ai subtilisé la semaine dernière, je ne vois pas ce qu'on peut me reprocher.

L'homme le dévisagea avant d'esquisser un sourire plein de mépris.

– Ne sais-tu pas que la Troisième Église est infiltrée ? Notre entreprise a des siècles d'avance sur nos adversaires. Nous disposons chez eux d'un informateur, un agent double qui agit sous leur nez, invisible. Quelle ironie ! Et c'est par lui que nous avons appris qu'un de nos lieutenants a communiqué des informations à la ligne adverse. Or, moi, je ne t'ai jamais fait confiance.

– C'est bien joli ce que tu me racontes, mais je ne vois pas en quoi ça fait de moi un traître.

– Tu es le coupable idéal. Le seul du directoire à avoir été contraint, le seul à avoir rejoint notre caste non par désir mais par obligation. Ta famille te manque, n'est-ce pas ? Je sens ton âme dissimuler son souvenir au plus profond. Tu as su cacher à nos huiles cette furieuse envie que tu as de te venger, mais pas à moi.

– Je ne savais pas que tu étais un ange incarné, rétorqua Jimmy en caressant du bout des doigts la lame coincée sous sa manche.

– Je n'en suis pas un. Mais, à la différence de nos maîtres, j'ai toujours su lire clair dans ton jeu.

– Et tu comptes convaincre Spiris que, toi, un misérable humain du plus bas étage, tu aurais su voir ce que le maître n'a su comprendre par lui-même. Sais-tu bien à quoi tu t'exposes ?

– À sa plus haute estime. Car, vois-tu, mon plan est beaucoup plus habile.

Il glissa une main derrière sa veste et en sortit une lame à l'extrémité crantée. Jimmy eut un mouvement de recul. Le petit homme poursuivit son exposé.

– Je vais d'abord t'assassiner et, ensuite, j'irai voir notre maître pour lui donner la preuve de ta culpabilité.

– Quoi comme preuve, par exemple ?

– Le fait que tu aurais cherché à me tuer quand j'ai voulu te dénoncer.

– Le mensonge se lit sans peine dans tes yeux de vermine. Il se pourrait même qu'il reconnaisse en toi un traître qui assassine un innocent pour se disculper.

– Ça te donne des idées ? grinça le petit homme.

– Plutôt, oui ! fit Jimmy qui sortit alors son arme.

Le visage perfide de l'intrus devint aussi pâle que son col de chemise.

– Tu n'as aucune chance, reprit-il. Mon couteau est beaucoup plus long que le tien.

– Tu ne vas quand même pas me dire qu'à presque quarante-cinq ans tu es encore puceau ? sourit Jimmy.

– Qu'est-ce que tu racontes ?

– L'important, ce n'est pas la longueur, mais la manière de s'en servir.

– Et tu en as déjà tué combien ? hésita le petit homme.

– Disons…, grimaça Jimmy, que je ne suis plus un puceau. Si je suis reclus dans votre ordre, c'est que ma situation pénale dans ce pays était lourde à porter.

Tandis qu'il fixait son adversaire, il déploya sa lame vers l'avant et le transperça. Le petit corps s'effondra, pris de convulsions. Un flot de sang se répandit sur la moquette. Jimmy n'essaya même pas de dissimuler le cadavre, et se faufila dans les couloirs de la Trinity Veritas jusqu'à la porte du secrétariat général.

– C'est une urgence interne, prétexta-t-il. Je dois prévenir monsieur Spiris immédiatement.

– Monsieur Spiris est au laboratoire, hésita la secrétaire. Il a demandé à ne pas être dérangé.

– Restez en dehors de cela, Sophia.

Il agrippa la souris sur le bureau de la secrétaire et lança une recherche Internet. Spiris ne mettait jamais très longtemps à discerner les situations de crise.

Une sonnerie plus tard, une hôtesse répondit.

– Bonjour, ici Camille du palace le Pierre, c'est pour une réservation ?

– Bonjour madame. Il faut que je parle de toute urgence à monsieur Do'Haley.

– Do'Haley, Do'Haley. C'est un membre du personnel ?

– Non, pas du tout. C'est un client.

– Attendez, je fais une recherche. C'est quelle chambre ?

– Je ne sais pas. Je le connais à peine.

– Mais c'est impossible. Nous ne pouvons pas vous mettre en relation avec un de nos clients si vous ne connaissez pas son numéro de chambre.

– C'est… c'est à propos de la Troisième Église, hésita Jimmy. Je vous en supplie. C'est une question de vie ou de mort.

À la baie vitrée du secrétariat, une silhouette corpulente venait d'apparaître. Jimmy se précipita vers la porte et la vérouilla. Dans le combiné, la voix féminine répondit :

– Vraiment, je suis désolée, monsieur, je ne trouve aucun client en rapport avec cette Troisième Église.

– Je vous en supplie, continua Jimmy. C'est d'une importance majeure. Je dois, coûte que coûte, parler à monsieur Do'Haley.

– Attendez ! Je vais demander à mon collègue.

Il était près de dix-neuf heures. Roger venait de quitter Maximilien au bar du palace. Il se dirigeait vers sa chambre mais l'ascenseur s'arrêtait sans cesse pour prendre des passagers.

Un bruit mat fit sursauter Jimmy. L'homme s'était mis à cogner contre la porte.

La standardiste demanda :

– Puis-je connaître votre nom ?

– Dites à monsieur Do'Haley que je suis numéro X.

À peine une dizaine de secondes plus tard la standardiste rétorqua :

– Il ne répond pas, monsieur X. Je suis désolée, il va falloir que vous rappeliez.

– Essayez encore, c'est une urgence absolue. Je dois absolument joindre monsieur Do'Haley.

Les gonds de la porte du secrétariat souffraient sous les coups de boutoir. Le bois se fendillait autour. Jimmy sentit le combiné glisser sur sa joue ruisselante. Roger enfin arriva dans sa chambre. La standardiste s'apprêtait à raccrocher. C'est à ce moment précis que la porte céda.

36

Jimmy laissa tomber le combiné puis enfonça, une fois de plus, sa lame dans le ventre d'un condamné. La secrétaire se mit à hurler. Au même moment, Roger répondait au téléphone dans sa chambre.

– Allô, oui. Qui me demande ?

Jimmy entendit la voix dans l'ampli mais il ne pouvait pas répondre. Il lui fallait d'abord éliminer la secrétaire dont le témoignage risquait de compromettre la suite des opérations.

– Monsieur Do'Haley, c'est numéro X. Laissez-moi quelques secondes, hurla-t-il à Roger avant de se précipiter sur la femme dont il brisa la nuque frêle.

– Monsieur Do'Haley ? Vous êtes toujours là ?

– La situation est-elle claire ?

– Tout à fait claire. Voici ma proposition. Venez dans exactement une heure à l'église Saint-Irénée. Dans le fond du transept, à droite, il y a une crypte. Elle dissimule un passage vers la Trinity Veritas. Soyez-y avec une équipe commando. Je me charge de vous conduire jusqu'à monsieur Desper.

– Quelle garantie me donnez-vous ?

– Je n'ai que ma bonne parole et le merdier dans lequel je me suis fourré. Mais il semblerait que vous ayez un traître dans votre organisation, car c'est par lui que j'ai été dénoncé.

– Avez-vous des informations qui nous aideraient à le coincer ?

– Aucune, hélas.

– Très bien ! Dans une heure, à l'église Saint-Irénée.

Jimmy raccrocha. Il fallait à présent qu'il dissimule sa mission pendant les soixante minutes à venir.

Dans le laboratoire central où était torturé Mark Desper, la tension était à son comble. Le cobaye ne réagissait pas selon les prévisions de Spiris. Or celui-ci devait maintenant dénicher l'odieux grain de sable qui faisait crisser ses rouages si savamment huilés.

Au Pierre, Roger Do'Haley avait la mine des mauvais jours. La perspective d'un traître à la Troisième Église avait aggravé sa méfiance. Rose et ses hommes, inconscients de l'étendue de ses craintes, n'attendaient plus que son feu vert.

– Mes amis, dit-il les traits tirés, votre contact vous attend à l'église Saint-Irénée. Je nomme Rose responsable de mission. Nous vous donnons une heure pour rendre compte. Pas d'équipement superflu, de la ténacité et de la clairvoyance. Et pensez bien à prendre votre balise de détresse. Certains d'entre vous n'y sont pas favorables, mais une balise par équipe est non négociable.

Rose, Sergio, Dawson et Donny ainsi que Benjamin, déjà engoncés dans leurs tenues de combat, se mirent en ordre de marche. Maximilien demanda qu'on fournisse à son protégé un set de couteaux de lancer.

– C'est un véritable prodige, ce petit, glissa-t-il à Roger.

– Oui. Il me surprendra toujours, avoua Do'Haley avec un ton inquiet.

– Qu'est-ce qui se passe ? questionna Max.

– Eh bien, à toi je peux le dire. Notre informateur vient de m'apprendre que nous avons une taupe dans nos rangs.

– Tu ne vas quand même pas me dire que ça t'étonne ? rétorqua Maximilien. Une taupe c'est moins que ce que je pensais. Pour moi, il n'y a qu'un seul sujet d'inquiétude : le suaire. Or il n'y a que toi, Bantok et moi qui soyons au courant. Bantok est une andouille, mais ce n'est pas un traître. Quand bien même il y aurait onze félons, le suaire serait toujours parfaitement protégé.

– J'espère que tu as raison, s'inquiéta Roger en raccompagnant son ami à la porte.

À quelques kilomètres de là, Spiris déclenchait l'alarme de la Trinity Veritas. La capacité qui était sienne de sonder les âmes jusque dans leurs moindres recoins allait encore une fois faire son œuvre. Peu à peu, la salle d'inquisition se remplit. Les cadres s'y alignèrent en carré. Dans la deuxième file, Jimmy vit arriver le maître de cérémonie.

Spiris rompit le silence.

– Messieurs, je vois avec une profonde tristesse que certains d'entre vous manquent à l'appel. Que le traître ne se méprenne pas. Je sais qu'il est là, reprit-il en les pointant du doigt, quelque part, parmi vous, et il n'a aucune chance de s'en tirer. Je vais passer dans les rangs afin de scruter votre chair. Si un seul d'entre vous essaie de bloquer des informations, voilà ce que je ferai de lui.

Il sortit un pistolet de sa poche et abattit un garde qui se tenait à proximité. La détonation retentit dans toute la pièce. Spiris se pencha devant le premier cadre sur sa droite et commença son inspection. Il prit le crâne du cadre entre ses mains et jeta sur lui son regard.

Un sourire gluant se dessina sur son visage.

– Nous avons ici quelqu'un qui ne me porte pas dans son cœur.

Le regard du cadre se tendit.

– Ne t'inquiète pas, mon garçon. Il est plus que normal que tu me détestes. C'est le contraire qui eût été surprenant.

Dans son coin, Jimmy réalisa qu'il était le onzième sur la liste. Les cadres administratifs de la Trinity Veritas étaient au nombre exact de cent. Ils étaient tous ici rangés en dix files serrées de dix cadres chacune. Seule Ingrid n'était pas soumise à la vision du maître. Jimmy fixa avec détermination l'horloge qui trônait au fond de la salle. Il lui restait à peine vingt minutes pour rallier le point de rendez-vous.

Pendant ce temps, le commando mené par Rose arrivait sur les lieux. La nuit était déjà tombée. Le même petit vent frais qui avait soufflé tout au long de la journée frissonnait encore ce soir-là quand l'escouade arriva devant les marches de l'église Saint-Irénée. C'était une église écrasée entre deux buildings. Les pierres anciennes prenaient une teinte macabre à la lueur des lampadaires. On n'aurait pas été surpris de voir s'envoler du clocher une colonie de chauve-souris effrayées par les coups répétés de Rose sur le portail.

– Dawson, tu sais ce qu'il te reste à faire !

– Oui, madame, fit Dawson en sortant une petite trousse de sa combinaison. Je pense qu'il vaudrait mieux essayer sur cette porte-là, continua-t-il en pointant du doigt un portillon dont la serrure était un modèle plus standard que l'énorme serrure en fonte de l'entrée principale.

– Il est quelle heure ? demanda Rose.

– On devrait avoir le temps, répondit Dawson pendant qu'il malmenait la serrure avec deux tiges métalliques recourbées.

– Et on entre quand ? grogna Sergio. Ça caille dans le coin.

– Maintenant ! ordonna Dawson en disparaissant derrière la porte dont la protection venait de céder.

– Voici un autre bon garçon, déclara Spiris.

Dans la salle d'inquisition, la recherche du traître se poursuivait. Il ne restait que trois hommes avant Jimmy. « Il me regarde, il me regarde », pensa-t-il sans pouvoir détacher ses yeux de l'horloge qui indiquait neuf heures moins cinq. Spiris était doté du même regard mystérieux que la belle Mona Lisa. Il fixait chacun à chaque bout de la pièce sans avoir pour autant besoin de bouger les yeux. La grande aiguille avança d'un degré supplémentaire. Spiris jeta son regard bleu sur le dernier de la file. Juste derrière, il y avait Jimmy.

De son côté, le commando s'introduisait dans la petite église.

– Quelle ambiance ! s'exclama Sergio.

Des toiles d'araignées tombaient en grappes depuis la haute voûte. Juste à droite de l'autel, un monticule de crânes apparut sous les faisceaux des lampes torches.

– C'est la crypte, murmura Rose.

– Je sens que je brûle, s'amusa Spiris.

Jimmy vit le regard céruléen se poser sur lui. L'aiguille de l'horloge continuait sa rotation. Plus que trois minutes, songea-t-il, résigné. Spiris posa ses mains sur les tempes du traître.

– Qu'est-ce qu'il attend ? s'impatienta Rose, inquiète. Dawson ? Tu es sûr qu'il est neuf heures ?

– Affirmatif, neuf heures du soir pétantes. Soit c'est un piège, soit notre ami s'est fait démasquer.

– Soit il sera là dans trois minutes comme le suggère ma montre, déclara Benjamin.

– Monsieur Todd ! rétorqua Rose. Que vous dit l'alchimie ? Vous sentez-vous capable de trouver l'entrée à l'aide de signes que nous n'aurions pas vus ?

– C'est envisageable. Il y a ce crâne sur lequel est gravé un O. Si vous me trouvez un VI et un IV quelque part dans cet ossuaire, cela pourrait signifier qu'ils font partie d'un dispositif qui protège l'entrée.

– Sergio, Dawson, Donny, trouvez ce qu'il demande ! ordonna Rose.

Dans la salle d'inquisition, la pupille de Spiris se dilata et Jimmy eut la terrible sensation de perdre le contrôle de ses pensées. Il y avait cet iris énorme, cette pupille plus noire qu'une caverne, et cette voix qui résonnait dans sa tête :

– Ouvre-moi ton âme, mon ami. Ouvre-moi ton âme.

La pièce devint lumineuse. Il se sentit entrer en une sorte de transe. Une deuxième voix alla s'ajouter à la première.

– Monsieur Spiris...

– Ouvre-moi ton âme, mon ami.

– Monsieur Spiris ?

La lumière s'évanouit cependant que l'horloge se dressait devant ses yeux fatigués.

– Monsieur Spiris ?

– Quoi encore ? Vous voyez bien que je m'occupe de monsieur Riversteel.

– Oui, mais là ça ne peut pas attendre. Nous sommes en train de perdre Mark Desper.

Jimmy eut l'impression de retrouver la terre ferme après un périple de plusieurs mois en mer. Sa prière avait été entendue. Le regard bleu se jeta sur lui une dernière fois.

– Nous n'en avons pas fini, Riversteel. Je vous somme de rester dans vos quartiers jusqu'à ce que je vienne en personne reprendre notre petit entretien.

Spiris se retourna vers les autres cadres en hurlant :

– Reprenez vos postes, immédiatement ! Nous poursuivrons la recherche du traître quand j'en aurai fini avec monsieur Desper.

Aussitôt les Invisibles se séparèrent.

Pensant se noyer dans la masse, Jimmy se précipita afin d'arriver le moins tard possible au rendez-vous fixé. Hélas, il ne put intercepter le clin d'œil que Spiris fit à Ingrid. La sataniste rassembla trois gardes armés et se lança à la poursuite du traître.

37

Entraîné à la suite d'Albert Rischienko, le chef de son laboratoire, Spiris bouillait de rage. Ce satané Mark Desper avait développé une incroyable résistance. Toute sa science n'avait su prévoir la réaction du soldat. Une foi à déplacer les montagnes semblait l'animer et, malgré des interventions répétées, malgré une supériorité spirituelle évidente, Spiris ne pouvait rien contre la force de vivre de son cobaye. Rischienko, vêtu de sa blouse blanche, marchait devant son maître, le visage inquiet mais le pas décidé. La colère de Spiris se diffusait dans tous les couloirs du complexe.

– Je vous préviens, je ne tolérerai pas la moindre baisse de régime. Je veux une mobilisation totale autour de notre cobaye. Nous ne disposons plus de l'hypothèse Todd. Cet homme est notre dernière chance.

– Vous disiez pourtant qu'un troisième corps serait peut-être disponible.

– Notre Prince doit être incarné et il le sera. Cependant, je préférerais de beaucoup que monsieur Desper soit notre véhicule.

– Le suaire est-il en passe d'être volé ?

– Ce n'est plus qu'une question de minutes. Une heure tout au plus. Notre équipe attend le feu vert. À ce propos, que vous évoque la disparition de Mark telle qu'il l'a lui-même imaginée dans son état de rêve hallucinatoire ?

– Vous voulez parler de l'épisode au Pierre ? Celui où il s'imagine designer de saveurs, promu par votre avatar ? Où il confond sa compagne Rose et son ennemie Ingrid ?

– Avez-vous remarqué qu'il y disparaît sous un linceul ? Cela pourrait-il être, selon vous, une évocation du suaire ?

– Le mieux serait de demander à notre contact.

– J'en prends note. Je tirerai les vers du nez à ce cher Anton. Si ce gredin n'en a pas entendu parler, nous nous contenterons de notre expédition italienne. Mais il me revient à l'esprit cette allusion qu'avait faite Ripolsky, involontaire cela va sans dire. Ce vieillard m'a beaucoup surpris. J'étais persuadé de son intégrité. Enfin, passons. Il évoquait à demi-mot l'existence d'un troisième suaire. Deux faux et un vrai.

– Un troisième ? Mais cela n'aurait aucun sens.

– Une providentielle erreur nous a révélé, il y a près de trente-cinq ans, l'existence d'un deuxième suaire. Or ce détail, dans le délire de monsieur Desper, est venu faire écho à la maladresse de Ripolsky. Si cette hypothèse se vérifiait, le vrai suaire serait bien mieux protégé dans les quartiers généraux de la Troisième Église. Qu'en pensez-vous ?

– Qu'il nous faut contacter Anton au plus vite. Nos missions doivent être parfaitement coordonnées. Avez-vous toujours sous la main les plans qu'il nous a fait parvenir ?

– Nos hommes les ont mémorisés. Si nous apprenons qu'un autre suaire est caché dans l'un des coffres du Pierre, cela ne posera aucun problème à nos équipes. J'aimerais tellement voir la tête de Bantok quand il devra s'expliquer aux membres de son directoire.

– Qu'en est-il de ses velléités de nous rejoindre ?

– Anton a fait du bon travail. Mais ce vieux menhir ne nous est d'aucune utilité. Je lui ferai seulement miroiter une place au pouvoir suprême. Il aura le choix entre nous rejoindre, ou payer le prix de sa négligence.

Spiris et Rischienko arrivèrent devant la salle d'expérimentation. C'était une pièce ceinturée, sur sa moitié droite, par une myriade d'écrans de toutes tailles et, sur sa moitié gauche, par des étagères blanches desquelles partaient des ruisseaux entiers de câbles électroniques reliés au fauteuil d'expérimentation.

Sur l'énorme fauteuil, le corps de Mark était lié.

Son visage paraissait passif, pourtant Spiris discerna rapidement l'ampleur du désastre. Il ordonna l'injection d'un produit destiné à figer l'expérience. Deux laborantins arrivèrent et prirent place sur les sièges vacants.

– Qu'en pensez-vous, Albert ?

– Je n'en sais rien. Toutes les expériences que nous avons menées jusqu'ici nous ont conduits à des résultats concluants. C'est la première fois que j'assiste à ce genre de réaction. Monsieur Desper a développé une résistance hallucinante. Nous sommes depuis plusieurs heures dans l'incapacité totale de lui faire subir le programme. Ce rêve, ou quelle que soit la nature de cet état de conscience, a complètement supplanté nos expérimentations.

– Je sais bien, je sais bien. Ce n'est pas du sommeil paradoxal, ce n'est ni de l'hypnose ni même une décompensation psychotique.

– D'après ce que vous pouvez lire de ses pensées, où en est-il ?

– Il vient de s'échapper de Black Stone.

– Et là, en ce moment précis. Que se passe-t-il ?

– L'injection l'a figé dans une sorte de sommeil associé à son délire. Il croit s'être endormi dans la végétation.

– Ce serait peut-être le moment de le réveiller. J'apprécie assez cette idée que nous avons eue de calquer sur ses périodes d'endormissement des périodes de vrai réveil avec les tortures dont nous disposons. Il pourrait à terme s'avouer vaincu.

– C'est notre seule alternative. À moins qu'il me soit possible de m'inviter dans sa conscience et de tirer moi-même les ficelles de ses personnages.

Albert Rischienko se retourna vers l'un des laborantins et ordonna l'extinction des lumières ainsi que le réveil du cobaye. De nombreux haut-parleurs disséminés dans le laboratoire émirent d'effroyables hurlements.

Spiris saisit un micro et interpella Mark Desper :

– Qui es-tu pour te croire plus grand que le maître ?

Mark remuait de toutes ses forces sur le siège dont les entraves lacéraient ses poignets.

Il reprit de plus belle :

– Qui es-tu pour te croire plus grand que le maître ?

Mais une voix plus grave encore se répandit dans la pièce.

– Je suis Elohim, le Seul, l'Unique, ton Créateur et ton Dieu. Qui es-tu pour te croire plus grand que cet homme ? Qui es-tu pour le martyriser ainsi ? Je ne suis pas sourd à ses prières ni à celles de mon peuple. Mais toi, il n'y a plus rien que tu puisses espérer sinon cette mort éternelle que tu as toi-même choisie.

La lumière se fit, ainsi que le silence. Le visage de Spiris exprimait pour la toute première fois une profonde inquiétude.

– Qui était-ce ? demanda Rischienko.

– On ne prononce pas son nom, glapit Spiris avant de reprendre : s'Il s'engage tout entier face à nous, il faudra trouver une autre stratégie. Je peux gagner contre une âme esseulée mais je ne peux pas gagner contre Lui.

– N'est-ce pas pourtant notre unique entreprise, annihiler sa toute-puissance ?

– Personne, pas même le Prince, ne peut espérer gagner contre lui, en face à face. Notre seul moyen de le vaincre est d'emprunter la faille insoupçonnée de sa glorieuse perfection : sa confiance en l'homme. Si nous parvenons à dérober le suaire et si, selon les procédés décrits dans le *Trilibrium*, nous parvenons à le détruire, alors c'en sera bel et bien fini de Dieu. Ils veulent la guerre des Pyramides ? Il n'y aura pas de guerre car ils n'auront pas le secours de leur chef. Oui, si nous tenons le suaire, rien ni personne ne pourra faire quoi que ce soit contre nous.

– Mais le suaire n'a-t-il pas déjà été entamé afin d'être daté ?

– Bien sûr ! Et la datation au carbone 14 a clairement démontré qu'il s'agissait d'une copie postérieure. Ah !

Ces imbéciles de la Troisième Église croyaient nous piéger en nous révélant, par un habile jeu de fausses négligences, l'existence d'un deuxième suaire dans les caves du Vatican. Pourtant, je suis de plus en plus persuadé que le seul suaire digne de ce nom ne se cache ni à Turin ni au Vatican, mais quelque part à la Troisième Église. Anton Xantz n'a qu'à bien se tenir. Dès que la situation concernant monsieur Desper sera rétablie, je lui ferai cracher le morceau. Finalement, ça ne s'annonce pas si mal.

38

Bantok, seul dans sa suite au plus haut étage du Pierre, se savait pris au piège. Un insoutenable questionnement le mettait au supplice. Dans sa conscience malmenée, il reconnaissait sa relative incompétence. Il avait accédé au pouvoir quand la Troisième Église vivait les heures les plus sombres de son histoire. Deux hauts responsables avaient alors été retrouvés assassinés, un autre avait disparu. Il aurait certainement fallu un directeur de poigne pour redresser la confiance, mais la solution imposée par le conseil avait été un homme de compromis et, à sa plus grande surprise, il avait été désigné directeur de transition. Seulement, le pouvoir impliquait certains avantages et Anton Xantz, pour une raison qu'il n'avait su élucider à temps, s'était proposé comme soutien contre sa croissante impopularité. S'il avait réussi ensuite à retrouver, pas à pas, une certaine confiance du conseil, c'était par l'inestimable entremise de ce calculateur retors. La Troisième Église n'était pas épargnée par les luttes intestines. Le pouvoir y impliquait comme ailleurs la corruption des consciences et l'horrible frayeur de ses dirigeants de perdre le contrôle. Voilà donc quelle était cette angoisse qui faisait palpiter le cœur de London Bantok : se faire expulser du conseil et perdre ainsi les avantages du pouvoir suprême, celui-là même qui lui donnait autorité sur les plus hautes instances du Vatican.

– Je ne peux pas trahir mes pairs.

Sa voix résonna amèrement dans sa gorge sèche.

– Mais il m'est impossible de dénoncer Anton.

Xantz avait su profiter de la mollesse d'âme de son protecteur. Ils avaient ensemble commis les pires malversations.

Ce bras droit, qu'il avait longtemps estimé pour l'indéfectible confiance qu'il lui portait, venait de dévoiler ses réelles intentions. S'il avait soutenu London Bantok, c'est qu'il souhaitait décapiter la Troisième Église. Anton Xantz était l'agent de Spiris, infiltré dans les plus hautes sphères du pouvoir de la Troisième Église, et Bantok ne pouvait pas le dénoncer. L'idée ne lui venait pas qu'une telle abnégation puisse rétablir pour partie sa crédibilité au sein de l'ordre. La lutte ancestrale opposant ses frères d'armes aux satanistes s'était évanouie au profit de sa lutte égoïste pour conserver le pouvoir.

Au même moment, à la Trinity Veritas, Spiris avait quitté le laboratoire et se dirigeait vers son bureau. Un bureau qui n'avait rien d'ostentatoire. Seul attribut de sa puissance : une maquette en ébène exécutée par un artiste occulte. Elle était la représentation du château de l'âme décrit par la sainte espagnole Thérèse d'Avila.

Cependant, cette maquette n'aurait certainement pas été du goût de la vénérable, car l'artiste Invisible qui en avait signé la réalisation s'était attaché à représenter une âme ravagée par le péché. Le château était ainsi hissé sur un monticule de vieilles ruines labyrinthiques, de caves fielleuses abritant les plus horribles ténèbres.

Spiris s'assit sur le cuir crème de son fauteuil puis promena sa main jusqu'au téléphone dont il agrippa le combiné. Un intense sourire de satisfaction vint illuminer son visage.

– Allô, Anton ?

– Lui-même, monsieur Spiris. En quoi puis-je vous être utile ?

– Ah, Anton ! Une malheureuse nouvelle a plongé mon pauvre cœur dans d'abyssales désillusions. Voyez-vous, mon petit doigt m'a dit que vous me cachiez quelque chose.

– Vraiment ? hésita Xantz.

– Vraiment !

– Mais… je… je ne vois pas ce que vous voulez dire. Pourriez-vous être plus précis ?

– Vous me demandez une chose bien curieuse, mon cher Anton. J'avoue même que, de ceux qui me connaissent, vous êtes le premier à me la demander.

– Je… je ne comprends pas.

– Alors je vais vous expliquer. Sachez pourtant que j'ai une réelle horreur de devoir préciser ma pensée, surtout quand elle est aussi claire.

– Mais… je n'ai rien cherché à vous cacher. Vous savez fort bien que…

Spiris l'interrompit d'un ton qui frisait l'agacement.

– Personne ne me dicte ma conduite, Anton. Personne ne pense à ma place. Personne ne sait ce que je sais. Vous me cachez quelque chose et c'est à vous de faire vos aveux. Si j'avais, selon vos propres désirs, à préciser davantage ma pensée, vous paieriez très cher cette méprisable insolence. Il n'y a, en effet, aucun renseignement que je vous autorise à me dissimuler.

– Mais… je…

– Oui, Anton, reprit Spiris, et il était difficile de savoir s'il bouillait de colère ou s'il jubilait. Votre angoisse vous accuse. Ainsi vous comptiez monnayer cette information décisive en attendant le moment opportun. Votre cupidité risque de vous entraîner bien bas. Parlez-moi donc de ce fameux tissu, ricana-t-il encore.

– Le… le suaire ? glapit Xantz avec effroi. Mais… je… je ne vous en avais pas parlé ?

Spiris cessa de rire et se crispa sur son fauteuil.

– Faites très attention à vous, Anton. J'accepte beaucoup de mes serviteurs mais en aucun cas l'entêtement dans la sournoiserie. Vous avez eu l'audace de me cacher cette donnée cruciale et, si je n'avais pas eu le flair qui me caractérise, l'entreprise du Prince en aurait été dramatiquement compromise. Où est ce suaire ?

– Je…

Xantz paraissait à deux doigts de se faire dessus. Spiris reprit la parole, articulant chaque syllabe.

– Si je sens la moindre fourberie dans votre réponse, Anton, je vous promets la plus pénible des épreuves. Le Prince a beau peiner, depuis mon incarnation, à me communiquer ses conseils et ses déductions, je garde somme toute une puissance que vous avez sous-estimée. Ce qui sauve notre cobaye, c'est sa pureté. D'un seul soupir, Anton, d'un seul fléchissement de ma volonté je peux vous plonger dans l'abîme de noirceur qu'est devenue votre âme depuis qu'elle s'est rangée à mon service. Maintenant que vous êtes prévenu, je suis tout disposé à vous écouter.

– Euh… Il y a effectivement un autre suaire dissimulé au siège de la Troisième Église, bégaya Xantz.

– Est-ce le vrai ?

– Oui ! Sans… sans aucun doute possible.

– Où est-il entreposé ?

– Il a sommeillé quelques années dans le coffre principal du Pierre avant… avant d'être dissimulé dans la chambre de monsieur Bantok.

– Dans un autre coffre ?

– Non. Dans son armoire à linge. Juste posé au milieu de ses draps. L'armoire est située à gauche du lit. Il n'y a pas un seul garde dans les environs et la serrure de Bantok est une serrure magnétique tout ce qu'il y a de plus banale.

– Impeccable, Anton. Nous sommes sur le point de porter le coup de grâce à notre ennemi. Si le vol du suaire est une réussite, une place de choix vous sera réservée.

– Vous ne m'en voulez donc pas ?

Spiris ne put réprimer un ricanement.

– Nul pardon, nulle confiance. Votre traîtrise était prévisible. Vous n'avez obtenu que mon indifférence. Au revoir, Anton.

Après avoir raccroché, Spiris joignit les mains en prière et exulta :

– Cette fois-ci, c'en est fini de l'incorrigible bon grain. C'est à l'ivraie de prendre le contrôle. Mon Prince, bientôt vos espoirs seront couronnés de succès. Le jardin des délices deviendra le champ de ruines que vous désiriez depuis la nuit des temps, et vous serez glorifié par la douleur éternelle de notre Créateur.

39

Dans l'église Saint-Irénée, Rose commençait à se poser des questions.

– Ça fait plus d'un quart d'heure de retard, s'exclama-t-elle alors que Benjamin mettait toute son énergie à tenter de déplacer le crâne sur lequel un O calciné indiquait selon lui la localité du passage secret.

– Je n'y peux rien, grommela celui-ci. Je ne suis pas un pilleur de sépultures. Ce crâne est le seul à ressortir de l'ossuaire. Je ne vois pas d'autres solutions.

– Qu'est-ce que tu fabriques, Sergio ? demanda Rose.

Sergio caressait, un à un, chacun des crânes entreposés, dans l'espoir de trouver un mécanisme dissimulé.

– Tu vois bien. Je leur fais une beauté.

– Ce n'est pas le moment de plaisanter. Si notre contact n'est pas là dans les minutes qui viennent, c'est qu'il s'est fait démasquer. Donny ?

– Oui madame !

– Qu'est-ce que tu as emporté comme explosif ?

– Un pain de C4 et deux de Semtex.

– Est-ce qu'il serait possible selon toi de dynamiter cette crypte ?

– Ossuaire, il s'agit d'un ossuaire, précisa Benjamin.

– Pas de problème.

Rose regarda sa montre.

– Prépare ton matériel. Si dans cinq minutes notre contact n'est pas là, je te donne toute liberté d'action.

Pendant qu'ils s'efforçaient de trouver un moyen d'entrer sans l'aide de leur contact, un convoi de voitures faisait son entrée sur la Cinquième Avenue. À leur bord, les six Invisibles désignés pour l'infiltration de la Troisième Église. Afin de s'assurer la plus parfaite discrétion, ils portaient pour seule arme un pistolet semi-automatique dissimulé dans leur blouson.

– Nous avons été annoncés comme des diplomates russes, rappela Oméga, leur chef de mission. C'est pour cela que nous arrivons en convoi de limousines. Tout est clair ?

– Chef, oui chef, hurlèrent les cinq hommes.

– Vous aurez un sourire pour chaque membre du personnel. Il n'y aura d'exécution qu'en cas d'extrême nécessité. Je passerai avec vous deux par la porte principale. Vous autres, vous passerez par l'entrée de service.

Les voitures se garèrent devant le palace. Le leader Oméga glissa un billet de vingt dollars dans la poche du groom qui leur ouvrait la portière. Trois de ses hommes contournèrent le bâtiment. Dans les derniers étages, personne ne prêta attention à ces six hommes en noir qui venaient de débarquer. On s'attendait certes à une possible infiltration, mais certainement pas à une mission Invisible à découvert.

À quelques kilomètres de là, Jimmy courait dans le dédale des sous-sols de la Trinity Veritas. La torche qu'il avait attrapée projetait autour de lui des flammes irritées par les frottements de l'air. Leur bruit, mêlé à ceux de ses pas et de sa respiration haletante, cachait les saccades lointaines d'Ingrid et des trois hommes lancés à sa poursuite. S'il s'était retourné, il n'aurait probablement rien remarqué car la sataniste, décidée à se laisser guider par la seule luminosité de sa proie, ne brandissait aucune torche.

Le lieu du rendez-vous approchait. Devant lui, la galerie continuait sur une trentaine de mètres, un long boyau noir aux murs lisses et brillants. Soudain, jaillissant des ténèbres, apparut une statue hindoue de Kali aux mamelles obscènes.

Ingrid se mit à hurler.

– Descendez-moi ce traître.

De l'autre côté, la petite équipe s'acharnait à trouver une entrée. L'hypothèse d'une destruction de l'ossuaire par plasticage avait été rangée aux oubliettes car elle risquait d'entraîner avec elle la destruction pure et simple d'une partie de la chapelle. Sergio continuait à malmener chacun des crânes rangés en file indienne et Benjamin s'entêtait sur celui portant le O.

– Moi je vous dis que je suis sur la bonne voie, grogna Sergio, tandis qu'il passait sa main sur un autre crâne.

Jimmy, alerté par l'ordre d'Ingrid, eut juste le temps de se cacher derrière la statue. Sa torche était tombée à terre. Il la tutoyait du bout des doigts quand il essuya un premier tir qui faillit lui déchirer la main. Ingrid, à une trentaine de mètres, avançait avec prudence, ne sachant si sa proie était armée. Entre les jambes trapues de la statue maléfique, Jimmy risqua un œil et réalisa qu'il était le seul à avoir emporté une torche. Il regarda la flamme avec un soupçon d'appréhension, puis se décida à écraser la mèche sur le sol.

Les coups de feu cessèrent dans l'instant.

– Vous vous souvenez de sa position ? demanda Ingrid.

– Oui, chef !

– Alors butez-moi ce moins que rien, vociféra Ingrid avant que sa voix soit couverte par la reprise des coups de feu.

Jimmy sentit les balles ricocher autour de lui. Mais, protégé par la statue, il aventura son bras sur le corps de métal à la recherche des mamelles.

– Éloignez-vous, ordonna Rose, tandis que le raffut des armes traversait l'épaisseur de l'ossuaire.

Ingrid profita des salves de ses lieutenants pour essayer de contacter Spiris par la pensée.

« Maître, il nous faut des renforts à la porte Irénée. » Mais Spiris était trop occupé à martyriser Mark.

Les pétarades projetaient partout des éclairs. Par bonheur, la statue protégeait si bien Jimmy qu'aucune balle ne l'avait encore atteint. Les coups de feu cessèrent.

Ingrid appela :

– Monsieur Riversteel ? Que diable espérez-vous donc ?

Jimmy répondit :

– Votre mort, madame Olganov.

Protégé par l'obscurité ainsi que par l'arrêt des coups de feu, il promena une nouvelle fois ses doigts tremblants vers les mamelles de la statue.

« J'y suis presque », pensa-t-il.

Sa main sentit le métal se tordre sous ses doigts. Au même instant, Sergio constatait que le crâne qu'il poussait n'offrait aucune résistance et commençait à s'enfoncer, de même que le crâne marqué du O tournait dans les mains de Benjamin.

– Ça y est, hurlèrent-ils en chœur.

Et ils disparurent dans le sol, happés par deux trappes qui s'ouvrirent sous leurs pieds.

Au rez-de-chaussée du palace, dans le secteur réservé au personnel, l'infiltration Invisible se poursuivait sans encombre. Seul le voyant orangé de l'ascenseur trouait l'opacité des lieux de sa lumière discrète. Un grésillement précéda l'ouverture des portes. La cabine permettait de contenir sans problème les six membres du commando. Sur le panneau de droite, un écran tactile attendait la composition d'un code d'accès.

Oméga entra le code dont il disposait.

« Accès refusé », dit une voix métallique.

Il tenait un petit papier plié dans une main tandis qu'il tapotait le panneau métallique de l'ascenseur.

– Qu'est-ce que tu lis, toi ?

– SONIW, chef !

– C'est exactement ce que j'ai tapé.

Dans le couloir, ils entendirent les discussions de deux individus en approche.

– Faites le ménage pendant que je contacte monsieur Spiris.

« Accès refusé », reprit la voix métallique après que le leader Invisible eut entré une deuxième fois le code.

Deux discrets coups de feu retentirent, étouffés par un silencieux. Les corps de deux employés de ménage s'écroulèrent sur le sol, touchés entre les yeux.

– Débarrassez-moi de ces déchets, ordonna Oméga avant de reprendre d'une voix respectueuse : Allô... Monsieur Spiris ?

Le leader, à bout de nerfs, triturait le papier chiffonné.

– Oui maître, je crois qu'on a un petit pépin. C'est le code...

Mais à force de le malmener, le pliant, le dépliant sans cesse, Oméga se retrouva devant un nouveau code un peu plus convaincant.

– Eh bien ? siffla Spiris.

– Attendez, maître. Je crois que le problème est résolu.

Oméga entra MINOS, et la voix métallique déclara :

« Bienvenue dans l'ascenseur réservé au personnel de la Troisième Église. »

Et la porte se referma.

Quarante et un étages plus haut, comme ils venaient de constater que l'ascenseur privé des membres du directoire était en cours de réparation pour une panne électronique, Roger et Max attendaient devant la porte close de l'ascenseur de service. Dans le hall pavé de mosaïques blanc et bleu, Max appuyait sur le bouton d'appel.

À Saint-Irénée, Benjamin et Sergio, happés par la trappe, tombèrent sur le sol dans un déluge de coups de feu. Benjamin se rua derrière l'imposante statue tandis que Sergio sortit son arme et initia la riposte.

– Qu'est-ce qu'on fait, Rose ? grommela Donny.

– On n'a pas le choix. Il faut s'engouffrer dans le passage.

Au-dessus des pétarades, Dawson et Donny se positionnèrent chacun sur une trappe.

– On se donne rendez-vous chez l'Éternel, s'enthousiasma Donny avant de se laisser tomber.

– Au carré VIP, ajouta Dawson.

Les détonations s'intensifièrent avant de céder la place au silence. Rose, qui s'apprêtait à les rejoindre, entendit la voix désespérée de Sergio. Arrivés sur le champ de bataille par la voie des airs, Dawson et Donny avaient à peine eu le temps de se redresser qu'une salve les avait cloués au sol, à tout jamais. La vengeance de Sergio fut expéditive. Trois détonations plus tard, les trois soldats Invisibles tombèrent. Le silence qui s'abattit sur la galerie se conjugua aux halos tristes des lampes torches de Dawson et Donny. Sergio vint s'agenouiller près d'eux et se mit à pleurer. Ingrid, quant à elle, s'enfonçait aussi silencieusement que possible dans les profondeurs de la galerie.

40

Dans l'ascenseur de service, la concentration du commando Invisible était maximale. Une fois qu'ils auraient atteint le bon étage, il leur faudrait emprunter les escaliers réservés au personnel et éliminer les éventuels obstacles. Car seuls les escaliers permettaient d'accéder discrètement à la suite de London Bantok.

– Ne faites feu qu'en cas d'extrême nécessité, murmura Oméga. Si nous pouvons mener cette mission sans plus faire la moindre victime, je considérerai que notre réussite est totale.

Devant les portes désespérément closes, Maximilien sentait l'impatience l'envahir. Do'Haley tenta tant bien que mal de détendre l'atmosphère.

– Là, au moins, c'est un ascenseur bien costaud, ironisa-t-il. Pas de risque qu'il tombe en panne.

– Oui, ce serait quand même dommage de ne plus jouir de petit-déjeuner en chambre, soupira Maximilien. Il n'empêche que je ne suis pas sûr qu'un escargot serait beaucoup plus lent à grimper tous ces étages.

– Qu'est-ce que tu veux ! Il vaut mieux une mécanique antique qui prend son temps, qu'un circuit électronique high-tech qui ne marche qu'une fois sur deux.

Il n'y avait plus que dix étages entre les deux camps.

– Tenez-vous prêts, chuchota le leader Invisible.

– Te voilà, toi ? grinça Maximilien le visage empourpré.

– Plus que deux étages, marmonna Oméga.

– Il arrive, sourit Roger.

Prenant une profonde inspiration, Oméga serra son pistolet contre lui cependant que les portes de la cabine s'ouvraient en grand.

Dans la galerie de la Trinity Veritas, Rose s'était enquise du vrai nom de numéro X.

– Jimmy, c'est tout de même plus simple, sourit-elle.

Ce dernier répondit :

– Au lieu de perdre notre temps, nous devrions nous occuper du plus urgent.

– Libérer Mark ? proposa Benjamin.

– Régler son compte à madame Olganov !

– Vous voulez dire qu'Ingrid est ici ?

– Affirmatif ! Et, si nous ne l'éliminons pas dans les minutes qui viennent, c'est la mission tout entière qui risque de tomber à l'eau.

– Qu'est-ce qu'il fout cet ascenseur ? grogna Roger, contaminé par l'impatience de son ami.

Un étage en dessous d'eux, le commando venait de sortir de la cabine.

– Bloquez-le, ordonna le leader Invisible. Si nous pouvons empêcher la circulation du personnel pendant notre mission, ce sera toujours ça de gagné.

– Chef, oui chef, cria l'un de ses lieutenants avant de relever le levier qui bloquait les portes.

– Si l'ascenseur ne repart pas dans la minute qui suit, bougonna Maximilien, je ne réponds plus de rien.

– On n'a qu'à prendre les escaliers de service et retrouver l'ascenseur à l'étage en dessous.

Le commando Invisible se dispersa dans le hall afin de s'assurer qu'aucun intrus n'était en approche, puis s'infiltra en silence dans la cage d'escalier.

– Tu vois l'interrupteur ? demanda Max.

– Non ! On y voit moins que dans de la purée de pois.

Le leader Invisible fit un signe à ses lieutenants. La lumière s'alluma quelques secondes, grésilla puis clignota.

– M'étonne pas que le personnel en ait marre de nous servir des petits déj au lit, soupira Maximilien.

Rose balada son halo vers le fond de la galerie et découvrit la silhouette d'Ingrid secondée par une ombre gigantesque. Mais d'un froissement de tissu involontaire, elle activa quelques instants, sans en avoir conscience, sa balise de détresse. À ses côtés, Sergio éprouvait une certaine appréhension face à ces murs noirs et brillants comme du pétrole.

– Bizarre cette couleur de mur, s'étonna-t-il

– C'est de l'obsidienne, déclara Benjamin. C'est avec ce verre volcanique que les Aztèques fabriquaient leurs couteaux de sacrifice.

Rose leur intima de dégainer. Devant eux, Ingrid, cachée derrière une statue, rechargeait son pistolet. Sergio plongea au sol, suivi de Benjamin. Une balle siffla au-dessus de leurs têtes.

– Éteignez vos torches, ordonna Rose.

Au Pierre, le leader Invisible, son pistolet pointé en l'air, se mit à gravir les marches plongées dans la pénombre. Dans la poche de son pantalon, Maximilien sentit une vibration.

– Qu'est-ce qui se passe ? s'inquiéta Roger.

– C'est la balise de Rose. Elle doit être dans une mauvaise passe. Il faut convoquer le conseil de toute urgence.

Oméga, d'un signe de la main, fit stopper à ses hommes leur progression.

– Tu viens ? s'impatienta Max alors qu'il gagnait la porte de sortie.

41

À des milliers de kilomètres de là, dans le dédale des catacombes vaticanes, un commando d'une dizaine d'Invisibles s'avançait vers l'entrée des caves interdites du Vatican. Venant du fond de la galerie, un ecclésiastique sortit à leur rencontre, éclairé par une antique lampe à huile qui se balançait au bout de son bras. À sa ceinture pendait un volumineux trousseau de clés. D'un sourire candide, il tendit une main molle au leader Delta, le chef de l'escouade Invisible.

– Je suis le père Sabinari. Je suppose que vous venez pour le suaire.

– Et qu'irions-nous faire d'autre ici ?

L'enceinte dans laquelle ils se tenaient se colorait sous les feux irréguliers des torches. L'air était lourd. On ne voyait des hommes en noir que leurs yeux crispés à travers la fente de leur cagoule. Le prêtre, passant sa main dans ses cheveux blonds, soupira :

– Question stupide, je le concède.

– Où est-il ? s'emporta le leader Invisible.

– Oh, n'ayez crainte. Je vais vous montrer. Vous n'aurez qu'à me suivre.

– Passez devant !

– Et, selon vous, pourquoi votre commanditaire ne vous demande pas de voler celui de Turin ? s'amusa le père Sabinari.

– Peu m'importe, grinça l'homme en noir.

– Parce que c'est un faux ! reprit le prêtre comme s'il se trouvait face à une banale audience d'étudiants chrétiens. À mon humble avis, il n'y a jamais eu de suaire qui vaille. Tout cela n'est qu'une mascarade pour faire rêver le peuple.

C'est d'ailleurs pour cette raison que j'ai accepté de vous donner accès aux caves. Il n'y a rien que du fantasme sous ces murs. Quelques toiles sans intérêt, beaucoup d'araignées et presque plus de rats, bref, rien qui puisse me faire regretter cette modeste traîtrise et l'énormité du chèque que je vais bientôt toucher.

– Eh bien, pour cela, il va falloir apprendre à m'obéir.

Le leader Invisible sortit un revolver de son holster et pointa le canon sur la tête du prêtre dont le teint devint subitement plus blanc qu'un cierge pascal.

– Le… le suaire ? bégaya-t-il. Mais pas de problème ! Pas de problème ! Où est-ce que j'ai fourré cette clé ?

– Dépêche-toi, sinon cet argent ne servira qu'à te payer une tombe en or massif.

– Je… je… je l'ai, s'écria-t-il, en brandissant une grosse clé.

– Allez, vous autres ! La visite va commencer.

Le leader rangea son pistolet et reprit en dévisageant le père Sabinari :

– Si tu te tiens tranquille, ce petit joujou restera dans sa cachette. En revanche, à la moindre incartade, je me ferai le plaisir de te fumer les neurones. C'est assez clair, monseigneur ?

– Tout… tout à fait. Je vais faire très attention. J'espère seulement que nous ne croiserons pas le concierge.

Le leader sembla sourire sous sa cagoule.

– Ça vaudrait mieux. Je suis tout disposé à t'épargner mais si nous croisons qui que ce soit, il te faudra célébrer les enterrements de tes camarades avant d'aller te dorer la couenne au soleil.

Puis il lui fila une claque dans le dos en ajoutant :

– Ça lui fera une bonne conscience à notre petit prélat, hein ?

Pendant ce temps, le commando chargé de subtiliser le suaire caché dans le palace new-yorkais arrivait au dernier étage. Aucun obstacle n'était venu perturber sa progression et le groom, qui avait en partie rendu possible la mission, accueillit les hommes en noir devant la porte du grand maître.

– Messieurs, c'est ici que ça se passe.

– Où sont passés tous les dirigeants ? demanda Oméga.

– Ils sont en réunion de crise, persuadés que votre infiltration vers la salle des coffres est imminente. Je n'étais pas moi-même au courant de la nouvelle cachette du suaire. C'est monsieur Xantz qui m'en a informé.

– Êtes-vous sûr qu'il s'agisse bien de l'original ?

– Tout ce que je sais, c'est que seuls messieurs London Bantok, Maximilien de Finbois et Roger Do'Haley connaissent cette cachette. Ils souhaitaient sûrement vous tendre un piège.

– Vous avez entendu, messieurs ? La voie est libre.

Dans la salle du conseil, Roger et Max s'efforçaient de rassurer l'audience sur le fait que le suaire était en sécurité dans les coffres et que la garde avait été renforcée.

C'est alors que Xantz prit la parole :

– Chers membres du conseil. Vous vous êtes récemment exprimés sur votre désir de changer de direction. Votre soutien à nos deux frères bien-aimés, responsables jusqu'ici de la section commando, implique un total changement de responsabilités. La sécurité du suaire vient de passer entre leurs mains. Peut-être est-il temps, mon cher Roger, d'expliquer aux membres du directoire la teneur de votre plan ?

– Le suaire repose dans le coffre et nous avons placé les deux tiers de nos gardes en surveillance rapprochée.

– Il vous faut réaliser à présent toutes les conséquences de votre tentative de prise de contrôle. Le moindre échec vous coûtera non seulement votre crédibilité, mais encore votre place.

À l'ordre d'Anton Xantz, quatre gardes firent leur entrée, l'arme au poing.

– Arrêtez-moi ces traîtres ! ordonna-t-il.

– Pour quel motif ? s'indigna Maximilien.

– Entente avec l'ennemi, répondit Bantok. Le suaire n'est plus dans le coffre. Vos gardes surveillent une cache vide.

Les gardes immobilisèrent Max et Roger et le directoire aussitôt se déchira. Dans le raffut des interjections hostiles, Maximilien ne mit pas longtemps à comprendre la situation. Les Invisibles étaient en train d'infiltrer le palace. Xantz renseigné par Bantok avait dévoilé la cachette à l'ennemi, espérant leur faire porter le chapeau afin de reprendre le contrôle.

– Le suaire est dans votre chambre, Bantok, hurla Maximilien. Nous avons établi ce changement de plan avec vous ce soir même.

– Cela est une pure trahison, poursuivit Roger. Xantz et Bantok ont pactisé avec l'ennemi.

Bantok regarda sa montre et rétorqua :

– Eh bien ! Je propose que nous allions vérifier tout ça de ce pas, après que nous aurons vérifié le contenu des coffres du sous-sol.

Dans le laboratoire de la Trinity Veritas, Mark ne souffrait plus. Ses paupières étaient maintenues ouvertes par des pinces, mais une femme occupait tout l'espace de son être, et compromettait l'incarnation du Prince.

– Trinity, murmura-t-il inconscient.

Spiris répliqua, en tentant de garder son calme :

– Qu'est-ce que tu crois, mon petit Mark ? Que je vais te laisser ridiculiser ton maître ? L'enfer ! Voilà ce que je veux pour toi, misérable microbe. Et la souffrance la plus atroce pour ton Créateur. Tu m'entends, dieu de misère ? postillonna-t-il. Tu ne peux rien contre la haine du Prince.

Le porteur de lumière est devenu par toi le porteur de ténèbres. Voici que je plante de nouveaux clous dans ta chair, voici que je transperce ton cœur d'une deuxième lance plus cruelle. La distance que tu as voulue entre tes enfants pour les rendre libres sera la cause de ta chute. Quant à toi, Howard, puisque tu t'imagines que c'est là ton vrai nom ! Écoute bien ceci : ton frère est mort.

– Trinity, soupira Mark comme une énième insulte jetée à la face de son tortionnaire.

Celui-ci fit silence, avant de soupirer :

– Si tu ne viens pas où je te mène, tu ne récolteras que la mort. La venue du Prince est inéluctable et la chute de la Troisième Église, une question de minutes.

Dans la salle du conseil, le ton montait entre les deux camps.

– Éliminez ces traîtres, ordonna Xantz.

Le garde situé derrière Maximilien arma son pistolet et le colla sur sa tempe. Roger se secoua sur son siège tandis que deux autres gardes tentaient de l'immobiliser.

– Mais vous ne voyez pas clair dans leur jeu ?

Bantok était à deux doigts de s'évanouir. La violence n'était certes pas dans ses habitudes, mais il lui était impossible de faire machine arrière. Si le visage de Xantz n'exprimait que haine et mépris, lui pâlissait à l'idée d'assassiner deux innocents.

– Faites, faites-les taire immédiatement, bégaya-t-il.

Au Vatican, les Invisibles venaient de pénétrer dans l'enceinte principale. Le prêtre commentait chacune des salles qu'ils traversaient en s'efforçant d'oublier la menace qui pesait sur sa vie.

– Comme je vous le disais, il n'y a rien d'intéressant dans le coin. Quelques tableaux sans valeur, des archives aussi ennuyeuses qu'incomplètes. Presque tout ce qu'il faut savoir de l'Église a été révélé dès l'origine… pas de secret brûlant, rien que de la poussière sur quelques hectares de souterrains.

Le leader Invisible le regarda, amusé. Ainsi les menait-il vers où se cachait l'objet de leur quête bimillénaire. Devant eux s'étalait un véritable enfer pour vampires : des crucifix de toutes factures empilés, des milliers de croix et d'encensoirs, des bénitiers ébréchés amoncelés dans cette anticaverne d'Ali Baba, des piles d'aubes froissées montant jusqu'au plafond, des tableaux aux cadres ternes, des vierges de toutes tailles, un débarras mystique, une arrière-cour de chapelle plongée dans une nuit qu'éveillaient à peine les torches rougeoyantes des Invisibles.

Ils traversèrent ainsi, sur plusieurs centaines de mètres, ce gigantesque vide-bondieuseries, jusqu'à ce que, finalement, au loin, la timide lumière du concierge vienne à leur rencontre.

– Mon père ! s'étonna le concierge alors qu'il promenait son halo vers le prêtre. Que me vaut l'honneur de cette visite impromptue ?

Le leader Delta dégaina son pistolet et le prêtre n'osa pas s'interposer. Deux détonations plus tard, le concierge s'effondrait. Le père Sabinari venait de comprendre ce que sa traîtrise lui rapporterait. Les billets promis resteraient en possession du mystérieux commanditaire pour lequel il avait accepté d'organiser la visite des caves interdites.

– Le… le suaire est dans la prochaine salle.

– Très bien, siffla le leader. Je commençais à trouver le temps long.

Spiris, qui souhaitait suivre l'avancement des opérations de ses commandos d'élite, se concentra jusqu'à percevoir dans un coin de sa conscience ce que le chef de la mission vaticane s'apprêtait à découvrir. La salle de tous les espoirs venait de s'ouvrir. Au fond se tenait un tableau rectangulaire de près de quatre mètres de long. Sous le verre, un tissu était dissimulé. Un tissu somme toute assez quelconque et dont les traces prétendument divines, révélées au monde par les procédés argentiques, ne se voyaient presque plus. Qu'une telle relique puisse faire l'objet de tels déferlements de foi démontrait bien, selon Spiris, l'indigence crasse de la race humaine. Le chef de l'escouade brisa le verre qui protégeait le linge puis se retourna vers le prêtre.

– C'est ici que s'achève votre mission.

– Je suppose que je ne verrai jamais la couleur de mon argent, gémit le père Sabinari en fermant les yeux.

– Effectivement, votre récompense me semble compromise.

Une détonation claqua. Le prêtre s'effondra.

À New York, la deuxième mission touchait à sa fin.

– Faites attention, murmura Oméga, tandis qu'aidé par deux de ses hommes il retirait le linceul savamment caché parmi les linges de London Bantok.

Quelques étages plus bas, dans la salle du conseil, la tension était à son comble. Les quatre gardes tenaient en respect les cadres opposés au grand maître et à son bras droit.

– Je vous en supplie, s'alarma Roger, il est peut-être encore temps de sauver le suaire.

– Butez-le, hurla Xantz.

Mais les gardes n'étaient pas prêts à éliminer leur chef. Incapables de choisir entre leur confiance jusqu'ici indéfectible en Roger et Max, et l'obligation d'arrêter les traîtres quels qu'ils soient, ils baladaient leurs canons d'une cible à l'autre à la recherche de la vérité. Roger reprit, sur le même ton désespéré :

– Nous venons de perdre notre meilleure équipe à la Trinity Veritas.

– Cette mission n'avait pas été approuvée par le conseil, fulmina Xantz.

– Rose et Sergio sont morts à l'heure qu'il est parce qu'un traître a permis de démasquer leur contact.

Les gardes hésitaient.

– Xantz doit être éliminé sur-le-champ, ainsi que monsieur Bantok.

– Le suaire est peut-être déjà entre les mains des Invisibles, s'époumona Maximilien.

Le chef des gardes enfin se décida. Il redirigea son arme vers Anton Xantz et appuya sur la gâchette. La tête du traître partit en arrière. Un jet de sang aspergea les rideaux. Bantok, le visage blême, n'osait pas croire que la situation puisse lui échapper si près du but.

– Qu'est-ce que vous avez fait ? fit-il en levant les mains.

Au même moment, les Invisibles prenaient la fuite.

Quand Roger découvrit avec Max la porte de la suite laissée entrouverte, et les draps traînant sur le sol, il faillit s'effondrer. Des larmes roulèrent sur ses pauvres joues ridées.

Il soupira :

– Il ne nous reste qu'une seule chance. Leur barrer la route avant qu'ils s'exfiltrent de l'hôtel. S'ils sont encore dans l'immeuble, tout est encore possible.

42

Dans les sous-sols de la Trinity Veritas, la petite équipe courait à en perdre haleine sur les traces de la sataniste. À une soixantaine de mètres devant eux, elle était protégée par l'épaisseur de l'ombre. Les bifurcations s'enchaînaient : carrefours, virages à quatre-vingt-dix degrés, pentes et montées. Sur son fauteuil d'expérimentation, Mark endurait les pires souffrances. Toute l'intelligence démoniaque de son tortionnaire était mobilisée à détruire son âme. Si Mark devenait le Fils de Perdition prophétiquement nommé dans les écritures, ce serait l'avènement de jours plus noirs que la tourbe des Enfers.

– Tire ! hurla Rose.

Sergio appuya sur la gâchette mais le point de mire ne parvint pas à se fixer sur la sataniste.

Les murs défilaient. Les dalles d'obsidienne ressemblaient aux pierres encastrées d'un château cauchemardesque. *Black Stone !* C'est ainsi que Mark Desper avait retranscrit l'atmosphère de ce labyrinthe aussi glauque qu'un fond de tombe.

Cependant, moins entraînée pour le combat que ses poursuivants, Ingrid finit par perdre de son avance.

– Je te tiens ma jolie, s'exclama Rose en tendant son bras.

Elle actionna la visée laser de son pistolet. Le point de mire alla virevolter autour de la chevelure blonde. Enfin elle bloqua sa respiration et pressa la gâchette. Pourtant, la silhouette d'Ingrid s'évanouit, et la balle alla s'écraser sur une dalle de pierre noire surgie de nulle part.

– C'est quoi ça encore ?

La voix essoufflée de Jimmy répondit :

– Un des innombrables passages secrets de la Trinity Veritas.

Sergio s'aventura dans le passage et découvrit avec stupeur une petite cellule de deux mètres de côté.

– Où est-elle passée ? demanda-t-il à Jimmy.

– Aucune idée. Le fonctionnement de ce labyrinthe n'est pas connu des cadres administratifs.

Mais tandis qu'ils avaient tous pénétré dans le vestibule ouvert par le passage secret, la dalle se referma sur eux et ils se retrouvèrent emprisonnés dans son ventre de pierre.

– Pour qui se prend-il ? s'emporta Spiris.

– Les paramètres sont de plus en plus instables.

– Où en est-on ?

– À vous de me le dire, maître. Comme je vous en informais, nous ne maîtrisons plus aucun paramètre.

– Laissez-moi le temps de me concentrer, ordonna Spiris.

– Maître, je commence à croire qu'il profite de l'assistance supérieure du Créateur.

– Ne prononcez pas le nom interdit, siffla Spiris, dévasté par une rage incontrôlable. Ne prononcez pas le nom de l'ennemi ou je vous fais clouer sur une croix improvisée.

– Ne vaudrait-il pas mieux l'éliminer puisque le suaire est maintenant en approche et que, malgré tout, il nous reste le corps de Paterson ?

– Ce corps est mien et je tiens à l'emporter. Ma mission depuis toujours est de trouver un corps digne de notre maître. Le Prince mérite un corps d'exception, un corps parfait, un corps sélectionné selon nos critères et, avant toutes choses, un corps vierge de toute possession. Pourquoi croyez-vous que nous nous astreignions depuis tant d'années à ce programme spirituel ? Il ne s'agit pas de l'incarnation de n'importe qui ! Il s'agit de l'incarnation de notre seigneur.

Le visage de Mark se resserra, comme s'il participait à la conversation. Sa mâchoire crispée se mit à remuer.

– Trinity, grimaça-t-il. Trinity.

Pour Spiris, c'en était trop. Il évacua une partie de sa frustration en lui collant une gifle plus vive qu'un coup de griffe. Mark ne se réveilla pourtant pas et continua de prononcer le nom dans lequel il puisait toute sa force. Un rire s'échappa de ses lèvres. Ses pupilles dévisagèrent son tortionnaire et ses lèvres prononcèrent les mots de trop.

– Je suis le maître, sourit-il. Tu es mort par la rage que tu as insufflée en moi. Je suis le maître, Spiris, et tu n'es rien d'autre que ce chien que je viens de réduire au silence. Je suis le maître de tous ceux qui se croient plus forts que l'Éternel. Telle est ma mission. Tel est mon combat et toi, tu n'es que ce bout de viande morte dont le sang coule sur mes lèvres.

Spiris resta silencieux quelques longues secondes, puis il se retourna vers Rischienko.

– En voilà assez ! Je ne peux pas sans fin refuser l'évidence. Réveillez-le et qu'il meure. Mais que sa mort soit infâme. Ne serait-ce que pour venger le déshonneur qui m'est fait de décevoir ainsi notre seigneur.

Dans leur prison de pierre noire, Sergio, Rose, Benjamin et Jimmy s'en remettaient à la prière. Une longue larme coula sur la joue de Sergio. Son cœur n'arrivait pas à s'habituer au vide laissé par la mort de ses camarades.

En Rose se fit une invocation qui devait monter jusqu'à son bien-aimé :

– Mark, je t'en supplie, où que tu sois, si près de nous, si loin dans la douleur, écoute ma prière qui monte vers toi. Je suis là, Mark. Je t'entends qui m'appelle.

Rose ferma les yeux. Une larme se mit à briller sur sa joue.

– Je t'en supplie, Mark. Si tu dois tout oublier dans la geôle de Spiris, n'oublie pas mon amour. Je veux être la flamme qui brûle pour ton âme dans ta nuit. Je le crois maintenant, tu m'as été fidèle jusqu'au dernier souffle, jusqu'à ce dernier jour où tu m'as été enlevé.

Ses lèvres se mirent à trembler.

– Ne crois pas que je t'aie abandonné, Mark. Ne crois pas ces mensonges qu'ils te racontent. N'oublie pas : j'étais, je suis et je serai toujours ta Trinity.

Sous l'emprise de neuroleptiques, Mark venait d'entrer en prière lui aussi. La flamme de son secret venait de lui apparaître. La Trinité peut-être, sous les traits d'une femme.

De son côté, le groom du Pierre prenait contact avec Patrick Fiss Spiris.

– Oui mon petit, je t'écoute, fit le maître sataniste avec une nuance d'excitation dans la voix.

– Je viens d'apprendre qu'une mission a été initiée pour porter secours à monsieur Desper. Je n'ai pas pu vous prévenir avant parce que…

– Ne t'inquiète pas, mon petit, l'interrompit Spiris. Tu as fait un excellent travail jusqu'ici. Pour la mission de sauvetage, je suis au courant.

– C'est vrai ? Roger Do'Haley a annoncé qu'ils étaient perdus. Vous les avez donc arrêtés ?

– Non, pas encore, mais ce n'est qu'une question de minutes. Je les vois en ce moment même sur nos écrans de contrôle.

– Bien, monsieur Spiris. Si j'apprends quoi que ce soit, je vous fais signe immédiatement.

– C'est parfait, mon petit. Tu auras bien mérité ta récompense. Dis-moi, qu'en est-il de notre cher Anton ?

– C'est là que ça se gâte, maître. Le complot n'a pas abouti. Xantz s'est fait éliminer. Quant à Bantok, sa vie ne tient plus qu'à un fil.

– Quelles sont les options d'après toi ?

– Apparemment, ils voudraient lancer une vaste opération à la Trinity Veritas.

– Ha, ha ! Ils n'ont pas grande chance de réussir là où leurs meilleurs éléments ont déjà échoué. Leur seul espoir serait d'envoyer la totalité des troupes. Merci, mon petit, pour cette avance que tu nous donnes.

– Je vous suis dévoué, assura le groom.

– Et ta récompense sera à la hauteur de ton engagement. Au revoir, mon petit. Et n'oublie pas de me prévenir si la décision d'un assaut massif était prise.

– Si j'ai l'information, maître, vous serez le premier au courant.

– Au revoir, mon petit.

– Au revoir, maître.

Spiris raccrocha, un sourire de satisfaction aux lèvres, avant de se concentrer sur l'avancée de ses troupes. Ses capacités ubiquistes étaient purement spirituelles. Il savait se rendre partout en l'âme de ses hommes, en s'infiltrant dans leurs pensées.

Au Pierre, des cavalcades avertirent les Invisibles que leur infiltration avait été découverte. Le leader Oméga glissa un œil dans le passage qui menait aux étages inférieurs.

– Suivez-moi en silence, glissa-t-il à ses hommes.

Puis il pénétra dans la cage d'escalier.

43

– Haut les mains ! rugit une voix derrière eux, qu'un Invisible s'empressa de faire taire.

– Surveillez mieux vos arrières, ordonna Oméga.

Des bruits de portes retentirent. Il n'était plus question d'emprunter l'ascenseur de service.

– À trente-cinq degrés sous la rampe, un homme.

Un coup de feu claqua en réponse et les étages se succédèrent…

Trentième, vingtième, quinzième, ordres du leader, cadavres et détonations en rafale, mais pas un seul Invisible à terre. L'équipe ne fut bientôt plus qu'à dix étages de la sortie. La cohorte de guerriers lancée à leur trousse peinait à suivre leur rythme.

– En contrebas, quatre hommes, hurla Oméga en insérant un nouveau chargeur dans sa crosse.

– Chef, oui chef !

– Troisième étage, deux hommes ! N'attendez pas qu'on arrive à leur niveau.

Une salve vint clouer les deux cibles à terre.

– Maintenez la cadence, reprit Oméga en sautant par-dessus les cadavres. On n'en a plus pour longtemps. Je bipe le chauffeur et on s'exfiltre.

Dans le hall du personnel, une large ouverture donnait accès au local poubelle. Les cinq hommes se préparaient à y suivre leur leader lorsqu'une dizaine de soldats cagoulés sortit des ascenseurs. Par la fenêtre du local où il avait plongé, Oméga profita d'un angle mort pour armer son pistolet. Spiris, qui pouvait assister à toute la scène, saisit dans un tiroir de son bureau une sculpture en bronze striée de lézardes vertes : un Baal aux cheveux hirsutes, et y promena avec fébrilité ses doigts contaminés par le stress.

« Bientôt, mon Prince, songea-t-il tandis qu'il triturait la pâte métallique, bientôt vous serez incarné. Quant à Toi, insigne despote qui t'espérais éternel, tu ne trouveras personne pour pleurer sur ton sort.

« Voici venir le jour où tu périras d'avoir cru en tes fils. Ne vois-tu pas la mort se profiler autour de ton jardin ? L'Éden dont tu nous as chassés deviendra le champ de ruines qu'il était en puissance avant tous les siècles. »

Dans leur prison exiguë, Rose, Sergio, Benjamin et Jimmy, loin de céder au désespoir, contemplaient les dalles d'obsidienne. Finalement, Rose tourna son visage vers Jimmy et lui demanda :

– Est-ce qu'il y a des caméras dans le secteur ?

Jimmy parut troublé par la question. Il resta pensif avant de répliquer :

– Je n'ai jamais été mis en contact avec le centre de contrôle, mais, connaissant Spiris, je dirais qu'il y a de fortes chances pour que des caméras aient été disséminées dans toute la pyramide.

– La pyramide ? s'étonna Benjamin. Quelle pyramide ?

Rose le regarda doucement et lui répondit :

– À cause de ta jeunesse dans l'ordre, nous avons dû te tenir éloigné du secret, mais il est temps que tu en apprennes un peu plus que ce que tu ne sais déjà. Alors, oui, nous sommes dans une pyramide. Et je dirais même : une pyramide inversée.

– Vous ne pouviez pas me le dire plus tôt ? s'indigna Benjamin.

– Pourquoi donc ? s'étonna Sergio.

– Mais voyons, je suis archéologue. Lorsque j'ai été formé à l'université, l'égyptologie n'était pas en option. J'ai certes oublié tout un pan de l'histoire égyptienne mais, les pyramides, je connais leurs structures sur le bout des doigts. Si cette pyramide est inversée, cela me donne de sérieux indices quant à la position du centre névralgique de la Trinity Veritas. Vous voyez ces signes ? poursuivit-il en désignant les symboles hermétiques gravés à chaque coin des dalles vitreuses.

– C'est un Adam Kadmon, je crois.

– Exactement, répondit Benjamin. Et selon les cours d'occultisme prodigués par mon maître, je peux vous dire que c'est ce cher Adam Kadmon qui va nous sauver d'une mort imminente.

– Pourquoi ça ?

– Parce que c'est un point de repère tout ce qu'il y a de plus classique en alchimie. D'ailleurs, vu la position de l'Adam par rapport aux trois étoiles qui symbolisent la pyramide, nous sommes assez nettement au-dessus de l'objectif.

– Et c'est où ? firent Rose et Sergio.

– Ici ! s'exclama Benjamin tandis qu'il désignait un petit signe gravé dans la roche. C'est ici que sont dissimulées les salles mortuaires, notamment celle du pharaon. C'est donc forcément ici que Spiris a établi son laboratoire.

– Seulement, ce que vous oubliez, rétorqua Jimmy, c'est que nous ne savons pas où sont dissimulés les passages secrets.

– Rien de plus simple, reprit Benjamin. Voyez, si je balade ma lampe sur le pourtour de la dalle qui nous maintient prisonniers, je dois trouver… Ce signe, exulta-t-il.

– Quel signe ?

– Un chiffre 9 inscrit dans un rectangle, continua Benjamin sur le même ton enjoué. C'est une référence au *Livre des neuf portes du royaume des ombres*, d'Aristide Torschia. Un imprimeur sataniste du XVIIe siècle. Suivez les portes, elles vous mèneront au maître des lieux.

Sergio s'exclama :

– Un 9 dans un rectangle ? Il y en a un autre juste là.

Ils tentèrent de pousser la dalle mais rien n'y fit.

– Il doit y avoir un mécanisme, précisa Benjamin.

Rose colla son oreille contre la dalle close.

– Y a quelque chose qui cloche ? s'enquit Sergio.

La cheffe d'équipe leur ordonna d'éteindre leurs torches. Au loin, des bruits de pas précipités furent suivis d'un sifflement caractéristique. Sergio fit courir ses doigts sur la dalle à la recherche d'une issue de secours. Il se serait contenté d'un trou de souris mais les pierres étaient encastrées avec une égyptienne perfection. Ses doigts fébriles butaient contre le symbole taillé dans la pierre tandis que la troupe d'Invisibles approchait à grands pas. Le sifflement se fit plus menaçant. Le lanceur ne devait pas être loin car ils entendaient le bruit du brûleur entre chaque bouffée.

Un déluge de flammes s'abattit sur la paroi scellée.

En un rien de temps, des vapeurs d'hydrocarbures rendirent leur retraite aussi inconfortable qu'un pot catalytique. Sergio, la manche contre le nez, se mit à triturer le signe mais aucun levier n'était dissimulé sous la mystérieuse porte gravée.

– On va tous mourir, hurla Jimmy alors que les flammes augmentaient la température de la cellule de seconde en seconde, comme un four à taille humaine.

Sergio, dévasté par la peur, se mit à frapper de toutes ses forces le signe marqué dans la pierre et la dalle qui refusait obstinément de s'ouvrir s'enfonça dans le plafond. Devant lui, se trouvait un homme en armure, les genoux fléchis, le torse bombé, la tête dissimulée sous un casque argenté. Il tendait vers lui une lance dévorée de flammèches. On ne pouvait voir son sourire bien caché derrière la visière fumée.

Les dixièmes de seconde qui suivirent semblèrent se figer dans une éternité d'angoisse. Le feu allait venir. La fournaise rongerait bientôt leurs corps. Ils iraient s'effondrer sur le sol, la chair dévorée, calcinée. Mais cependant que les flammes débordaient du brûleur, le sol se déroba sous leurs pieds. Sergio venait de cogner du talon un autre symbole noyé dans la pénombre de leur cache. Les flammes passèrent au-dessus de leurs têtes. À peine avaient-ils compris ce qui se passait qu'une galerie s'ouvrait devant eux.

La petite troupe courait de nouveau dans le dédale de la pyramide noire. Benjamin se demandait quel plus grand mystère lui était inconnu pour qu'un être aussi clairvoyant que Patrick Fiss Spiris se soit plu à édifier une pyramide de cette taille dans les sous-sols de New York.

– Là ! hurla Sergio. Un autre signe.

D'un coup de poing, il déclencha l'ouverture d'un second passage. Rose et ses hommes se faufilèrent dans la brèche pour découvrir une cellule au milieu de laquelle un autre symbole était dessiné sur le sol. D'un coup de talon, Benjamin enclencha le mécanisme. Cette fois-ci, la dalle qui leur servait de sol effectua une rotation vers le bas. La chute fut brève. Ils atterrirent dans une vaste salle au fond de laquelle un passage s'ouvrit, laissant filtrer une faible lumière.

– On est arrivés, chef ? demanda Sergio à Benjamin sur le ton de la plaisanterie.

Mais il changea d'attitude. Trois hommes venaient d'apparaître dans le passage, l'arme au poing, sans leur laisser le temps de dégainer.

– Cette fois, messieurs, vous n'avez aucune échappatoire. Notre maître nous a dit « Pas de quartier ! » et nous tenons à obéir à notre maître.

Au rez-de-chaussée du palace, les Invisibles avaient leurs pistolets dirigés vers leurs assaillants. Celui qui portait le sac contenant le suaire baissa son arme et se prépara à envoyer l'objet du délit devant lui. Pendant ce temps, les autres Invisibles retournèrent leurs armes contre eux.

– Qu'est-ce que vous faites ? s'étonna l'un des soldats de la Troisième Église.

Le porteur envoya le sac en direction d'Oméga qui l'attrapa en plein vol.

Tandis qu'Oméga s'enfuyait, les Invisibles restant se suicidèrent un par un devant leurs adversaires hébétés. Profitant de la confusion, Oméga rejoignit le convoi de limousines qui démarra en douceur avant de se perdre dans l'épaisse circulation de Manhattan.

– Vous ne pouvez pas nous éliminer comme ça, déclara Jimmy qui, à la surprise de tous, s'était levé malgré les canons braqués sur lui.

– Tu veux dire… Comme ça ? ricana le plus proche des trois hommes avant de lui loger une balle dans l'estomac.

Le claquement du coup de feu se répercuta sur les dalles de la cellule. Jimmy s'effondra. Une montée de sang étrangla sa respiration. Ses yeux papillonnèrent.

Il gémit :

– Vous ne connaissez pas les intentions de… de votre maître. Moi… moi j'ai vu le plan de Spi… le plan de Spiris. Il faut que…

– Il faut que vous rejoigniez notre camp, termina Rose.

Jimmy venait de fermer les yeux. Du sang jaillissait encore de sa bouche. Les trois Invisibles se regardèrent quelques instants avant de braquer leurs revolvers vers les trois survivants.

– Désolé les amis. Il va falloir être plus convaincant.

44

– Allô, Max ?

– Où en es-tu ?

– C'est fini, Max. Le suaire nous a échappé.

– Ce n'est pas possible. Tu sais comme moi que nous n'en avons pas le droit.

– Quelles sont les options ?

– Laisse-moi tranquille. Je ne veux voir personne, soupira Maximilien, incapable de faire face à la terrible vérité.

Dehors, la nuit était plus opaque qu'à l'ordinaire. Debout à côté de son lit, il étendit un bras vers les couvertures et referma sa main sur le tissu.

– Mais que va-t-on faire, Seigneur ? Tu ne vas tout de même pas nous abandonner à la folie des ténèbres parce que nous avons failli à notre mission ?

Il resta ainsi quelque temps, perdu, les yeux dans le vague. Dans la poche de son pantalon, la balise s'était remise à vibrer. D'un geste agacé, il se saisit du boîtier.

– Tu vas te taire à la fin ! ragea-t-il en le projetant contre le fauteuil qui était dos à la fenêtre.

Heureusement, le coussin du fauteuil amortit la chute et la balise continua de vibrer comme si de rien n'était.

Max la regarda quelques secondes. Son visage enfin s'éclaircit.

– Rose, ma fille ! Merci mon Dieu, s'exclama-t-il. Tu es vivante. Ne t'inquiète surtout pas, je convoque le conseil en urgence.

Dans la cellule de la Trinity Veritas, Rose, bien que réticente à ce genre de gadget, s'était résolue à actionner sa balise de détresse. Benjamin, qui n'en était pas à sa première confrontation avec la mort, se tenait accroupi dans le fond de la cache. Les trois Invisibles avançaient vers eux, le canon en avant.

– Fermez les yeux, petits enfants, sourit l'un d'eux.

– Une minute, l'interrompit Rose. Quel que soit le prix que vous paie Spiris, nous vous en offrons le triple.

– Et qu'est-ce que tu crois ma chérie ? Qu'on a envie de se faire trouer la peau pour une jolie garce dans ton genre ? Votre mission était une pure folie. Vous n'aviez aucune chance. Même si on vous aidait…

– Même si on les aidait ? Mais qu'est-ce que tu t'imagines, l'arrêta celui qui semblait être le chef de la triade, que je vais te laisser discuter avec l'ennemi ?

L'Invisible arma son pistolet. Un cliquetis résonna dans la pièce. Il ne manquait plus qu'une légère pression de l'index pour que le crâne du brave Sergio aille éclabousser la cellule déjà entachée par le sang de Jimmy.

– Est-ce que vous savez seulement quel est le véritable projet de Spiris ? demanda Rose.

– Nous payer un bon paquet, grimaça l'Invisible le plus en retrait.

Rose les regarda, le visage parcouru par un profond sourire.

– Un bon paquet ? Mais alors. Vous n'êtes pas dans le secret ?

– Le secret ? Quel secret ? s'exclama le chef.

Rose le regarda sans ciller.

– Tu vas répondre ou je te troue la peau avant les autres.

Mais Rose ne se laissa pas intimider.

– Spiris ne vous a-t-il jamais dit qu'il valait mieux être hôte de marque à la table des Enfers que laquais à la table de Cana ?

– Tu es qui toi ? Une ancienne Invisible ?

Rose répondit, habitée par une présence qu'elle ne comprenait pas :

– Je suis celle qui tient la porte pour ceux qui errent dans la nuit.

L'Invisible le plus en retrait éclata de rire. Son supérieur reprit d'un ton agressif :

– C'est quoi ces conneries ? Qu'as-tu donc à m'apprendre que je ne sache déjà ?

– Qu'il n'y a pas de place de laquais à la table de Cana. Seul le Prince retient les fautes. Chez nous, vous êtes les bienvenus quels que soient vos torts, quel que soit votre passé.

– Arrêtez-moi ce délire, reprit l'Invisible au fond de la galerie.

– Ta gueule, hurla son supérieur. Ça m'intéresse, moi. Et c'est quoi le projet de Spiris à part ses expériences de torture spirituelle ?

Le visage de Rose se fit plus doux encore. La vérité faisait son chemin.

– Réussir l'incarnation de Satan. Détruire le monde. Faire régner la nuit pour l'éternité.

Le chef la dévisagea.

– Vous ne connaissez pas Spiris. Il nous est impossible de rejoindre votre camp.

– Impossible ? Allons, que craignez-vous ? Qu'il vous torture comme il en a torturé tant d'autres ? N'êtes-vous pas des soldats, messieurs ? Combattez avec nous et votre mort sera pure. La mort, vous n'y échapperez pas. Mais, si vous faites le bon choix, pour vous ce sera la mort au champ d'honneur ainsi qu'une rétribution à l'image des « ouvriers de la dernière heure ». Du plus saint au plus coupable, une seule et même récompense.

Ignorant ce début d'insurrection, Spiris regardait le suaire rapporté par le leader de son équipe du Pierre, avec une évidente satisfaction.

– C'en est fini de ces millénaires d'attente, jubila-t-il. La rébellion a pris le pouvoir. Il n'y a plus rien qui puisse être tenté par l'ennemi. Je vous attends, Max et Roger. Nos défenses sont au point.

Il déploya le linge entre ses bras. À bien y regarder, les traces étaient quasi invisibles. De vagues empreintes grisâtres sur un drap moins immaculé que celui censé l'avoir traversé. Albert Rischienko se tenait à proximité. Il jubilait aussi, mais d'une joie moins intense. Des remords commençaient à poindre en lui, comme ceux d'un cœur dont les pieds sont au bord du gouffre le plus béant que la création ait su engendrer, un cœur fragile, inconstant, à qui l'on ordonne de sauter.

Spiris s'en amusa.

– Voyons, l'ami. Quelles sont ces craintes que vous n'osez m'avouer ? Vous n'allez quand même pas me dire que vous souhaitez rejoindre le camp des vaincus.

Rischienko répondit d'une voix hésitante.

– Simple appréhension. Et si tout cela n'était qu'un piège ? L'Éternel nous laissera-t-il détruire son œuvre sans réagir ?

L'alarme sonnait à tout rompre dans les étages supérieurs du Pierre. Le conseil était sur le point de se réunir une nouvelle fois. Les dix-huit cadres des plus hautes instances de la Troisième Église prirent place. London Bantok, la mine défaite, les mains liées derrière le dos, assistait aux conséquences de sa trahison.

– Je n'ai jamais souhaité ce qui arrive, bredouilla-t-il les larmes aux yeux.

Roger qui venait de faire une entrée fracassante ne le laissa pas finir.

– Taisez-vous, Bantok. Nous n'avons que faire de votre tardif *mea culpa*. L'heure n'est pas aux pleurnicheries.

Puis il se tourna vers l'assemblée générale.

– Je viens d'avoir le cardinal Lombardo. Un autre commando Invisible est en ce moment à Rome. Le suaire que nous gardions dans les caves du Vatican a été dérobé.

Sur ces entrefaites, Max arriva, la mine assurée.

– Messieurs, tout espoir n'est pas perdu, annonça-t-il. Notre commando en mission à la Trinity Veritas vient de redonner signe de vie. Je propose une mobilisation générale afin de récupérer le suaire ainsi que nos agents.

L'un des cadres prit la parole :

– Minute, minute, messieurs. Ce serait une folie d'envoyer toutes nos troupes dans la gueule du loup.

– D'autant que nous n'avons aucune assurance que le Prince ait pu être incarné, ni même que ce soit faisable, reprit la doyenne du conseil.

– Madame Smith, soupira Roger, êtes-vous prête à faire face avec autant d'assurance aux accusations qui ne manqueront pas d'être lancées contre vous ?

– Et lesquelles, je vous prie ?

– Celles d'avoir contribué, par votre soutien indéfectible à notre cher Anton, à la zizanie actuelle.

– Vous ne pouvez pas mettre en doute la probité de notre meilleure conseillère. Madame Smith est une diplomate hors pair. Sans elle, nous n'aurions jamais pu faire face à la crise précédente.

– Et quelle solution ! ironisa Roger. Avoir nommé l'irresponsable Bantok.

– Oserais-je vous rappeler qu'il avait à l'époque obtenu votre voix ? sourit madame Smith.

– Autres temps, autres solutions, s'emporta Roger. Max ! Tu es depuis longtemps mon seul allié véritable. Je te donne tout pouvoir pour éliminer les opposants.

– Et de quel droit ? Nous sommes en démocratie. Bantok est peut-être sur la touche, mais nous devons organiser des élections, continua madame Smith. Et je crois que l'agitation qui règne autour de cette table n'est pas propice à de sages décisions.

Maximilien n'y tint plus. Il sortit un Beretta qu'il cachait au fond de son gilet et tira trois coups de feu en l'air. Puis, profitant du silence apeuré, il déclara :

– Bantok est sur la touche. Roger Do'Haley est à compter de ce jour votre nouveau grand maître. Le premier que je vois désobéir à cette ordonnance subira le feu de ma détermination. Il n'y a pas à discuter d'autre chose que des modalités de notre assaut. Les hommes attendent dans l'amphithéâtre et je ne me vois pas leur proposer de retourner dans leurs cellules tandis que l'ennemi s'apprête à détruire deux mille ans d'histoire.

Maximilien, devant la mine des cadres du conseil, rangea son arme puis proclama la clôture.

À la Trinity Veritas, Spiris avait cessé de contempler le suaire. Dans une fenêtre de sa conscience, il voyait à présent les catacombes vaticanes telles que les voyait le leader Delta.

– Éteignez vos lampes, ordonna Delta pendant qu'avec ses hommes il approchait du portail. Il faut franchir le sas de sécurité avant que l'alerte soit déclenchée. Le Vatican ne devrait pas tarder à être mis au courant de notre intrusion.

Le noir se fit autour d'eux. Aucun bruit ne trahissait une quelconque contre-offensive. Pourtant, à deux cents mètres de là, Enzo Dobiacci et Sandro Nogara, deux soldats italiens de la Troisième Église, menaient une troupe de presque cinquante hommes vers le portail des caves vaticanes. Les murs voûtés en arcs romans défilaient au-dessus d'eux. Un seul objectif guidait leurs pas : arriver sur place avant la fuite des Invisibles.

Dans les murs du Saint-Siège les responsables de la mission, installés dans leurs fauteuils dans chacun des six centres de contrôle, s'apprêtaient à orienter les poursuites.

45

Il était presque huit heures du matin en Italie. Le soleil prodiguait ses premiers rayons à un ciel dégagé. Comment aurait-on pu imaginer alors, sous cet air frais qui sentait si bon la fin de l'hiver, que se jouait dans les sous-sols romains l'un des derniers combats des deux forces les plus ancestrales de l'histoire ?

– Enzo ! Ça bouge sur la porte 3. Faudrait vous dépêcher.

– Reçu, Tango. J'accélère le rythme, mais bloquez le portail. Vous avez entendu, les gars ? Oubliez vos crampes et bougez-moi vos petits culs.

Le portail blindé des catacombes commençait à se refermer. L'escouade Invisible, qui n'était qu'à quelques mètres, pressa le pas. Les torches flamboyantes faisaient éclater les moisissures salpêtrées qui couvraient les murs du boyau. Déjà trois Invisibles avaient franchi la porte en béton armé.

– Passe-moi le sac, toi, fit Delta à l'adresse du porteur.

Au loin, on pouvait voir les lampes du commando de la Troisième Église percer l'obscurité de la galerie.

– Voilà, chef.

Il ne restait qu'une vingtaine de centimètres pour que le portail soit refermé. Le porteur sentit la poigne du leader le délester de son trésor et voulut retirer sa main, mais le tissu de sa combinaison se prit dans l'un des crocs de la lourde porte de béton.

– Chef, chef, je suis coincé.

– Je penserai à toi en prenant l'avion, ricana Delta.

Un craquement sec accompagna le broiement des os du disciple Invisible. Assommé par l'effroyable douleur, il s'effondra au bas de la porte bétonnée. L'ennemi avait déserté la place quand la troupe de la Troisième Église arriva, à part cet infirme évanoui dans la masse tiède de son sang.

– Tango, qu'est-ce que vous foutez ? Ouvrez-moi cette porte, hurla Enzo.

L'oreillette du soldat grésilla :

– Entendu ! Ouverture enclenchée.

Après un sprint d'une centaine de mètres, l'équipe Invisible s'engouffra dans la camionnette par laquelle ils avaient accédé plus tôt au réseau des catacombes. Les pneus crissèrent. Juste à côté, une italienne rouge vif était garée, portière ouverte, clés sur le contact. Lorsque Sandro et Enzo sortirent à leur tour des catacombes, ils n'hésitèrent pas une seconde et s'engouffrèrent dans le bolide. Bien enfoncés dans les fauteuils en cuir piqué, ils se sentirent pousser des ailes.

Dans le rétro, ils virent le propriétaire leur adresser de grands gestes injurieux.

– D'après toi… Où a-t-on le plus de chances de les retrouver ?

Au Ponte Margherita. Je pense qu'ils n'ont pas d'autre solution que l'aéroport Ciampino. Pendant ce temps-là, je contacte la base.

Sandro écrasa l'accélérateur. À presque 3 *g* dans les reins, les sièges en cuir grincèrent sèchement.

– Ça arrache ce machin, s'émerveilla Enzo.

– Technologie italienne, mon vieux. Imbattable ! Je ne donne pas cher de leur peau.

Les murs des maisons se mirent à défiler à vitesse croissante et, fort heureusement, il était encore un peu tôt pour l'heure de pointe. Rien en vue, que de rares voitures qui se laissèrent doubler sans protestation. La capote voletait en arrière de la carrosserie aussi profilée qu'un avion de chasse.

– Accroche-toi, je passe la troisième, s'esclaffa Sandro.

Le vent relatif contournait le haut du pare-brise, et faisait s'envoler leurs cheveux.

– Les voilà !

– Où ça ?

– La grosse camionnette qui fonce droit devant. Facile à repérer. Au lieu de griller la moitié des feux comme tout Italien qui se respecte, ils les grillent tous ces salauds.

– Ponte Margherita. Je mets la gomme.

Le Tibre qui, sous le soleil naissant, déployait tout un écheveau de rubans roses, blancs et dorés, surgit à une vitesse folle.

– Je viens d'avoir la base, hurla Enzo afin de couvrir le bruit du vent autour de la capote.

– Et alors ?

– Ils nous envoient un hélico. Tu restes à distance et dès que ces cons-là prendront l'autoroute Fiumicino, on suivra le raccourci par la via Ostiense. Si on se débrouille bien…

– Parle plus fort, beugla le conducteur rivé sur la route, évitant les voitures par de dangereuses embardées.

– Je te dis de ne plus chercher à les suivre.

– Je vais où alors ?

– Via Ostiense. On file à l'aéroport Ciampino.

– OK, patron. C'est comme si on y était.

Devant le pare-brise fouetté par le vent, le palais Borghese se révéla dans toute sa superbe.

– Je les double ou je les laisse filer ?

– Écrase le champignon et dépasse ces connards. Ils s'imagineront qu'on n'est rien que des petits péteux en train de roder leur joujou.

– Ça marche. J'enclenche la cinquième. Deux cent cinquante kilomètres heure en pleine ville. Waouh !

Leurs reins encaissèrent une nouvelle accélération. La voiture doubla la camionnette et fila son chemin vers l'aéroport.

Au Pierre, les consignes du Saint-Siège venaient de parvenir à Roger. La chapelle principale accueillait trois prêtres venus d'une cellule de crise tenue secrète. La santé du pape venait de se dégrader. Pourtant, les procédures mises au point par la tradition devaient être respectées.

Une longue et douloureuse prière allait commencer dans la chapelle aux portes closes, qui ne s'arrêterait que lorsque l'ennemi serait vaincu et que la guerre des Pyramides achevée proclamerait pour toujours la victoire de l'Éternel. Roger regarda les prélats en soutanes de circonstance, sobres et noires, entrer dans la chapelle.

– Ne vous inquiétez pas, mon fils, déclara l'un d'eux à Roger, discernant dans ses yeux inquiets la crainte d'une défaite.

– Alors nous sommes d'accord ? demanda Rose. Vous nous escortez jusqu'aux salles d'expérimentation et vous restez à nos côtés pour l'exfiltration.

– De toute façon, à partir du moment où nous trahissons monsieur Spiris, il n'y a plus possibilité pour nous de changer de camp.

– Quels sont vos noms ?

– Lambert, dit le chef.

– Douglass, marmonna le second.

– Kurt, soupira le troisième.

Au milieu de la cellule, une gravure de Baphomet était creusée dans le sol en un bas-relief circulaire.

Lambert caressa les cornes du démon. Le Baphomet s'enfonça de quelques centimètres et glissa sous le sol. Un boyau apparut. Un boyau aussi profond qu'une cheminée de mine et garni d'innombrables échelons.

– À vingt mètres, il y a un passage qui mène au-dessus du laboratoire, indiqua Douglass. Mais ça va être du sport ! J'espère que vous avez amené avec vous du matériel de descente en rappel.

– Notre équipement est optimum, affirma Rose. Nous pourrions entreprendre une ascension du K2.

La petite équipe pénétra dans le boyau, à la queue leu-leu, et la dalle circulaire se referma derrière eux.

À Rome, la sportive venait d'arriver devant la bifurcation entre la via Ostiense et l'autoroute. À presque huit cents mètres d'altitude, un hélicoptère surveillait la zone.

– Je me demande pourquoi ils ont besoin de nous, étant donné la rapidité que leur confère l'hélico.

– Ça Sandro, c'est évident. Nous ne sommes pas là en simple repérage. Nous avons pour mission d'éliminer ces maudits Invisibles.

L'oreillette d'Enzo se mit à grésiller.

– Attention ! Ils se pointent sur la droite.

Sandro appuya sur l'accélérateur. La camionnette elle aussi avait des ressources. Le leader Invisible, pied au plancher, voyait les hangars de Ciampino se dessiner au loin.

– Plus qu'un kilomètre. Le jet est en place, prêt à décoller. J'enfonce les grilles et on se casse de ce pays de merde.

– Chef, oui, chef ! hurlèrent les hommes dans le coffre bringuebalant de la camionnette.

– Qu'est-ce qu'on fait, Sandro ? s'inquiéta Enzo qui scrutait le ciel sans parvenir à repérer l'hélicoptère.

– On se cale derrière eux.

– Plus que cinq cents mètres, déclara Delta. Ouvrez le coffre et butez-moi les deux imbéciles qui nous collent au train.

Les deux soldats assistèrent à l'ouverture du coffre de la camionnette. Le vent rendait difficile une juste visée. Sandro fit une embardée. Trop tard ! Une balle logée dans le pneu avant droit vint déstabiliser le bolide.

Ils terminèrent leur course en tête-à-queue.

Pendant ce temps, la camionnette défonçait les grilles de l'aéroport et pilait, une centaine de mètres plus loin, devant un Skyjet 900 dont la nacelle ouverte n'attendait plus que ses passagers.

TROISIÈME PARTIE

Le grand secret

46

À la Trinity Veritas, le boyau dans lequel s'étaient infiltrés les soldats de la Troisième Église était étroit. Rose, Benjamin, Sergio et leurs nouveaux acolytes évoluaient dans l'un des nombreux conduits de ce gigantesque édifice construit dans les entrailles de New York.

– C'est quoi cette idée absurde de ne pas allumer nos lampes ? ronchonna Sergio qui ressentait l'obscurité comme une oppression supplémentaire.

– Vous entendez ? chuchota Lambert. Les lanceurs ne sont pas loin. Et ils nous cherchent. Nos lumières seraient trop perceptibles dans l'obscurité de la pyramide. Ce boyau est comme un gazoduc. Un seul coup de pétrole et nous voilà tous grillés comme des saucisses.

– Mouais, maugréa Douglass. Je veux bien mourir en héros et gagner ma place de martyr. Mais je préférerais un bon petit pruneau logé entre les deux oreilles.

– Relis le contrat, s'esclaffa Benjamin. Martyr, ça sous-entend : huile bouillante, éviscération *in vivo* ou pendaison par les attributs sexuels.

Au-dessus d'eux résonna une cavalcade. Ils stoppèrent leur progression. Une escouade d'Invisibles s'acharnait à les débusquer.

– Que dit le contrôle ?

– Ils ont disparu des écrans.

– Ces cons-là ne se sont quand même pas barrés ?

– J'en sais rien. Mais peut-être avons-nous des traîtres dans nos rangs. La 13e division a elle aussi disparu des écrans.

– Je lance un appel d'urgence pour contrôler la position des troupes.

Le talkie de Lambert se mit à vibrer. Il tendit un bras vers la poche intérieure de son blouson. Le tunnel rendait l'opération délicate. Lambert sentait l'appareil vibrer mais sa main en contorsion maximale ne parvenait pas à saisir le boîtier.

– Qu'est-ce que tu fous ?

– Ce que je peux.

Les vibrations étaient audibles dans tout le conduit.

– Magne-toi, nom de dieu.

– Ça y est ! Je l'ai.

Les vibrations cessèrent aussitôt.

– Allô, central, division 13 au rapport. Ici Lambert. Je vous écoute.

– Putain de merde, bougonna Kurt. On est baisés.

Un grésillement intraduisible parcourut la galerie.

– Ici central. Qu'est-ce que vous foutez exactement ?

– Oh, juste un petit pépin. Le bouton est défectueux. J'ai fait tout mon possible pour…

– Ça n'est pas mon problème, hurla la voix dans le récepteur. Où est-ce que vous êtes ? On n'arrive pas à vous trouver sur les caméras de surveillance.

Lambert hésita quelques secondes.

– On est dans les conduites d'aération. Je me suis dit que les gars de la Troisième Église avaient peut-être tenté de s'y faufiler.

La voix métallique se tut quelques instants avant de reprendre :

– Votre idée est brillante. Je vais ordonner de ce pas à nos troupes de vous rejoindre. Vous êtes dans quel secteur ?

– Secteur AB ! Mais je crois que vous feriez mieux de répartir les équipes.

– Excellente initiative. Spiris sera mis au courant dès qu'il aura réglé son affaire. Notre cher Desper est sur le point d'entendre chanter les anges, si vous voyez ce que je veux dire.

Rose faillit hurler sous le coup de l'émotion.

– Entendu, central. Notre situation est sous contrôle. Ne nous envoyez aucun renfort.

Le talkie se tut encore quelques secondes puis la voix précisa :

– On va essayer de les carboniser. Un coup de lance-flammes à chaque issue devrait les rôtir copieusement.

– Négatif, central, l'interrompit Lambert. Négatif. Vous risqueriez de nous griller également.

– Que si, reprit la voix pleine d'entrain. Vous êtes au secteur AB. Ce secteur sera épargné. À bientôt pour un compte rendu des avancées.

Au-dessus de leurs têtes, la cavalcade reprit. Les pas semblèrent s'éloigner. Kurt s'emporta :

– On est au secteur RS ! Je ne nous donne pas cinq minutes pour nous faire lécher la croupe par du pétrole enflammé.

– Et que voulais-tu que je fasse d'autre ? Leur donner notre position exacte ? Comment je pouvais savoir qu'ils allaient nous envoyer les lanceurs !

Rose cligna des yeux. Ses larmes ne coulaient plus.

– Vous avez fait de votre mieux, sourit-elle d'un ton qui cherchait l'apaisement. Notre mission ultime n'est pas de sauver notre peau ni celle de mon compagnon. Ce qu'il nous faut, c'est la peau de Spiris. Y a-t-il un chemin plus court vers le laboratoire ?

– Plus court ? Non. Plus sûr ? Peut-être. Mais nous ne sommes pas très loin de l'endroit que je m'étais fixé pour sortir de ce boyau.

En Italie, versant Méditerranée ouest, sur la longue piste de Ciampino, le Skyjet effectuait un dernier virage avant d'accéder à la piste de décollage. Le pilote : Doman Doman, un ancien de la Panafrican'Airline, initiait la check-list en compagnie de Leng Seng, son copilote chinois.

– Réservoirs ?

– Pleins.

– Porte latérale gauche ?

– Verrouillée.

– Équipements radio *off* ?

– Affirmatif. Les lecteurs sont coupés. En attente.

– Réchauffage carburateur ?

– Mi-pression en montée.

– Contact général ?

– Paré.

– Anticollision ?

– Paré.

– Injection ?

– 4-1/4 ouvert, sélecteur en statique, poussée proximale.

– QNH ?

– Affiché, QFE en attente. DNI en cours d'affichage.

– Poussée des réacteurs droit et gauche ?

– Droit et gauche en attente. Poussée unitaire de dix-huit kilos Newton à l'affichage, montée progressive, je règle l'allumage des injecteurs. Parés pour décollage.

– Empennages ?

– Tout est clair.

– Alors c'est parti mon kiki, s'enflamma Doman en écrasant les deux manettes de poussée des réacteurs.

Ces derniers rugirent et, après un cabrage léger, les marques du tarmac se mirent à défiler sous la carlingue. Le soleil brillait à dix degrés sur la droite de l'appareil. Le ciel sans nuage laissait présager une absence totale de turbulences pendant l'ascension.

– Que disent les commandes de mélange ?

– Tout est au poil, patron.

Après une course de presque vingt secondes sur la piste, les volets tirés entraînèrent l'oiseau métallique vers les hauteurs atmosphériques.

Dans le hublot en double ovale étiré, le zénith paraissait d'un bleu plus profond qu'un champ d'agapanthes. Les ailes subissaient l'immense pression de l'air tandis que le jet poursuivait sa montée dans le ciel.

À son bord, quatre des six Invisibles rescapés des catacombes vaticanes et un trésor inestimable.

47

Au cœur de la pyramide noire, dans le long couloir sans âme où des dizaines d'innocents avaient été conduits au martyre, Ingrid, les traits tendus, la gorge serrée, se dirigeait vers le laboratoire. Dans ses pensées : une danse où se mêlaient rage et déception, colère et frustration, et un inexpugnable désir de vengeance. Comment un être aussi misérable que Mark avait-il su développer la force d'âme dont il avait fait preuve pendant toute la durée de son martyre ? La crédibilité de son travail s'en trouvait compromise. Quelle punition serait donc la sienne ? Le grand maître avait-il prévu une sentence en proportion de son échec ? C'est à elle qu'incombait la tâche d'éliminer le prisonnier. Aucune souffrance ne devait être épargnée à monsieur Desper. Lorsqu'il se réveillerait, encore porté par l'amour délirant qu'il lui avait voué pendant son rêve, c'est là que résiderait la plus cruelle de ses flagellations.

Ainsi comprendrait-il être tombé amoureux de celle qui l'avait envoyé en Enfer. Ainsi comprendrait-il qu'un trop grand amour peut mener à la perte de soi.

Son doux visage, mollement caressé par ses boucles blondes, en était d'autant plus vil. Elle passait et repassait ses mains dans ses cheveux. Il s'agissait d'être présentable devant le Prince. Depuis si longtemps que, invisible et invincible aux yeux du monde, il articulait autour de lui la fange de l'humanité et les âmes perverses de ses nombreux légionnaires, le Prince de ce monde faisait connaître sa haine et non son existence, son orgueil et non le désespoir qui l'accompagne, mêlait vindictes avec humour, barbarie avec diplomatie, addiction avec liberté, tout en se faisant à la fois connaître et détester, aimer et oublier.

Mark était là, hagard, les yeux pleins de mélancolie. Son délire s'était arrêté sur le rire ignoble de sa victime assassinée. Spiris l'avait nargué jusqu'au dernier soupir. Sa vue se brouillait. Images du laboratoire, souvenirs et humiliations, pieux et clous transperçant sa chair, lueur d'espoir et trahison, lumière d'un bonheur plein d'éternité, images désorganisées ; son âme n'aspirait plus qu'au repos et à panser cette douleur immense d'avoir perdu la seule qui avait compté pour lui. Les boucles blondes, le doux sourire, les yeux clairs, tout se fondait en lui en un film sans queue ni tête. Le yacht de Spiris, sous ses lumières exubérantes, venait d'être le cadre du crime salvateur perpétré par Howard Desper, son *alter ego* et partenaire de souffrance. On transportait son corps dans une chambre située à proximité avant de l'habiller d'un pyjama blanc. Il regarda Spiris s'effondrer devant lui. Le quinquagénaire ne disait mot. Ses yeux se révulsaient. Des litres de sang refluaient sur ses habits. Un sourire se forma sur son visage, un sourire bardé de dents étincelantes. Et son monde s'écroula.

Il était en pyjama, dans un lit. Une main s'agitait devant ses yeux. Mais il ne savait pas encore qui était cette femme dans ce tailleur rouge, cette femme qui le réveillait.

L'équipe de Rose, sortant du boyau, venait de déboucher sur l'une des vues les plus surprenantes de New York. Devant elle et ses hommes, se tenait la pyramide : gouffre immense de cent cinquante mètres dont le pic inversé se perdait dans un dédale de pierres noires. Autour de l'immense volume excavé s'enroulaient les méandres des galeries. Ainsi le cœur de cet étrange poumon mystique n'était que vide et ténèbres. Vide d'air, vide d'âme, vide de quelque onde de vie que ce soit. Une sombre galerie se tenait à une dizaine de mètres sous leurs yeux, traversant pour moitié l'espace pyramidal creusé dans le sous-sol de la ville. Une galerie comme un plongeoir au cœur de la pyramide, à cent mètres du sommet inversé.

– C'est là que se trouve Spiris, affirma Lambert.

– Dans ce cas, il ne nous reste plus qu'à descendre.

Rose fouilla dans son sac et en sortit le matériel nécessaire. De ses mains blanches qui ne tremblaient plus, elle se saisit d'un grappin et l'accrocha à la grille qui cloisonnait le boyau.

Un rugissement déchira le silence. Aux abords de cette cathédrale sens dessus dessous, les lanceurs venaient de retrouver leur trace. Rose s'élança, le pistolet en avant. Mais c'était la foi qui guidait son action alors que seule la haine guidait les pas de Spiris vers la salle d'exécution.

Mark y était tenu par deux gardes. Ingrid patientait devant le sas. Ainsi la malsaine pensait-elle :

– Quel dieu peut être assez fou pour résister à une telle haine ? Quel dieu peut espérer en moi alors que je souhaite sa mort au prix de ma douleur éternelle ?

Et Spiris reprenait en ses pensées :

– D'un Tout-Puissant, nous ferons un Tout-Larmoyant. L'âme de Paterson est prête. Je la sens battre dans ma chair. J'apporte le couteau de la haine. Le kriss qui tue le Christ. Que le baptême de monsieur Desper y résiste et sa douleur n'en sera que plus grande.

Ils s'approchaient l'un de l'autre ; Ingrid vers Spiris ; cette femme vers l'un des tout premiers démons de l'histoire, et leur union ne serait animée que par une seule et même certitude : le jour allait poindre où le soleil ne se lèverait plus que sur des ronces, où les églises, les temples, les synagogues et les mosquées retourneraient au sable de leur prime existence.

Rose courut, le pistolet en l'air, sans que la peur de voir sa chair dévorée par le feu fasse le moindre obstacle à sa détermination. Elle arma son pistolet et visa la manette régulatrice du mélange d'un lanceur. L'explosion fut phénoménale. En un quart de seconde, le corps se volatilisa, sublimé par le blast. Deux autres lanceurs explosèrent, emportés par l'onde de choc.

Rose pressentait que son compagnon était sur le point de mourir. Elle s'arrêta, l'espace d'un instant, sur l'odieuse scène du désastre. Une fumée de pétrole et de chairs consumées malmenait ses narines. Au service de la Troisième Église depuis de longues années déjà, elle ne comptait plus le nombre de ceux qu'elle avait terrassés.

Pourtant, elle aspirait à une paix totale et définitive.

Avec ses hommes elle commença une descente en rappel. Au-dessous d'eux s'étendait le laboratoire de la Trinity Veritas, ce large plongeoir surplombant l'abîme de la pyramide noire. Le filin se tendit comme la ligne de foi qui traversait son cœur. Là, à quelques mètres en dessous, se jouaient la mort d'un innocent et la future incarnation du rebelle Satan.

Spiris tendit le poignard de malachite à Ingrid. La lame sinusoïdale et striée se nicha entre les doigts de la sataniste et le sas se referma derrière elle.

Mark n'était qu'à quelques pas. La peur se lisait sur son visage plus blême qu'un film de cire. Les deux gardes qui le tenaient en respect le laissèrent face à Ingrid, dévastée par la fureur. Incapable d'attendre plus longtemps, elle brandit le poignard au-dessus de sa tête. La lame étincela dans la lumière sans ombre du scialytique. Mark lui jeta un regard effaré.

– Olga, que fais-tu ?

– J'élimine celui qui s'est cru plus grand que le maître.

Les yeux de Mark virent l'étincelle verte fendre l'air puis muer en une douleur abdominale indescriptible. Il sentit ses forces se perdre en un long vomissement convulsif. Tout son être s'échappait par la fente que cette femme qu'il aimait encore venait de dessiner dans sa chair. Il s'affaissa. Rose sentit comme un coup de poignard. Elle s'agita sur le filin. Mark vit le panneau du laboratoire s'entrouvrir, les sons et les images se mêler en taches sombres, métalliques, tortures de sons, sang taché d'amertume, et un visage ennemi qui se tordait d'un rire de rage. Lui qui avait si souvent cru à sa propre mort, mourait enfin et… et…

Et ce fut un flash ahurissant. D'un jet de lumière qui n'était ni photon, ni force nucléaire ou sursaut gamma, mais un flash plus présent, plus intérieur.

Les murs de sa prison s'évanouirent aussitôt. Aux yeux de Mark, ce fut un peu comme si ses assassins n'avaient pas survécu. Il était dans la lumière, eux bougeaient dans une ombre mauvaise où leurs corps étaient englués. Son corps se déplaçait de lui-même, sortant de ce gouffre où s'agitaient ses assassins. Il s'acheminait vers un puits de lumière où une voix se fit entendre. Était-ce encore un ange ? Était-ce encore Spiris ? Mark laissa la voix pénétrer sa chair et but ses paroles comme du lait.

– Voici Mark que t'est révélé ce secret que tu connaissais autrefois et qui t'est rappelé aujourd'hui afin que tu mènes nos troupes à la victoire. Tout commence comme une vieille histoire et les pyramides en sont un décor avant-gardiste, car il y eut d'abord la montagne de Dieu. Celle-là même qu'on baptisa Sinaï… et c'est là que tout a commencé.

48

Au Vatican, à quelques dizaines de mètres du balcon accueillant les bénédictions papales, le Saint-Père, les yeux embués par la tristesse, était agenouillé. Plongé dans une intense contemplation, il ressentait en sa chair l'aube funeste du jour des Pyramides. Le suaire avait disparu. Qu'il ne soit que relique ou objet de culte, le secret l'avait placé au cœur de l'alliance entre Dieu et les hommes. Les fragments prélevés pour analyse l'avaient été sur un linceul datant du XIVe siècle. À cette époque, il était commun de produire des copies de suaires. La seule question en suspens restait la nature des traces sur le linceul exposé. La Sainte-Face n'était visible qu'à travers les procédés argentiques de la photographie moderne.

– Il faut faire un appel aux croyants, soupira le pape au camerlingue qui se tenait à ses côtés. Car je sens à présent les douleurs de l'enfantement du nouveau monde. Il vient ce jour où le Prince rassemblera ses dernières armées pour livrer la plus cruelle des batailles. Et nous avons presque tout perdu.

– Ne pensez-vous pas qu'il y a autre chose de plus profond encore que cette alliance passée avec le Très-Haut ?

– C'est l'Esprit saint qui parle en vous, mon bon ami. Il ne nous a jamais abandonnés et ne peut pas laisser gagner l'ennemi. Allez ! Lancez donc cet appel aux croyants du monde entier. Si le suaire a disparu, notre pyramide ne nous est plus d'une grande utilité. Argh !

Une violente douleur déchira la poitrine du Saint-Père. Le camerlingue se précipita à ses pieds.

– Voulez-vous que je prévienne les médecins ? Nous pouvons rejoindre la clinique en quelques minutes et vous serez tiré d'affaire.

– Qui veut sauver sa vie la perdra, qui veut la donner pour moi la gagnera. La lutte contre la vieillesse et les forces qui s'épuisent est un combat perdu d'avance. Conduisez-moi à la pyramide, mon ami. Il se peut qu'il reste quelque chose à tenter.

– Et quoi donc ?

– Envoyez les équipes comme si de rien n'était et occupez-vous de nos croyants. La prière ; elle est la seule arme qu'il nous reste. Le secret, tel qu'il nous a été révélé, est devenu plus vain que les pierres de ce temple. Allez ! Et surtout, ne perdez pas espoir.

À la Troisième Église, dans l'amphithéâtre où Maximilien avait l'habitude de prodiguer aux commandos ses précieux conseils d'ex-chef instructeur des Forces spéciales, la stratégie venait d'être mise au point. Hélas, si les Invisibles disposaient, par l'entremise de leurs nombreux traîtres, de tous les plans de l'intérieur du palace, la Troisième Église, en ce qui concernait la Trinity Veritas, était plongée dans l'inconnu. Personne, pas même le très renseigné Roger Do'Haley, n'avait la moindre idée de la structure interne de ce lugubre gratte-ciel.

– Messieurs, proclama Roger d'un ton martial qui cachait tant bien que mal son extrême désarroi, l'heure est venue de montrer ce que vous êtes et ce que la Troisième Église attend de vous. Peu d'entre vous survivront au massacre qui se prépare. Une fois que nous serons sur place, vous vous diviserez en trinômes, selon les conseils de votre chef, Max.

– Votre unique mission est de trouver les entrées vers le laboratoire de Spiris et de tenter de récupérer le suaire, continua Maximilien. Dites-vous bien que je ne suis pas pessimiste. Nous n'avons que deux issues. La mort de notre Terre si nous ne faisons rien, ou la mort différée dans la bravoure et le courage pour le salut des âmes perdues. Qui êtes-vous, messieurs ? hurla-t-il dans l'amphithéâtre bondé de guerriers en arme.

– Des fidèles de la croix, répondirent-ils en chœur.

– Quelle est votre arme secrète ?

– L'alliance indéfectible avec notre Créateur.

– Quelles sont vos armes ?

– La croix et le pardon pour ceux qui le demandent, le poignard et l'épée pour les Invisibles et les démons.

– Messieurs, rien ne saurait empêcher la victoire des pauvres chevaliers du Christ. Par la protection plénière de notre Saint-Père et de l'Église, mes enfants, je vous envoie en mission.

À quelques kilomètres de là, Ingrid était soumise à une étrange vision. L'estomac lacéré de sa victime se refermait tandis qu'une douce lueur enveloppait son cadavre. Elle tenait le poignard de malachite. La lame verte, plus marbrée qu'un onyx, était couverte de sang. Elle se rua sur le corps afin de le profaner. Ultime insulte à la sataniste, un sourire vint se dessiner sur le visage apaisé de Mark. Non loin de là, au bord de la pyramide noire, une nouvelle cohorte de lanceurs venait de déboucher sur la plateforme. Sur le filin qui pendait dans le vide, Rose et ses hommes se tenaient à la queue leu-leu, à moins de cinquante centimètres les uns des autres. Un peu plus haut, les trois lanceurs se rapprochèrent jusqu'à la bordure de la plateforme d'obsidienne.

Pendant ce temps, la voix continuait de parler à Mark dans ce qui ressemblait fort à une expérience de mort imminente.

– Depuis ces dizaines de milliers d'années que l'homme arpentait la Terre de ses pieds nus, il avait acquis, par la foi, l'espérance que quelque chose subsistait après la mort. Ainsi, lorsque les pharaons ont fait construire les pyramides, ce n'était pas pour leur permettre d'accéder à l'après-vie. Tout le monde y a toujours eu accès et les hommes qui édifièrent les premières sépultures en étaient bien persuadés. À l'opposé d'un propriétaire posthume, le pharaon était plutôt le gardien désigné par les dieux pour veiller sur le secret de l'alliance entre le pouvoir d'en haut et l'existence humaine. Tous les trésors de pierreries et d'orfèvreries des salles mortuaires n'étaient que des leurres, car le vrai trésor n'a jamais été, au fond, que les pyramides elles-mêmes. Mais ce que les textes anciens ne disent pas, c'est que les pyramides ont posé les premières pierres des premiers secrets en jetant, par leur essence même, les bases de la cryptologie. En effet, les pyramides n'ont de sens que lorsqu'elles sont inversées, c'est-à-dire quand elles dessinent un vecteur partant du ciel et rejoignant la Terre. L'hermétisme ne date pas de la Grèce ni d'Hermès trismégiste. Il date des pyramides ! Car elles sont le premier plan monté volontairement à l'envers afin de perdre ceux à qui cette vérité n'est pas destinée. Ainsi les pyramides laissent-elles croire aux profanes qu'elles offrent à leurs hôtes l'accès à l'au-delà, pendant que les pyramides inversées ouvrent aux initiés un bien plus grand pouvoir : celui de revenir d'entre les morts. C'est à cause de ce secret que les forces du Mal se sont mises à croire que leur Prince pourrait un jour accéder au trône. Puisqu'une pyramide blanche permettait le retour du Christ, alors une pyramide noire autoriserait celui de Satan. Il y eut un disciple choisi parmi les autres. Certains le nommèrent : *celui que Jésus aimait*. Quelques années après la Résurrection, il lui fut signifié, par l'intermédiaire d'un messager angélique, que le Christ ne reviendrait dans sa gloire qu'après que le fils de perdition aurait laissé Satan posséder sa chair. Au creux d'une pyramide inversée, une hostie consacrée, drapée dans le Saint-Suaire, serait la mince mais nécessaire contribution des hommes afin que le Christ puisse revenir. Parce que le retour ne devait pas arriver avant plusieurs siècles, il fut décidé de laisser sur le linceul une protection le rendant indestructible. Le Vatican a longtemps refusé les analyses car il n'ignorait pas les connaissances de l'ennemi sur l'invincibilité du suaire. Déchirer le suaire pour lui faire subir une analyse revenait à dire : nous en avons un autre.

– Alors que pouvons-nous faire ? demanda Mark.

– Ne pas oublier la manière qu'a toujours utilisée l'Éternel pour parler à ses enfants.

– Ils écoutent, mais n'entendent pas, ils regardent mais ne voient pas. Le monde est fou, soupira Mark.

– Moins fou que ce cher Légion.

– Et moi… Que puis-je faire ?

– Accepter la mission que nous avons prévue pour toi. N'oublie pas que le plus brûlant des secrets n'est jamais qu'un secret. Une fois révélé, il perd tout son pouvoir fantasmatique. La vérité, elle, n'a pas cette faiblesse. Et tu es l'un de ceux qui doivent la faire connaître.

49

Le Skyjet avait atteint son altitude de croisière et filait droit dans un ciel sans nuage. Après avoir vérifié les instruments de bord, Doman enclencha le pilote automatique. Leng, un canon de huit millimètres entre les mains, vérifiait le chargeur.

– Faudra pas que tu l'utilises avant notre arrivée à Newport, dit le pilote.

– Je sais, je sais. C'est pour ça que j'ai prévu une deuxième arme plus respectueuse de notre carlingue.

– Et quoi donc ?

– Un pistolet avec des fléchettes au curare. Rien de tel pour immobiliser un éléphant en pleine charge. Alors, tu penses bien que ces Invisibles ne m'impressionnent pas plus que ça.

– Moins y aura d'agitation, mieux ça ira.

Dans le coin situé à la droite de la porte d'accès à la cabine, la main du précédent pilote dépassait d'un placard réfrigéré.

– Selon toi, combien de temps devrait durer le vol ? se renseigna Leng. J'ai du mal avec l'after-shave de l'ex-pilote.

– L'after-shave, mais c'est ça qui séduit les minettes !

– Ça, le prestige et le fric. Crois-moi que si vous étiez payés six dollars de l'heure à conduire des Fenwick, il n'y aurait plus beaucoup de nanas intéressées par vos parties de jambes en l'air.

De son bureau de la Trinity Veritas, Spiris s'était invité dans la discussion entre Doman et Leng, et regardait les joyeux drilles ironiser sur leur cargaison, inconscients que deux caméras étaient dissimulées dans le cockpit.

Sous la carlingue du jet, la mer Méditerranée étalait ses milliers de ridules de surface.

Au Vatican, les nouvelles eurent tôt fait de se répandre. Certaines consignes avaient été déposées de dignitaire à dignitaire depuis le premier de tous les papes jusqu'à celui qui occupait à présent le Saint-Siège. Cinq chapelles avaient, au fil des âges, été disséminées dans le monde, sur les cinq continents. Un ordre avait été créé pour transmettre les divines prières censées faire revenir le Glorieux.

Seule ombre au tableau, la pyramide blanche de la Troisième Église avait beau avoir été construite sous le Vatican, en conformité avec les indications plurimillénaires des premiers bâtisseurs, les tabernacles de la basilique avaient beau regorger d'hosties consacrées, manquait encore le suaire, condition *sine qua non* au retour du Très-Haut. À Paris, à New York, à Shanghai, à Sydney et à Alexandrie, les cellules dormantes venaient de se réveiller.

Spiris, enténébré par sa révolte jalouse d'un pouvoir réservé au seul Tout-Puissant, regardait ce bout de tissu par lequel le Prince réduirait à néant la trop grande faiblesse du miséricordieux. Il s'était escrimé à le tordre et à le mordre, à le déchirer avec un poignard. Inutile ! Tel était bien le suaire véritable et seul le Prince saurait le détruire. Qu'avait-il à craindre de l'offensive pitoyable des troupes de Maximilien ? Qu'avait-il à craindre de cette femme dont le compagnon avait été plus de cent fois transpercé jusqu'au cœur ?

Dans le fond de son âme, Spiris sentit l'appel de son hôte. Paterson acceptait de laisser place au Prince. Déjà, les loges corrompues étaient prévenues de l'imminente victoire. Satan, l'ancien Porteur de Lumière chassé du paradis comme un vulgaire esclave, allait devenir plus fort que l'Éternel et son règne n'aurait pas de fin.

Rose se pencha vers Benjamin qui était juste en dessous d'elle. Quand les premières flammes rougirent au bout des torches des lanceurs, les soldats de la Troisième Église se laissèrent pleuvoir sur le plafond blindé du laboratoire. Hélas, Benjamin, dont le mousqueton avait agrippé un coin de sa combinaison, se balançait au-dessus du sol. L'un des lanceurs tenta de le carboniser. Une première bouffée sortit de sa torche. Benjamin, protégé par le rebord de la plateforme duquel il pendait, ressentit la proximité des flammes et se crispa sur la corde.

– Coupe le filin ! hurla Sergio.

L'Invisible n'était plus qu'à quelques mètres.

Benjamin plongea une main dans la poche intérieure de sa combinaison et en sortit un couteau cranté. Une giclée de flamme passa tout près de lui. Il releva la tête tandis qu'il s'acharnait sur la corde. La torche ennemie le dévisageait de sa gueule brûlante. À ce moment, le filin acheva de s'effilocher et Benjamin tomba.

Dans les sous-sols du Pierre, quatre tanks étaient parqués dans des garages de haute sécurité. Les soldats de la Troisième Église étaient massés tout autour. Les conducteurs s'affairaient à placer les véhicules en position. Il ne devait pas être loin des trois heures du matin. L'armée secrète de l'Église préparait l'assaut final, et Maximilien, aidé de son porte-voix, distribuait ordres et recommandations.

– Inutile de vous préciser que nous ne serons pas les bienvenus. Nous aurons des pertes et elles seront conséquentes. Suis-je assez clair ?

– Chef, oui chef, hurlèrent les combattants.

– La Trinity Veritas a fermé ses portes et je suppose qu'un blindage a été prévu. Pour cette raison, le commandement de l'armée américaine nous a pourvus d'obus en carborundum. Suis-je toujours aussi clair ?

– Chef, oui chef !

– Nous n'avons qu'un seul objectif : récupérer le suaire avant que l'Incarné le détruise. Si nous réussissons, la guerre des Pyramides sera gagnée. En revanche, si le suaire est déchiré, il n'y aura pas de combat. Notre armée ne peut l'emporter seule face au Prince. Mes amis, vous vous apprêtez à entrer dans l'histoire. Après cela, le jour viendra qui verra la fin de nos temps. Ce n'est pas seulement en martyrs que vous entrerez par les portes de la Jérusalem Nouvelle mais en héros. Votre action est un oui à l'honneur, un oui à la face glorieuse du monde, votre action est aussi le non de l'humanité empêtrée dans la glaise de sa finitude. Elle est un non au mensonge du rebelle qui nous a fait miroiter l'illusion de la liberté par la connaissance du bien et du mal. Alors, mes frères – et non plus mes fils –, alors mes sœurs – et non plus mes filles –, gagnez cette liberté que le mensonge vous a ravie, et récupérez-nous le suaire de notre victoire éternelle.

– Chef, oui chef !

Maximilien s'épongea le front puis s'assit dans le véhicule où Roger attendait. Les larges portes blindées des souterrains du Pierre s'ouvrirent. La riposte de la Troisième Église venait d'être lancée.

Dans le laboratoire de la Trinity Veritas, Mark, malgré les coups de kriss, lévitait, porté par une grâce surnaturelle. La voix, censée le guider vers les rivages de l'Hadès, poursuivait son enseignement. À quelques pas de là, Spiris, bien à l'abri dans son bureau, se regardait dans un miroir.

– Eh bien ? Que dis-tu mon bon ami ? murmura-t-il tandis qu'un visage plus pâle, mais identique selon les traits, alla se dessiner à côté de lui. Tu es sûr de ton choix ?

La porte du bureau se referma en claquant.

– Oui, mon maître. Je vous ai abandonné ma chair pendant toutes ces années et c'est une joie pour moi que de faire maintenant place à notre Prince.

– Est-ce que tu es conscient de tout ce que cela implique ? sourit Spiris, l'œil plus bleu que jamais.

– Oui, mon maître. Je veux être le fils de perdition. Je veux être celui par lequel Satan accédera au trône du Père. Et qu'au moins ce choix de servir le maître, par-delà ma propre souffrance, me glorifie dans les siècles.

Le semblant de fantôme disparut. Spiris regarda la maquette posée sur son bureau et se plongea dans une intense contemplation de ce château de bois trônant sur ses caves d'ébène.

– Merveilleuse demeure de l'âme, sourit-il le cœur gonflé de contentement. Ton roi sera bientôt chassé. De tes murs de diamant je ferai du charbon. Sur ces murs où montaient, par myriades, les roses capiteuses, je ferai proliférer la puanteur des punaises. Et de ton trône d'or où régnait autrefois ton maître, je ferai un siège rongé par des ronces sans mûres. Vous étiez le sel de ce monde, or moi et Toi, ô Prince vénérable, en serons le piment.

À plus de huit mille kilomètres de là, Leng, qui terminait sa énième canette de bière, soudain se leva, les yeux pleins d'une langueur éthylique, avant d'agripper l'émetteur :

– Mesdames et messieurs, gloussa-t-il hilare. Vous avez pris place à bord du vol 666 de la Satan Airways, en direction de Newport…

– Bordel, Leng ! C'est quoi ces conneries ? s'insurgea Doman.

– Ben quoi ? Si on peut plus rigoler.

Depuis la cabine, une voix traversa le panneau qui servait de cloison entre la partie passagers et le poste de pilotage.

– Qui est aux commandes de cet avion ?

Le copilote, pris de nausées, se jeta à terre et vomit son excès de boisson. Enfin, le regard terne, il fit basculer le frigo contre la porte.

Dans les ténèbres, Spiris courait vers le lieu le plus secret de la pyramide noire. Il avait le suaire à son bras et l'adhésion définitive de Paterson. L'heure de gloire du Maître des Enfers avait sonné.

50

La rigueur du froid était inhabituelle. Dans cette nuit glaciale, la Troisième Église et ses quatre chars le canon en avant se dirigeaient vers l'affrontement final. La voiture de tête, où se tenaient Max et Roger, guidait l'armée vers la Trinity Veritas située à l'autre extrémité de Central Park. Les quatre chars se rangèrent devant l'édifice qui opposait aux rondeurs des canons ses arêtes impertinentes. Les tourelles pivotèrent. Derrière la ligne de front délimitée par les chars, trois cents hommes patientaient, le casque sur les oreilles, le Famas contre l'abdomen. Il ne s'agissait plus là d'une mission commando. Plus de néoprène ou de cirage pour noircir le visage face à l'ennemi, mais des mâchoires serrées et des visages résolus.

– Vous attendrez mon ordre avant de lancer l'assaut, ordonna Maximilien au commandant chargé de mener les fantassins à l'intérieur du cube. Je ne veux pas que nos gars se fassent écraser par des chutes de béton.

Puis il se tourna vers l'émetteur.

– Chefs de char, à mon commandement !

– Parés, firent les quatre chefs de char.

– Feu ! hurla-t-il en réponse.

Un déluge assourdissant résonna dans le quartier. Mille lumières s'allumèrent en même temps aux fenêtres des immeubles voisins. Quand la fumée se fut dissipée et que les gravats eurent fini de se détacher en s'effritant des planchers mis à nus, deux trous béants apparurent sous le feu des projecteurs.

Spiris courait dans les sombres galeries menant sous la pyramide, souriant en lui-même de la bêtise de ses adversaires de croire qu'une armée, si puissante soit-elle, saurait s'opposer à l'accomplissement de sa volonté. Il dévalait les pentes d'obsidienne, guidé par sa seule conscience. Rischienko, sur ses traces, se repérait aux bruits de pas. De cache en couloir, de galerie en passage secret, ils approchaient du portail de la salle du trésor située sous la pyramide inversée.

Enfin le portail apparut devant leurs yeux, haut et sans serrure. Spiris vint y poser la main. Une voix fusa de ses lèvres closes, parlant une langue inconnue. Le portail s'effaça. Derrière lui, dans une demi-obscurité, un brasier rougissait au cœur de cinq hautes étagères disposées en pentacle. Au centre, comme une gemme prise malgré elle dans les serres d'un bijou, patientait la vitrine du *Trilibrium*.

– Il n'y a aucune protection ? s'étonna Albert Rischienko, interloqué.

– Seul un démon incarné peut en ouvrir la porte. D'ailleurs, ce livre n'est d'aucune utilité à un humain.

– De l'encre sympathique, fit Rischienko en voyant les pages parfaitement blanches défiler sous ses yeux.

– À vos yeux de mortels, il n'est rien en ce livre qui puisse être lu. La langue elle-même vous est inconnue. Ce livre est le bijou de notre entreprise. Il couronne des siècles de réflexions et d'embûches. Ce soir est le dernier soir où paix, bonheur et joie auront un sens. Car le Prince va venir et nul, pas même l'Éternel, ne saura s'opposer à sa liberté.

Le sol sembla bouger. Les étagères se mirent à frissonner. Les tremblements ne durèrent qu'une dizaine de secondes mais Spiris se mit à genoux. D'un réflexe mimétique, Rischienko s'agenouilla lui aussi. Le brasier, suspendu à ses chaînes de cuivre, s'éteignit cependant qu'une lumière ardente se répandait dans toute la pièce. Spiris garda les genoux pliés devant celui pour lequel il avait passé toute son existence à mobiliser le plus de haine, mais grimaça :

– Avec ce livre et ce suaire entre mes mains, il n'y a plus rien que tu puisses faire contre nous à moins de te contredire.

Une voix répondit :

– Toi qui as enterré dans ton cœur plus dur que les écorces fossiles des temps anciens la douceur que j'ai toujours portée à ma création, tu en as même oublié la subtilité de mon langage. Va vers ta victoire, mais n'oublie pas cette parole qu'un simple moine sait mieux comprendre que les démons les plus élevés de votre indécente géhenne : « La parabole du cœur est la seule vérité pleinement accessible à l'esprit. » Cela, tu l'as oublié car, pour une raison que je ne sais comprendre, il en fut en haut qui refusèrent ce que les hommes, si bas soient-ils selon toi dans leur habit de chair, seraient prêts à tuer pour recevoir. Je le leur donne à pleine brassée, mais ils sont incapables d'en tirer profit car leurs yeux sont aveuglés par la haine que vous avez mise dans leur cœur. Mais quand ils me trouveront, que crois-tu qu'ils diront de ton mensonge ? Tu ne trouveras personne pour préférer le malheur au bonheur, et personne pour préférer le mensonge à la vérité. Tandis que tu crois gagner contre moi, tu sers mon indéfectible amour et, sache-le avant de disparaître : j'ai voulu que nulle âme ne se perde et nulle âme ne se perdra.

Dans le Skyjet, les Invisibles s'étaient calmés. Les coups contre la porte de la cabine avaient cessé. Le leader Delta inspectait à présent le suaire.

– Qu'est-ce que vous regardez, chef ?

– Rien. Mais c'est étrange…

Delta tendit le suaire entre ses jambes, puis se saisit de son couteau de combat. Effaré, un de ses soldats lui agrippa le bras.

– Chef, vous ne pouvez pas faire ça !?

Les traits du leader se durcirent. Il posa le couteau et saisit le récalcitrant à la gorge.

– Écoute-moi bien. Il n'a jamais été prévu que nous ramenions ce suaire à bon port. À ton avis, pourquoi je ne vous ai pas laissé vous acharner contre cette maudite porte ? Elle aurait pourtant bien fini par céder, non !

L'homme hocha la tête. Delta continua :

– Sauf erreur, le vrai suaire est déjà entre les mains de notre maître. Cette mission est une mission suicide. Les soutes contiennent une bombe qui explosera dans peu de temps. Vous m'avez compris ? Vous n'êtes tous que de futurs bouts de barbaque prêts à passer au gril. Seulement, ce suaire ne ressemble pas du tout au linceul qu'on m'avait décrit. Je veux en avoir le cœur net.

Il tendit de nouveau le linceul et s'arma de son poignard.

– On va bien voir s'il ne s'agit que d'une copie, dit-il en envoyant la lame de toutes ses forces.

La lame toucha le linge mais ne le traversa pas. Comme une balle qui aurait heurté un mur, elle rebondit sans qu'une seule maille ne souffrît de la violence du coup. Delta parcourut le linceul de ses doigts tremblants jusqu'à trouver l'un des bords. Là, il fit passer le fil du couteau, espérant en déchirer le tissage. Rien n'y fit.

– Mais ce n'est pas possible ! s'agaça-t-il avant de rouler en boule le linceul qu'il jeta sur l'un des fauteuils.

Il sortit son arme, vissa un silencieux, puis, balle après balle, vida son chargeur sur le suaire chiffonné. Dans la cabine de pilotage, Doman et Leng ne purent entendre les détonations. Le leader fit étendre le suaire. Les douilles écrasées glissèrent sur le plancher. Aucun dommage sur le suaire n'était visible. Pas la moindre éraflure. Les pâles traces de la Sainte-Face étaient toujours à leur place.

Delta, conscient du terrible enjeu de sa découverte, se concentra du mieux qu'il put afin de contacter son maître, lequel remontait vers la pyramide avec le *Trilibrium* lové dans le suaire. Mais Spiris était tellement occupé à ressasser dans sa tête sa folie vengeresse, qu'il ne répondit pas aux appels de son lieutenant. Dans le Skyjet, le casque de Doman se mit à grésiller. Une voix inquiète surgit dans ses écouteurs.

– Vol TE 198 pour Newport ?

– Affirmatif. Je vous écoute.

– Voilà, je... je n'irai pas par quatre chemins. Il y a une bombe dans la soute arrière gauche de votre appareil. Pensez-vous être à même de la désamorcer ?

Les traits de Doman se contractèrent. Il demanda :

– Qui êtes-vous ?

La voix poursuivit :

– Cela n'a aucune importance. Nous poursuivons le même objectif.

– Eh bien, je demande à mon coéquipier. Leng ?

– Oui ? répondit ce dernier la bouche pleine d'arachides.

– Est-ce que tu saurais désamorcer une bombe ?

– Quoi ? Y a une bombe dans cet avion ! s'exclama-t-il en renversant sur le siège son petit paquet de cacahuètes.

– Il semblerait, oui.

– Où est-ce qu'elle se trouve ?

– Dans la soute arrière gauche.

– Ça va être compliqué. Il faudrait que je passe à l'arrière, que j'envoie nos chers amis Invisibles au tapis et que je trouve cette petite beauté.

– Vas-y ! C'est pas comme si on avait le choix. J'espère simplement que tes trois dernières bières ne vont pas te faire loucher.

Dans les profondeurs de la Trinity Veritas, Rose n'arrivait pas à trouver l'entrée du laboratoire.

Elle soupira :

– Où avez-vous mis le sac de Donny ?

– Il est là, dit Sergio. On a du Semtex, du C4 et le plein de détonateurs.

– Mettons tout le Semtex ici et bourrons-le avec les amorces. S'il n'y a pas d'entrée sur ce toit de malheur, je vais vous en faire une, moi, ça ne me pose aucun problème.

Mais, pendant que l'équipe s'activait à installer les explosifs, profitant de leur accaparement une troupe de lanceurs tissa autour d'eux une nasse inextricable.

– Haut les mains, plus un geste !

Rose sursauta. Prise par l'espoir insensé de revoir son compagnon, elle se saisit du dernier détonateur et le brandit en l'air.

– C'est à vous de vous arrêter ou je fais tout sauter.

L'homme releva sa visière et la dévisagea quelques secondes avant de rétorquer :

– Notre mission n'est pas de revenir vivants mais de vous éliminer.

– Alors dans ce cas, rugit Rose, c'est maintenant que tout se termine.

51

À la surface, les troupes s'infiltraient en file indienne, torche frontale allumée, le fusil d'assaut contre le cœur comme une croix de métal. De droite et de gauche, dans les deux trous béants qu'avaient provoqué les quatre tanks, ils avançaient par centaines. Dans le noir de cette nuit glaciale où les branches fines des arbres de Central Park étaient malmenées par d'infimes flocons, se jouaient les prémices de la fin dernière.

Et la guerre commença.

Les coups de feu semblaient surgir de nulle part. Pris de tous sens, les chevaliers de la Troisième Église se mirent à tomber comme des quilles. Les torches allaient et venaient, accrochées au crâne de ces proies prises au piège et pourtant, il fallait tenir. Dans l'ancienne perfection de la Trinity Veritas changée en un labyrinthe de murs éventrés, ils se tenaient là, hors des halos des combattants et leurs coups de feu partaient de tous bords, faisant mouche à chaque fois.

Mark, quant à lui, évoluait dans un monde qui ne le surprenait plus. La voix poursuivait son enseignement :

– Il y a une chose encore que tu dois savoir avant que te soit confiée ta mission. Elle concerne ce livre que détient Spiris. Mark, il n'y a jamais eu de magie blanche ou de magie noire en ce monde, seulement des paroles de vie et d'autres de mort. Ce livre noir qu'ils appellent *Trilibrium* permet l'incarnation de Satan. Il ne s'agit pas là de magie mais seulement de la volonté de l'Éternel de laisser sa chance à tout ce qui habite sa création. Même le pire, même le mensonge. Va maintenant, Mark, et cours vers le Roi puisqu'il t'attend. Et sache-le enfin, sans qu'il y ait le moindre paradoxe dans ces paroles. Il n'y a rien de plus proche du mensonge que le secret, à moins qu'il ne soit secret d'amour. Va, Mark, le Roi te reçoit.

Dans d'autres hauteurs célestes, bien davantage terre à terre, Doman, aux commandes du Skyjet, ainsi que son coéquipier se préparaient à l'action. Leng Seng serrait contre lui un pistolet pourvu de fléchettes au curare. Après un ultime signe de croix, il s'infiltra dans la cabine. Les Invisibles, surpris par la rapidité de leur ennemi, eurent bientôt chacun une fléchette fichée dans la jugulaire. À peine avait-on entendu le souffle d'une sarbacane. Leng ensuite se faufila au fond de la carlingue et ouvrit la trappe dissimulée sous la moquette beige.

– Doman ! soupira-t-il.

– Oui ?

– On est dans la merde.

– Et pourquoi ça ?

– Parce que la bombe est protégée par un dispositif laser et que je n'ai pas le matériel pour un tel désamorçage.

Au même moment, Spiris, le *Trilibrium* entre les mains, invoquait son maître. Au Vatican, dans la pyramide blanche, le pape, alourdi par son habit blanc, alla s'effondrer sur la pierre du sommet inversé. Une crise cardiaque était en train de le terrasser et il se mit à prononcer des paroles sibyllines. Le camerlingue, posté à ses côtés, n'y prêta pas attention.

– Oh mon Dieu ! Pardonnez nos trop grandes fautes. « Ô cœur sans intelligence ! » disiez-vous quand vous parcouriez la Judée et nous n'avons rien su comprendre. Pardonnez-nous Seigneur parce que le temps est venu et qu'ils ne me croiront pas plus que je ne vous ai cru. Ainsi, le voilà ce secret au-dessus de tout secret. D'un mensonge vous avez fait une vérité et le secret, indigne que je suis, c'est que…

Il sembla étouffer.

– Le secret, c'est que… il n'y a… Tout… ceci n'était… oh mon Dieu ! et nous n'avons rien vu.

Le camerlingue, dans un réflexe tardif, tomba aux pieds de son supérieur, qui, fermant les yeux, rendit l'esprit. Loin de cette tragédie, Rose tenait le détonateur à pleines mains. Au plus profond de la pyramide, l'incarnation était en phase terminale. Dans le Skyjet, Leng regardait impuissant le compte à rebours de la bombe défiler.

Maximilien voyait ses hommes tomber. Il ne restait que Mark, lévitant dans les hauteurs de son extase mystique sous les yeux effarés de la belle Ingrid.

Une voix se mit à retentir par-dessus le vacarme des flammes des lanceurs. Elle était plus grave que la mélodie d'un cromorne, et plus douce que la plus forte des prières.

– Voici celui par lequel se fera ma volonté.

Un flash embrasa toute la scène. Du toit du laboratoire sortit un homme étincelant. C'était Mark, transfiguré. Il saisit Rose, la pressa contre son cœur, et fit de même avec Benjamin.

Au même moment, un crépitement de flammes remonta du gouffre de la pyramide. Satan était là, dans un corps d'homme aux yeux bleus. Il tenait le suaire déchiré.

Dans le ciel, une explosion retentit, emportant le Skyjet et tous ses occupants. Malgré les ultimes paroles du pape et le concours de tous ses membres, la Troisième Église avait failli. Mais de l'espoir de l'homme que la tyrannie cesse, qu'allait-il advenir ?

Laissons la toute-puissance du Mal en décider à présent.

52

Une immense clameur se mit à retentir du monde condamné. C'étaient les milliers d'âmes vendues à la cause de celui qui venait de s'incarner. Satan, sous les traits de Spiris, était à présent l'un des milliards d'enfants chéris de l'autrefois Tout-Puissant. En ce jour de Perdition, le dernier fils avait pris chair. Lui qui longtemps avait été le préféré de la création préférait tout détruire que de se voir détrôné au profit des infirmes et des aveugles.

Et c'est bien ce que ruminait ce cœur de grand homme aux yeux bleus, tandis qu'il remontait les parois de la pyramide noire sans laquelle il ne serait pas là.

Ainsi, les fidèles Invisibles se rassemblèrent pour crier leur joie de connaître enfin celui auquel ils estimaient avoir vendu leur âme.

Un dieu humain se serait déjà fait une raison et la nuit qui se propageait comme un pinceau gorgé d'encre chinoise, plongé dans l'éther atmosphérique, là, sous les yeux du commandement de la Troisième Église, annonçait une apocalypse sans sauveur, une destruction définitive de l'amour, une brisure irréparable de l'anneau de fiançailles entre l'humanité et son créateur.

Comme le comprit Roger qui, depuis sa camionnette, regardait le ciel devenir plus noir qu'une nuit sans lune, le jugement venait d'être rendu. La mission plurimillénaire avait failli. Satan était à présent incarné. Le suaire n'était plus que loques. Rien ne pourrait plus ramener le Sauveur, pas même les prières acharnées de millions de justes et d'injustes.

Elle était aussi cela, cette pyramide noire : un abysse géométrique qui vomissait en tous points de l'espace sa haine contagieuse. En astrophysique, on oppose les trous noirs avalant lumière et matière dans un piège sans retour, aux antithétiques fontaines blanches rayonnantes de mille sursauts gamma. Satan, que l'on aurait pu rebaptiser Noxifer, était une fontaine crépusculaire. Il répandait partout un voile noir, indélébile, capable d'influencer les esprits les plus forts et d'entacher les dons les plus beaux. Pourtant, les innombrables cris de joie des satanistes se réduiraient bientôt à une seule et même plainte harmonique de cœurs trompés voués à la plus désespérante des trahisons pour y avoir eux-mêmes participé.

Car ainsi se parlait en lui-même le diabolique :

« Jamais je ne céderai une once de ce pouvoir qui m'est enfin donné. L'Éternel a perdu parce qu'il faisait confiance. Même mon fidèle Légion viendra se faire écraser sous mes pieds car ce pouvoir est mien et indivisible. « Ce qui est à toi est à moi et ce qui est à moi est à toi. » Foutaises ! Maintenant ce pouvoir ne sera plus Trinitaire mais Unitaire. JE SUIS et toi… toi, tu n'es plus rien depuis si longtemps déjà. »

Au Vatican, les cardinaux avaient accouru afin de prier dans la pyramide blanche. À New York, les phares de la camionnette de commandement n'éclairaient plus rien. Le cube était là, quelque part, à une centaine de mètres, les arêtes gauches et droites dévastées. Maximilien tenait la main de Roger aussi fort que s'il avait trouvé en elle une racine capable de l'empêcher de tomber dans l'abîme.

C'est alors que la Trinity Veritas se déchira sous leurs yeux. Une fente traversa le cube, laissant apparaître la pyramide noire qui s'en alla silencieusement rejoindre le ciel. La guerre des Pyramides se poursuivait. Mais une guerre inédite. Une guerre où Toute-Puissance et Toute-Impuissance devaient s'inverser selon les croyances de chacun.

Et c'est là qu'ils surgirent : Rose, Mark et Benjamin, trois cœurs prêts à enflammer le monde.

Comme l'Esprit au commencement avait seul plané au-dessus des eaux, ils filèrent à travers la nuit telle une comète bienveillante. Sur son triangle d'inanité, Satan vit la lumière faire son œuvre et appela d'un long hurlement ses suppôts à se grouper derrière lui. Dans leur pyramide blanche, les cardinaux commençaient à comprendre ce que les cinq missions, envoyées peu de temps auparavant par le mourant Saint-Père, avaient demandé avec toute la ferveur de leur modeste foi.

Que la lumière passe, malgré tout !

Pourtant le suaire était en miettes et le disciple à l'origine de ce grand secret était bien lucide quand la nuée des cieux l'avait enveloppé de son ombre afin que lui soient révélés les commandements du Très-Haut.

Pour se protéger du Diable, le Tout-Puissant s'était-il risqué au mensonge ? Non ! Mais plutôt, selon le mode choisi depuis toujours par Dieu pour parler aux hommes, à une parabole.

Parce que la Terre, livrée aux mains de Satan, s'était changée en un surgissement de douleur et d'angoisse, c'était là que devenait inéluctable la victoire du Bien sur le Mal. En effet, plus ce dernier exerçait sa haine sur l'humanité, plus les souffrances conséquentes effondraient les cœurs, et plus il se discréditait, incapable qu'il est de donner satisfaction à l'insatiable désir de bonheur commun à tout être humain, incapable qu'il est de mériter la moindre confiance parce qu'incapable de la moindre loyauté.

Alors, des quatre coins du monde, s'allument les flambeaux de la victoire. Sur sa pyramide inutile, effacée par l'aurore, Satan disparaît comme la nuit sous le soleil. Un flash de toute beauté et de tout silence vient inonder l'univers dans son entier. La fin des temps est achevée. La voix de l'Éternel surgit de partout comme un lait abondant d'une source où tous viennent boire.

Et ainsi parle la Lumière :

– Qui pouvait croire que je laisserais mon peuple se perdre pour toujours dans les méandres du mensonge ? Qui pouvait sereinement penser que j'aurais le cœur à l'abandonner à cette nuit éternelle ? Je n'ai jamais cherché à cacher quoi que ce soit ! Alors non, il n'y a jamais eu de secret ; juste une douce parabole pour leurrer le malin, juste une douce image de la confiance que j'ai toujours eue en mes enfants, jusqu'à remettre la victoire sur Satan entre leurs mains. Quant à ce suaire, il y en a eu bien davantage que trois et le vrai n'est pas celui auquel on pense. De fait, je n'ai jamais souhaité laisser la moindre preuve formelle de mon existence. Si j'avais installé depuis toujours, et bien en évidence, une stèle de huit cents mètres de haut sur laquelle j'avais gravé les preuves de mon être, il y en aurait eu des millions pour penser qu'elle était l'œuvre d'extraterrestres. Voyez ! Je vous ai tous attendus, chacun à votre rythme, tandis que des millions de voix s'élevaient chaque jour en priant que ma volonté soit faite. Elle était simple, ma volonté. Je ne voulais pas perdre un seul de mes petits enfants et nulle âme, je le proclame, non, nulle âme ne s'est perdue.

DU MÊME AUTEUR

CHEZ ODILE JACOB

Moi, le fou, 2019.

Dialogue avec moi-même. Un schizophrène témoigne, 2013.

Composition et mise en pages
Nord Compo à Villeneuve-d'Ascq

N° d'édition : 4150-0555-X – N° d'impression : 052375338
Dépôt légal : juin 2023

Imprimé en France par Présence Graphique